Diogenes Taschenbuch 21563

de
te
be

Andrea De Carlo

Creamtrain

Roman

Aus dem Italienischen von

Burkhart Kroeber

Diogenes

Titel der Originalausgabe:
›Treno di panna‹

Die deutsche Erstausgabe
erschien 1985 im
Diogenes Verlag
Umschlagillustration von
Andrea De Carlo: ›3.15 pm‹

Für Ginetta Vittorini

Veröffentlicht als Diogenes Taschenbuch, 1987

100/88/8/1
ISBN 3 257 21563 0

Eins

Spätabends um elf Uhr zwanzig sah ich Los Angeles unter mir liegen: das endlose Gitternetz leuchtender Punkte. Müde wie ich war, versuchte ich, das Vibrieren der Triebwerke zu verfolgen, wie es durch das angespannte Metallgefüge zu meinem Sitz gelangte. Ich war mir sicher, einen plötzlichen Wechsel im Rhythmus zu spüren, ein Vakuum in der Frequenz. Ich versuchte auch, unten die Leuchtschriften zu entziffern, wie sie stückweise aus dem Dunkel auftauchten, und die Konturen der Freeways nahe am Meer.

Es gefiel mir nicht, so im Leeren zu kreisen, schräg geneigt und fast ohne Gleichgewicht, im Schweben gehalten durch bloße Maschinengewalt. Die gelben Sitzbezüge mit lila Blumen gefielen mir nicht, der Gesamteindruck, den sie Reihe um Reihe machten. Die Stewardessen gefielen mir nicht, die miteinander plauderten und ihre Halstücher festbanden und auf die Uhr sahen, ohne sich um die Passagiere zu kümmern.

Wir gingen ein Stückchen tiefer, beinahe senkrecht, und die Aussicht entglitt mir auf allen Seiten. Das machte mir Angst, aber mehr noch Wut. Ich hielt die Hände fest um die Lehnen geklammert, den Kopf nach hinten gedrückt und die Beine gestreckt. Mir wurde schwindlig, ich wollte woanders sein.

Neben mir saß ein Mädchen mit einem richtigen Mondgesicht: kleine und eng zusammenstehende Augen, flächige Wangen. Sie las ein Buch und warf keinen Blick aus dem Fenster. Anscheinend war es für sie keine Frage, daß wir problemlos landen würden. Wir gingen runter wie im Sturzflug.

Endlich kamen wir unten an, dicht über den Häusern. Wir setzten auf und rollten über die Landebahn. Durch die dicken Scheiben sah ich die Flugplatzgebäude im Regen, Lichter anderer Flugzeuge schimmerten in der Nässe.

Ich betrachtete die Stewardessen, um zu sehen, ob sie erleichtert waren. Sie lächelten falsch, sie trugen jetzt gelbe Kamelhaarmäntel über den blaurosa Uniformen der Queen Jemina Airlines.

Die Kameratasche umgehängt ging ich durch die graue Verbindungsröhre. Bevor ich die Ankunftshalle betrat, schlüpfte ich erstmal in eine Toilette, um mir ins Gesicht zu sehen.

Das Neonlicht war entstellend und farblos, ich wirkte angespannter und müder, als ich war. Nicht mal meine Sonnenbräune kam so heraus, wie ich sie mir vorgestellt hatte. Ich zog mir den Kamm durch das dünne Haar, das für Feuchtigkeit sehr empfänglich ist, und kämmte es mir aus der Stirn, um die Geheimratsecken zu prüfen. Für meine knapp fünfundzwanzig Jahre hatte ich ziemlich viel freien Raum über der Brauenlinie.

Dafür waren die Augen unter den Brauen sehr blau, wie sie es manchmal bei mir frühmorgens werden oder nach langen, anstrengenden Reisen. Sie wirkten durchaus nicht flach oder glanzlos. Ich zog vor dem Spiegel ein paar Grimassen: geblähte Nasenflügel, abwärtsgebogene Mundwinkel, aufgeblasene Backen. Dann prüfte ich meine beiden Profile: das linke, das rechte in rascher Folge. Schließlich kam jemand hereingeplatzt, ich ging hinaus in die Halle.

Kaum war ich ziellos ein paar Schritte gegangen, kam Tracy auch schon von irgendwo aus der Halle, wo sie wartend gesessen hatte, direkt auf mich zugestürzt. Ich hatte gar nicht die Zeit, sie näherkommen zu sehen, erst auf den letzten paar Zentimetern: Sie war plötzlich da, umschlang mir den Nacken, preßte mir heftig den Brustkorb zusammen, kniff mir in die Arme. Schrie laute Begrüßungen und überfiel mich mit einem Schwall von Fragen. Trat nach dem ersten überschwenglichen Ansturm zwei Schritte zurück, betrachtete mich mit schiefem Kopf und warf sich erneut mir entgegen. Schrie, daß ich prächtig aussähe und überhaupt nicht verändert wäre.

Ich stand in der grünlich erleuchteten Halle, umdrängt von eben eingetroffenen Reisenden, die voller Hast zu den Rolltreppen rannten, und betrachtete Tracy, die mich hüpfend umkreiste und mir Details von irgendwelchen Vorkommnissen erzählte. Ich dachte daran, wie feucht und regnerisch der Abend war, ganz anders als ich ihn mir vorgestellt hatte. Ich fragte Tracy, wo Ron sei. Sie sagte, er sei noch in einer Sitzung. Ich stellte mir Ron in der Sitzung vor: an einem langen Konferenztisch.

Wir fuhren auf einer Rolltreppe in das Untergeschoß zur Gepäckausgabe. Warteten zwanzig Meter vor dem Förderband zwischen Gruppen nervöser Reisender, die keine andere Sorge hatten, als ihre Koffer wiederzukriegen. Ich betrachtete Tracy im Neonlicht: das markante Gesicht eines kalifornischen Mädchens, die ausgeprägten Züge der Brauen, die Nase, die flinken Augen.

Dann drängte ich mich durch die Menge vor bis zum Förderband. Tracy sah mir aus der Entfernung zu, leicht auf den Fersen wippend.

Dutzende von Kartons mit Ananas aus Hawaii, die meine Mitreisenden auf dem Flugplatz von Honolulu gekauft hatten, fuhren auf dem Förderband an mir vorbei, zierlich verschnürt und mit kleinen Schildern versehen.

Die Leute standen wartend im Halbkreis, bereit zum unvermittelten Abbruch kleiner Gespräche, sobald sie ihre Koffer erblickten. Wer seine gefunden hatte, hob sie höher als nötig hoch, vielleicht zur Entschädigung der noch Wartenden. Nur die Kartons mit den Ananas fuhren weiter im Kreis: Sie waren einander zu gleich, um auf Anhieb erkannt zu werden.

Ich nahm meine beiden Koffer und stellte sie hinter mich. Dann sah ich einen Karton vorbeifahren und schnappte ihn mir, ohne lange zu überlegen. Ich schaute mich um, ob jemand reagierte. Aber die Reisenden waren viel zu sehr auf ihr Gepäck konzentriert, zu müde und zu bedrückt von dem Gedanken an den gerade zu Ende gehenden Urlaub.

Ich trug den Karton zu Tracy, hielt ihn ihr hin und sagte: »Für dich.« Sie nahm ihn und rief überrascht: »Giovanni!« Hielt ihn ausgestreckt in den Armen und wußte nicht, wo sie ihn hintun sollte. Ich dachte, wenn sie ihn so auffällig hielt, würde es jemand bemerken, und drängte sie rasch zum Ausgang.

Wir eilten durch die automatischen Glastüren und über die regennasse, von Taxis wimmelnde Straße. Ich fror an den Knöcheln. Wir zwängten uns zwischen den Autos auf dem Parkplatz hindurch, Tracy mit den Ananas und meiner Kameratasche, ich mit den Koffern. Ich ging zwei Schritte hinter ihr und sah sie vorangehen mit ihrem markanten Gang: sorglos und systematisch, ganz wie sie mir vom letzten Sommer auf Ibiza in Erinnerung war. Die Jeans preßten ihr den breiten Hintern zusammen, die dikken Schenkel, die Waden, die sich nach unten verjüngten, um in zierlichen Schuhchen zu enden.

Ich weiß nicht, was in den letzten zwei Jahren aus ihr geworden ist, aber damals war Tracy nicht eigentlich dick.

Das Problem lag in der Disposition ihrer Züge: in der Art, wie sich die Geraden und Kurven auf ihr verteilten. Ich erinnere mich, sie einmal nackt gesehen zu haben, damals am Strand, wo wir uns kennenlernten, mit Ron. Sie hatte etwas eigenartig Harmonisches an sich: ein Gewebe von Lichtern, das sie ganz undurchlässig für die Nacktheit machte. Sie war eher kompakt als dick: geformt aus einem einzigen festen elastischen Material. Ich sah sie ins Wasser steigen, und ihr Gesäß war nur eine funktionale Fortsetzung ihres Rückens. Sie hätte eine Robbe sein können, oder ein großer Seeotter.

Jedenfalls, wie auch immer, gingen wir über den Parkplatz zwischen den regenglänzenden Autos, und ich sagte zwei Schritte hinter ihr: »Du hast aber mächtig abgenommen.« Ich sah sie lächeln, während sie den Schlüssel im Schloß umdrehte.

Wir verstauten die Koffer und den Karton auf dem Rücksitz des Mustang, fuhren vom Parkplatz und glitten im Schrittempo durch das Kurvengewirr um den Terminal. Wir redeten kaum: hockten im feuchtkalten Wagen und guckten hinaus wie nasse Ratten.

Dann bog Tracy nach rechts, und wir schoben uns in einen träge fließenden Lichterstrom. Die übrige Landschaft erlosch. Wir sahen nur noch die roten Schlußlichter vor uns fahrender Wagen und weiße Scheinwerfer, die uns entgegenkamen. Ringsum eine schwarze Leere, erfüllt von Lichtern und leuchtenden Punkten, Lampenbögen und zuckenden Blinkern. Nur hin und wieder tauchten flächigere Visionen auf, umhüllt von diesigem Lichtschein, verschwommen im Dunkel und im Regen, der über die Scheiben strömte.

Ich hatte nur dünne Sandalen an und wollte sie ausziehen, um in richtige warme Schuhe zu schlüpfen. Drehte mich um und kramte lange in einem der beiden Koffer, die auf dem Rücksitz lagen. Zog schließlich Baumwollsocken und ein Paar flache Lederschuhe hervor.

Tracy redete währenddessen, regulierte das Radio und lachte über meine Verrenkungen. Ich war beeindruckt von ihrer Fähigkeit, immer die richtigen Bewegungen auszuführen, das Lenkrad zu drehen, den Blinker dabei zu bedienen, die Gänge zu schalten, das Radio zu regulieren und gleichzeitig ein Gespräch zu führen, wenn auch ein ziemlich seichtes. Sie stellte mir allerlei Fragen, betrachtete sich im Rückspiegel, betrachtete Teile ihres Gesichts: ein Auge, eine Braue. Unterbrach sich immer wieder beim Reden und glitt, den Blick fest auf ein Hinweisschild oder eine Straßenmarkierung gerichtet, aus einem Lichterstrom in den anderen, folgte dem Tempo der anderen Wagen und schob sich in die passenden Lücken wie in einem Puzzlespiel. Überraschende Kurven mußten erkannt und interpretiert werden, wirr verschlungene Fahrbahnknäuel.

Nach etwa zwanzig Minuten glitten wir aus dem Nichts. Wir rollten eine langgezogene Spirale hinunter, und ich sah in der Ferne zwei bis drei schwach erleuchtete mittlere Wolkenkratzer. »Wir sind quasi in Westwood«, sagte Tracy.

Es kamen noch ein paar Kreuzungen, dann fuhr Tracy an den Bordstein und hielt. Wir befanden uns in einer Art imitiertem mediterranem Dorf: ringsum flache weiße Gebäude mit abgerundeten Kanten. Leute schlenderten auf den Gehsteigen, standen in Pulks vor den roten Ampeln.

Wir stiegen aus, und der Regen hatte sich in eine trübe Feuchtigkeit aufgelöst. Wir gingen dicht an den weißen Mauern des imitierten Dorfes entlang, Tracy schon ganz auf unsere Begegnung mit Ron eingestellt: vorgebeugt in der Erwartung. Ein paar Autos parkten am Bordstein, große Schlitten mit verchromten Auspuffrohren und Armaturenbrettern aus Hartholz.

Kurz hinter einer Ecke blieb Tracy vor einer Glastür stehen. Drückte auf den Knopf einer Sprechanlage und sagte: »Tracy hier. Sagen Sie Ron, er soll runterkommen.« Drehte den Kopf zu mir und hatte den Blick voller Vorfreude. Wir standen und warteten fünf Minuten lang, ohne uns viel zu bewegen. Schließlich wurde es mir zu dumm. Ich sagte zu Tracy, sie solle Ron erzählen, sie hätte mich auf dem Flugplatz nicht finden können, und versteckte mich hinter der Ecke, flach an die Wand gepreßt. Ron ließ immer noch auf sich warten; Tracy stand vor der Tür und bedeutete mir, in meinem Versteck zu bleiben.

Endlich kam Ron herunter und ging schnurstracks zu mir um die Ecke, ohne sich von Tracy aufhalten zu lassen. So begrüßten wir uns ohne allzuviel Überraschung; auch ohne allzuviel Wärme, denn er wirkte abgespannt und zerstreut. Er tänzelte eine Weile herum und stellte mir ein paar Fragen über den Flug. Zuckte beim Reden immerzu mit dem Kopf, vielleicht um die Kommunikation zu beschleunigen: schüttelte blondes Haar auf die breiten Schultern.

Nach dieser Begrüßung fragte ihn Tracy, wie es gegangen sei. Man sah, daß sie voller Unruhe war, sie kippte beinahe vornüber, drängte ihn an die Hauswand und packte erregt seinen Arm. »Gut ist es gegangen«, sagte er. »Spätestens in drei Tagen kriege ich eine Antwort.« Unter der Müdigkeit spürte ich die für ihn typische Euphorie, die seine Augen im Lampenlicht glänzen ließ.

»Es geht um das Treatment«, erklärte er mir. »Ich hab eben grad mit Jack Zieler gesprochen. Er sagt, er glaube, es wäre ganz gut. Er sagt, spätestens in drei Tagen hätte ich eine Antwort.«

Tracy sah ihn bewundernd an, nahm gierig seinen New Yorker Akzent in sich auf, seine Art, die Wörter und Sätze so auszusprechen, daß sie irgendwie tiefsinnig klangen. Nach einer Weile riß er uns plötzlich aus unserer stummen Betrachtung seiner Person, zeigte zur anderen Straßenseite hinüber und sagte: »Na los, gehen wir, gehen wir schon!«

Wir gingen zum Wagen zurück. Ein leichter Wind hatte angefangen, die Feuchtigkeit in Schwaden zu treiben. Er drang mir durch den Pullover bis unter das Hemd.

Tracy fuhr rasch davon. Wir waren erneut auf dem Freeway. Ron saß neben ihr in der Haltung dessen, der sich bei eher mechanischen Tätigkeiten auf andere verläßt: bequem zurückgelehnt, die Füße auf dem Armaturenbrett, den großen Kopf im Polster vergraben. Alle naselang drehte er sich zu mir um, zeigte mir halb sein Profil und fragte mich »Na, wie geht's?« oder »Wie war's in Neuguinea?« Ließ mir aber nie genug Zeit zu antworten, und so antwortete ich sehr knapp.

Ein paarmal sagte er: »Du siehst ganz prächtig aus.« Ich antwortete: »Ihr beiden seht auch ganz prächtig aus.«

Tracy fuhr jetzt ohne zu reden. Überließ sich ganz ihrer zweiten Natur: fuhr den Freeway entlang, wie anderswo jemand läuft oder schwimmt. Ich beobachtete die Textur ihrer Gesten, ihre Blicke nach vorn und zur Seite, die Bewegungen ihrer Hände. Sie hatte auch eine Reihe von parallelen Gesten, vielleicht ganz unabhängig vom Fahren: kratzte sich an der Nase, strich mit den Fingern über Rons linken Schenkel.

Schließlich bogen wir ab und fuhren im Kreis eine weitgeschwungene Ausfahrt hinunter. Tracy passierte zwei bis drei Blocks und hielt an.

Wir stiegen aus. Ich nahm meine beiden Koffer und schleppte sie ein paar Schritte über den Gehweg. Ron drehte sich um und kam zurück, um mir einen davon abzunehmen, nahm ihn mir aus der Hand und hob ihn hoch in die Luft mit seinem stämmigen Arm. Der Freeway war noch ganz in der Nähe, gleich hinter einer Zeile von niedrigen Häuschen mit winzigen aneinandergrenzenden Gärtchen.

Ron zeigte auf das Häuschen vor uns und sagte in sarkastischem Ton: »Da hast du unseren tollen Palast.« Wir gingen über den Rasen, der das Häuschen mit der Straße verband, und der Lärm wurde lauter. Als wir vor der Haustür ankamen, sah ich, daß das Häuschen in Wirklichkeit fast direkt unter dem Freeway stand: Es berührte schon fast die Stützpfeiler der Hochstraße. Die Autos brausten wenige Meter schräg über uns vorbei. Von unten sah man die Scheinwerfer huschen und lange Streifen aus der Dunkelheit schneiden.

Kaum waren wir durch die Tür getreten, bewegten sich Ron und Tracy ganz wie zu Hause: drehten sich hin und her auf der Suche nach Gegenständen, hängten Jacken an die Garderobenhaken. Ich setzte mich auf den Boden und sah ihnen zu, wie sie im Wohnzimmer und in der Küche umherliefen.

Der Boden war mit einem plüschigen roten Auslegeteppich bedeckt, der sich im Laufe der Jahre und in der Freeway-Luft zu einem trüben Lila verfärbt hatte. Gegen diese Verfärbung war mit energischen Staubsaugereinsätzen angekämpft worden, die parallele Spuren von Wand zu Wand hinterlassen hatten. An der einen Wand stand ein neubezogenes Sofa. Die übrigen Möbel waren ein Hocker und ein Tisch mit zwei Stühlen am Fenster. Auf dem Tisch stand eine IBM-Schreibmaschine, daneben lag ein Stoß weißer Blätter. Über dem Sofa hing ein James-Dean-Poster, das an mehreren Stellen mit einem rosa Filzstift retuschiert worden war, so daß Farbakzente entstanden, die aus der Entfernung unbegreiflich erschienen.

Ich stand auf und ging in die Küche. Die Knie zitterten mir noch vom Flug; es schien mir noch nicht ganz wahr, daß ich auf sicherem Boden stand. Am Wandbord über dem Spülbecken hing ein Topflappen, bestickt mit einer Ente in Schweizer Tracht. Unter dem Fenster verkündete ein Porzellanschild in blauen und goldenen Buchstaben: »Mein Herz ist im Schlafzimmer, mein Magen ist in der Küche.« Durchs Fenster sah man Lichter vorbeihuschen, fast unmittelbar über dem Kopf.

Ron und Tracy bewegten sich in dieser Szenerie wie zwei Dachse in ihrem Bau. Jede ihrer Bewegungen unterstrich ihr Verhältnis zum Raum, zu den Gegenständen und allen Details. Nach einer Weile fingen sie an zu streiten: wegen irgendwelcher Ausgaben, die Tracy für nötig hielt, um den Mustang in Schuß zu halten. Sie entfernten sich streitend durch einen schmalen Flur zum Bad. Von dort drangen ihre wütend ineinander verkeilten Stimmen gedämpft an mein Ohr: wie ein wirres Fauchen.

»Hör zu, Tracy! Tracy, hör mir doch zu!« fauchte Ron. Er wiederholte dieselben Wörter wie eine Maschine. Tracys Stimme klang spitz und gewann nur sporadisch an Konsistenz, einzelne Wörter oder Wortfetzen sprangen hervor.

Nach fünf Minuten kam Ron aus dem Bad. Ging ein paarmal unschlüssig um mich herum und setzte sich schließlich ebenfalls auf den Boden, mit dem Rücken zur Wand. Wir sagten nicht viel: versteckten uns beide hinter kleinen Schutzschirmen demonstrativer Müdigkeit. Er blickte fahrig im Raum umher, schüttelte dann den Kopf und sagte: »Tut mir leid. Andauernd kommt es zwischen uns zu diesen Diskussionen. Tracy meint, ich benutze den

Wagen, ohne mich um die Reparaturen zu kümmern. Aber das stimmt nicht. Letzten Monat hab ich den Vergaser und eine neue Batterie bezahlt.« Sein ständiges Hin- und Herblicken nervte mich.

Er zündete sich eine Zigarette an und schob das Schiebefenster ein Stückchen hoch, um den Rauch austreten zu lassen. Dafür kamen Schwaden feuchter Nachtluft herein und dröhnender Lärm von jedem Auto, das auf dem Freeway vorbeifuhr. Wir hatten ein kurzes Gespräch, einen knappen Austausch von Daten und Informationen ohne besonderes Interesse. Ich war hundemüde und wollte schlafen gehen, wußte aber nicht, wie und wohin.

Tracy kam aus dem Bad, mit geröteten Augen. Lief zwei- oder dreimal durchs Wohnzimmer unter dem Vorwand, in die Küche zu müssen, bis wir ihr sagten, sie solle sich zu uns setzen. Sie jammerte immer noch wegen des Autos, wiederholte die Argumente, die ich schon gehört hatte, sagte ein ums andere Mal: »Ich respektiere ihn ja, aber er muß mich auch respektieren« und sah mich zustimmungsheischend an. Ron sah abwechselnd zu ihr und zu mir, mit raschem Wechsel im Ausdruck: Wenn er zu mir sah, mischte er Spuren von Ungeduld in seinen Blick; wenn er zu Tracy sah, guckte er wie beschämt.

Mit einem Mal kam es mir lächerlich vor, noch länger da rumzusitzen und ihnen zuzuhören. Ich sagte, ich würde gern schlafen gehen. »Na klar, nach der langen Reise! Na klar!« sagten sie und räumten das Zimmer. Nach einer Minute kam Tracy mit Laken und Decken zurück und richtete mir das Sofa her.

Kurz darauf lag ich ausgestreckt auf dem Rücken und sah nach oben zwischen den Falten zweier geblümter Kissen. Es mußte inzwischen so gegen vier sein; vor Müdigkeit kribbelten mir die Beine. Jeder Laster, der auf dem

Freeway vorbeikam, ließ die dünnen Mauern des Häuschens erbeben und das Geschirr im Küchenschrank klirren. Der Lärm schien bei jedem Mal lauter zu werden; er donnerte mit furioser Gewalt durch die Leere der Nacht. In den Pausen, wenn er nachließ, bevor ein neues Auto über den Freeway brauste, wartete ich schon auf das Getöse, das es hervorrufen würde, auf das Dröhnen in meinen Schläfen.

Nach einer Weile stand ich auf und fing an, im Zimmer umherzulaufen, ohne zu wissen, was ich anstellen sollte. Noch wurde es draußen hinter den Fenstervorhängen nicht hell; nur ein Widerschein unnatürlicher Lichter huschte ständig vorbei.

Zwei

Das erste Mal, als ich Ron und Tracy gesehen habe, saßen sie in einem Straßencafé: lang ausgestreckt auf weißen Stühlen. Ron sprach mit einem angetrunkenen Spanier, der zwei Tische weiter saß. Ich kann mich noch gut erinnern, wie sie aussahen und was sie anhatten. Sie bewegten sich mit der allergrößten Natürlichkeit, als ob sie den Ort schon immer gekannt hätten, bis in die kleinsten Nuancen.

Ron sprach ein groteskes Spanisch, das er, wie er mir später erzählte, während eines nur knapp dreiwöchigen Urlaubs in Mexiko gelernt hatte. Er kannte bloß ein paar gängige Wörter, die er schlecht aussprach, ohne zu überlegen. Der Spanier war feindselig, sprunghaft und schwankend. Er versuchte mit kleinen Tricks, die Gesprächsführung an sich zu reißen: verband die Wörter zu Zweiergruppen und betonte sie so, daß sie etwas Lächerliches bekamen; spielte mit Anklängen, um sie doppeldeutig zu machen.

Ron war für diese Feinheiten ganz und gar unempfänglich, sie glitten von ihm ab wie stumpfe kleine Pfeile. Er schnappte sich aufs Geratewohl ein paar Brocken aus dem Gespräch heraus und fügte sie linear zusammen. Der Spanier sah sich zu einem banalen freundschaftlichen Geplauder gezwungen, unabhängig von dem, was er sagte und wie er es sagte. Er drehte und wendete sich vergeblich. Ron hörte ihm zu und lächelte, winkte ihm mit der Hand.

Als es dem Spanier zuviel wurde, fing er zu fluchen an, sprang auf und schrie wüste Beschimpfungen. Aber Ron schaffte es, auch noch diesen Wutausbruch umzudeuten, indem er ihn als eine derbe Jovialitätsbekundung interpretierte. Er sprang ebenfalls auf, hob prostend ein Gläschen Madeira und rief aufs Geratewohl ein paar Worte.

Tracy war ganz versunken in der Betrachtung Rons; auch in der Pflege ihrer selbst angesichts des spanischen Sommers. Sie stützte den linken Ellbogen auf den Tisch und streckte die Beine weit vor: sonnengebräunt und glänzend. Sie hatte ein weißes Baumwollkleid an, so eine Art römische Tunika, um die Taille mit einem marokkanischen Gürtel zusammengehalten. Ihre sonnengebräunten Brüste schimmerten durch den Stoff, die Spitzen traten hervor.

Trotzdem war sie nicht attraktiv: ohne Eleganz und kaum sinnlich. Aber ihre Sicherheit machte mir Eindruck, ihre Art, sich umherzubewegen, als könnte sie gar nichts falsch machen. Auch sie fügte sich die Realität zusammen, wie es ihr gerade paßte, ohne sich um die Nuancen zu kümmern. Das gab ihr eine enorme Kraft. Das italienische Mädchen, das mit mir Urlaub machte, kam mir dagegen ganz unsicher vor, voller Hemmungen.

Mir wurde klar, daß ich Ron und Tracy sieben Monate lang immer weiter so vor mir gesehen hatte, wie sie mir damals bei unserer ersten Begegnung im Sommer erschienen waren.

Drei

Sherman Oaks, 23. Nov. 78

Lieber Giovanni,
gestern kam Dein Brief aus Haleiwa, natürlich beneiden wir Dich wie verrückt um Deinen Urlaub und was Du für tolle Gegenden siehst! Wir können nicht mal dran denken, hier wegzufahren vor nächstem Sommer, auch wenn ich weiß wie schade es ist, daß wir uns nicht dort treffen können, weil es ja stimmt, eigentlich sind wir gar nicht so weit auseinander, jedenfalls nicht so weit wie als Du in Italien warst. Das Wetter hier ist wirklich beschissen, auch gestern hat es den ganzen Tag lang geregnet und vorgestern auch und es sieht so aus als würde es immer so weitergehen, na hoffen wir's nicht. Übrigens danke für Deinen Brief aus Neu Guinea, was für eine aufregende Reise muß das gewesen sein, es kam mir fast vor wie wenn ich den National Geographic ansehe, als ich Deinen Brief las! Ich hoffe ihr habt da unten phantastische Photos machen können, auch wenn dieser Photograph, dieser Signor Formaro, immer so blöd war, wir sind fast gestorben vor Lachen über das, was Du uns von Euren Diskussionen erzählst. Ron meint, Du solltest auch mal zu schreiben versuchen, Du hättest eine so komische Art zu erzählen, und ich muß ihm recht geben, ich habe noch nie so gelacht über einen Brief, ehrlich! Das muß ja bestimmt wahnsinnig aufregend gewesen sein, in diesen geheimnisvollen exotischen Ländern rumreisen zu können und auch noch dafür bezahlt zu werden, auch wenn ich mir vorstellen kann, daß es nicht immer nur rosig

war, schließlich ist es ja auch eine richtige Arbeit wie jede andere.

Wir hätten Lust noch mal nach Europa zu fahren, nachdem es letzten Sommer so herrlich da war, aber man muß ja auch sehen wie man sein Geld verdient um zu leben, wir haben uns jetzt alle beide ganz unseren Karrieren verschrieben und sind echt bemüht, unser Bestes zu geben. Ron ist gerade dabei, ein wichtiges Treatment fertigzuschreiben, er geht nur noch mal im einzelnen drüber und gibt ihm den letzten Schliff, was die schwierigste Arbeit ist, und dann muß er sehen daß es die wichtigsten Leute zu lesen kriegen, der bloße Gedanke macht ihn schon ganz nervös. Ich arbeite im Geschäft meines Vaters, als Direktionsassistentin in der Abteilung Marktforschung, da kriege ich dreihundert Dollar die Woche, das ist nicht schlecht, auch wenn wir davon bestimmt nicht reich werden. Ron ist unheimlich nervös und aufgeregt, er sagt, es wäre das Beste was er bisher geschrieben hat, und das glaube ich auch, da könnte bestimmt ein ganz großer Film draus werden, wenn er nur den Richtigen findet, der kapieren kann was da drinsteckt, na sehen wir mal. Ron hat ein paar Kurzgeschichten verkauft für eine Werbeserie der Coors, die ganz gut bezahlt. Es genügt ja so wenig, um dir das Gefühl zu geben, daß es nicht unnütz ist was du machst, oder daß es einen Sinn hat was du machst.

Versuchen wir uns einen aufgeschlossenen Geist zu bewahren und einen gesunden Körper! Wir machen beide zurzeit eine Kräuterkur, die ganz phantastisch ist, auch wenn wir sie noch nicht sehr lange machen, aber wir fühlen uns beide schon sehr viel besser. Es gibt da so eine Art Heilpraktiker, der eine Praxis in North Hollywood hat, wo er dich untersucht und dir Kräuter verschreibt und sie dir auch gleich verkauft, er hat sie in großen Glasgefäßen. Er *hat sofort einen Haufen Sachen kapiert über unseren Charakter, wirklich phantastisch! Er ist kein Betrüger, ich glaube er hat irgendwie besondere Gaben. Auch Ron der große New Yorker Intellektuelle ist jetzt überzeugt, daß man mehr für seinen Körper tun muß. Wenn man ihm mehr gibt, kann man auch mehr von ihm verlangen.*

Vielleicht ziehen wir bald um, aber wir bleiben auf jeden Fall weiter in Sherman Oaks, weil was anderes können wir uns gar nicht leisten, die Mieten sind einfach lächerlich, wo du auch hinsiehst. Was gibt es sonst noch zu berichten? Ach ja, stell Dir vor, ich habe Al Pacino gesehen gestern abend auf einer Party, wo ich mit meinem Vater hingegangen bin und wir haben mit ihm gesprochen und mit einem Produzenten, das war vielleicht ein komischer Typ, den müßtest Du sehen! Den Produzenten meine ich, weil Al Pacino ist sehr sympathisch und macht überhaupt kein Getue um sich, er ist wie ein völlig normaler Mensch und dabei wahnsinnig nett. Ron sagt, der Held in seiner Geschichte ist Al Pacino nachgestaltet, ist das nicht ein toller Zufall? Letzte Woche sind wir nach L. A. reingefahren und haben die Eagles gehört und Samstag Gino Vanelli im Roxy, ein phantastischer Typ, sag ich Dir! Und ein toller Saxophonist war auch da.

Also sei herzlich gegrüßt, ich muß aufhören, weil der Platz gleich zu Ende geht. Ich soll Dir auch herzliche Grüße von Ron bestellen (er ist grad weggefahren, um mit Leuten wegen dem Treatm. zu sprechen, in Pasadena).

Bleib gesund und schreib mal wieder. Bis bald.

Tracy

Vier

Los Angeles, 9. 1. 79

hi giovanni die autos brausen mir über den kopf in endloser kette & lassen das haus erbeben & kreisen es ein mit ringen von energie die sich fortpflanzen von den wänden in meinen rücken & meinen arm entlang bis in die hand & die finger die jetzt diese feder halten mit der ich dir schreibe. ich habe das treatment für den phantastischsten film der geschichte des kinos so gut wie fertig & der gedanke erfüllt mich mit sonderbaren gefühlen & vielleicht mit einem anflug von panik & wir werden sehen ob der weg zum ruhm glatt ist & leicht zu begehen oder eher gespickt mit hindernissen & schwierigkeiten. du verrückter italienischer träumer liegst faul in der sonne & im absurden blau von oahu um dich mit lieblichen hulatänzerinnen zu vergnügen während wir eingeschlossen sind unter dieser neurosenkuppel in diesem talentgehege hoffend daß einer mit einem lasso kommt um uns aus der herde herauszuholen & uns endlich zu jener totalen exhibitionsshow zu führen die wir suchen & gleichzeitig insgeheim fürchten. ich wäre gern so entspannt wie du & fast schon asketisch in der verachtung des geldes & des erfolgs & hätte gern jene unergründliche tiefe des geheimnisvollen alten europa die dir womöglich andere motivationen gibt & dir erlaubt dein leben in hawaii zu genießen während wir das unsere jeden tag neu vergiften im haschen nach einem augenblick ruhm den wir dann mit zähnen & klauen verteidigen müssen & nach dem es dann unmöglich sein wird sich mit anderem & geringerem zu begnügen & es wird wahrlich sein als hätten wir von der verbotenen frucht der konsum- & verschwendungszivilisation gegessen die uns versucherisch lockt durch millionen mattscheiben & die uns bombardiert mit der radioaktiven kraft der zahllosen neonlichter die das leben in unseren straßen ersticken lassen während es sich noch mühsam weiterzuschleppen versucht auf seinen pathetischen rädern rostiger second-hand-cadillacs. (geschrieben vor dem küchenfenster morgens um fünf uhr dreißig noch zu sehr voller coca & kalifornischem riesling um schlafen zu können & andererseits zu müde um letzte hand an meine geschichte zu legen & was gibt es besseres als in der nacht mit der feder zu schreiben um keinen lärm mit der schreibmaschine zu machen & tracy nicht aufzuwecken die vielleicht besser schläft als ich jemals imstande sein werde zu schreiben). ron.

Lieber Giovanni, ich schicke Dir dieses Elaborat, das Ron vor ein paar Wochen geschrieben hat, weil es wohl eine Art Brief an Dich werden sollte, und es kommt selten vor daß Ron sich aufrafft einen Brief fertigzuschreiben, besonders jetzt wo er so aufgeregt ist wegen dem Treatment. Deine »halbe Idee« uns hier eventuell zu besuchen ist wirklich ganz toll! Das wäre phantastisch, wir könnten uns weiter so schön unterhalten wie damals in Ibiza und würden Dir eine Menge hier zeigen und Dich mit einem Haufen hochinteressanter Leute bekannt machen, das wäre echt prima, ich würde mich wahnsinnig freuen. Wenn Du bisher bloß New York gesehen hast, kannst Du Dir keine Vorstellung machen, wie es hier ist, ich kann Dir versichern, es ist viel mehr Amerika als was Du bisher gesehen hast. Das neue

Haus in dem wir jetzt wohnen ist süß, wenn auch ein bißchen alt und sehr nahe am Freeway und manchmal deswegen sehr laut, aber man gewöhnt sich dran, zum Ausgleich haben wir jetzt ein eigenes Gärtchen. Vorn ist ein kleiner Rasen, der im Moment sehr grün ist, weil es hier immer noch andauernd regnet, es reicht uns allmählich, für dies Jahr haben wir wirklich genug vom Regen, man könnte fast meinen man wäre gar nicht in Kalifornien!

Wir haben uns einen Mustang gekauft, ein 67er Kabrio für 2000 $ aber es ist ein Klassiker in sehr gutem Zustand, ein toller Schlitten, wir haben ihn ganz zufällig aufgetrieben. Kein Achtzylinder, er hat bloß sechs Zylinder und verbraucht Gott sei Dank nicht sehr viel, weil nämlich seit der Geschichte mit den Benzinrationierungen gibt es hier vor den Tankstellen Schlangen, die bis zu zehn Blocks lang sind und du mußt stundenlang warten bis du volltanken kannst. Ich glaube Dir gern wenn Du schreibst daß man sich in Hawaii ganz schön langweilt, weil's da nicht viel zu tun gibt außer in der Sonne zu liegen oder zu surfen, was ja sicherlich Spaß macht, aber man muß vielleicht auch an die Zukunft denken, vor allem in dieser Phase unseres Lebens. Wenn Du nach L. A. kommst, such Dir den billigsten Charterflug raus, man spart fast die Hälfte und es sind die gleichen Maschinen, in Honolulu gibt's einen Haufen Reisebüros die einem Ermäßigungen geben, man muß nur ein bißchen suchen. Mach's gut und laß von Dir hören, und wenn Du Dich herzukommen entscheidest schick uns ein Telegramm, dann kommen wir Dich abholen. Bis bald.

Tracy

Fünf

Am Vormittag gegen elf verließ ich mit Ron das Haus. Tracy war schon vor ein paar Stunden zur Arbeit gegangen; ich hatte sie durch das Zimmer gehen hören, mich aber schlafend gestellt.

Wir folgten der Straße, die parallel zum Freeway verlief; gingen den schmalen Fußweg entlang, dicht neben den Autos, die uns pausenlos überholten. Die Luft war noch schwer vom Regen der vergangenen Nacht, es nieselte leicht. Alle Farben tendierten zu Grau. Ron ging entspannt, die Hände tief in den Taschen, wie einer, der zeigen will, daß er keine Verantwortung für die Gegend hat. Immer wieder deutete er im Vorbeigehen auf ein Haus und sah mich an, um meine Reaktion zu beobachten.

Wir gingen zügig ein längeres Stück, und die Gegend blieb unverändert. Es schien, als wären wir keinem Punkt nähergekommen und hätten uns von keinem entfernt; nur an den Häuschen zwischen der Landstraße und dem Freeway gab es kleine Veränderungen: Details an den Türen und in der Gestaltung der Gärtchen, gerade noch eben erkennbar. Das einzige, was am Horizont auftauchte, war das Markenzeichen von einer Tankstelle; je länger wir gingen, desto größer erschien es, aber auch ferner. Nach zwanzig Minuten war es riesig, immer noch einige Kilometer entfernt. Das zerdehnte den Raum und drückte ihn platt, verödete ihn am späten Vormittag gegen halb zwölf. Wir sagten die ganze Zeit fast nichts, summten höchstens mal vor uns hin.

Schließlich gelangten wir zu einem großen Parkplatz voller Autos und langer Schlangen von lose ineinandergeschobenen Einkaufswagen. Ein blondes Mädchen in rosa Hosen und rosa Kittel schob eine der Schlangen durch die Glastüren in den Supermarkt. Dutzende anderer Einkaufswagen wurden von Kunden, die herausströmten, zwischen den Autos verstreut.

Vor den Schaufenstern standen ein paar dieser trostlosen Spielgeräte, die mechanisch wippen und schaukeln, um Bewegung zu simulieren: eine Lokomotive und eine Postkutsche, beide sehr primitiv. Zwei mexikanische Kinder saßen still in der Postkutsche, ohne Geld in den Schlitz zu stecken: saßen einfach nur da und rührten sich nicht, auf den runden Köpfen Segeltuchmützen mit hochgebogenem Schirm.

Der Supermarkt war eine grenzenlos weite Halle, aufgeteilt in Sektoren, zu denen große gelbe Wegweiser führten. Wir fingen an, zwischen Wänden von Flaschen und Dosen und Schachteln umherzugehen; ich schob einen Einkaufswagen, Ron ging voran. Kaum waren wir aus dem Blickfeld der Kassen, begann er umherzuspähen, sah um die Ecken, ob jemand von der anderen Seite kam, und sagte leise: »Komm mit dem Wagen näher. Deck mich nach dieser Seite.«

Wir standen vor einer großen Tiefkühltruhe, in der die Fleischwaren ausgelegt waren, geordnet nach Sorten und Preisen, abgepackt in Portionen mit roten Aufklebern, auf denen »Sonderangebot« oder »Familienpackung« oder »Feinschmeckerhappen« stand. Ron nahm zwei Filetstücke und ließ sie blitzschnell unter dem Gürtel verschwinden. Ich sah ihn mit den Filets in der Hand, er schien noch zu überlegen, ob er sie kaufen sollte, und plötzlich waren sie nicht mehr da. Wenn man es nicht schon erwartet hatte, konnte man kaum begreifen, was mit ihnen geschehen war, zumal Ron dabei völlig entspannt aussah, fast gelangweilt. Unter der Jacke trug er ein Kordhemd, das er offen über die Hose hängen ließ, um jede verräterische Ausbuchtung zu verhüllen.

Wir gingen weiter mit dem Wagen umher, versunken in der eigenartig abstrakten Ruhe, die annähernd leere Supermärkte ausströmen. Man hörte das leise Summen der Tiefkühltruhen und Neonröhren. Ron stopfte sich weiter Delikatessen, Thunfischdosen, Schinken- und Käsepackungen in die Hose.

Er mußte lange geübt haben, um so geschickt und sicher zu werden. Seine Bewegungen liefen so fließend ab, daß sie den Eindruck einer natürlichen Handlung erweckten, oder auch gar keinen Eindruck. Irgendwann blieb er stehen, beugte sich über eine Packung, nahm sie heraus und hielt sie hoch, wie um sie prüfend zu mustern; drückte sie plötzlich in einer einzigen raschen Bewegung an sich und ließ sie blitzschnell unter dem Gürtel verschwinden. Als vorne kein Platz mehr war, schob er sich einige auch in die Hüften. Dann sah er sich um, trat unauffällig zur Seite, wenn Frauen mit Einkaufswagen vorbeikamen, und zog sich die Ärmel der Jacke glatt.

An einem bestimmten Punkt zeigte er mir an der Decke hoch oben zwei oder drei Spiegel, durch die das Verhalten der Kunden womöglich beobachtet wurde, und murmelte: »Hoffen wir, daß sie von da nichts gesehen haben.« Aber es klang eher wie ein magischer Bannspruch gegen das Unglück.

Ich legte zwei Milchkartons und eine Riesenpackung Cornflakes in den Wagen, schob ihn zur Kasse und bemühte mich, so natürlich zu wirken, wie ich konnte. Die Kassiererin lächelte breit und fragte mich, wie es mir gehe. Ich sagte »Gut, danke«, bevor mir klar wurde, daß es bloß eine automatische Höflichkeitsfloskel gewesen war.

Wir gingen durch einsame Nebenstraßen nach Hause, vorbei an kleinbürgerlichen Vorstadthäusern mit Hecken um die Gärten, mit imitierten Taubenschlägen und holzverzierten Fassaden. Ron wies mich immer wieder auf Einzelheiten hin und sagte andauernd: »Nun sieh dir bloß *das* mal an!« Er sprühte vor demonstrativer Ironie. Vielleicht fühlte er sich verpflichtet, die kitschigsten Züge der Gegend hervorzuheben, ehe ich sie bemerken und ihm die Schuld daran geben könnte.

Vor einem Haus im Stil eines Kornspeichers blieb er stehen und sagte: »Merkst du, wie ausgestorben das alles ist? Nirgendwo gibt es hier Leben, bis nachmittags um fünf. Nur ein paar verängstigte Hausfrauen, die vor dem Fernseher hocken und trinken.« Er deutete vage die leere Straße hinunter, die sich am Horizont zwischen immergleichen Gärten verlor.

Kaum hatten wir dann die Hauptstraße parallel zum Freeway erreicht, war das Leben wieder voll da: brüllend laut und mechanisch, schwer zu entziffern. Die Autos kamen in Wellen heran und brausten mit wildem Getöse auf unterschiedlich hohen Frequenzen an uns vorbei. Wenn die Ampel an der nahen Kreuzung auf Rot sprang, staute die Welle sich auf, zerfaserte an den Rändern und verebbte mit den langsamsten Fahrzeugen. Wir standen ein paar Minuten am Straßenrand, um uns das Schauspiel anzusehen und die Lungen mit Abgas zu füllen.

In den nächsten Tagen schrieb ich ein paar Briefe, saß vor dem Fernseher oder ging auf Nebenstraßen in der Nähe des Hauses spazieren, während Tracy arbeitete und Ron am Tisch vor dem Fenster sitzend die Schreibmaschine ansah.

Jack Zieler hatte noch nichts von sich hören lassen wegen des Treatments, und so verbrachte Ron die Tage in einem Zustand dauernder Spannung: hockte da, sah auf die Schreibmaschine oder aus dem Fenster und sprang alle naselang auf, um eine Telefonnummer zu wählen. Ich hörte ihn einige Male telefonieren auf der Suche nach Informationen; er kroch fast in den Hörer hinein und stellte erregte Fragen, kabbelte sich mit Sekretärinnen, kriegte aber nie die gewünschte Person an die Strippe und wurde immer wieder vertröstet.

Nach ein paar Tagen bekam er das Treatment zurück. Zieler hatte ihn nicht einmal vorher angerufen, es kam ohne Vorankündigung mit der Post. Ron las mir den kurzen Begleitbrief vor, der die Story als »brillant, aber leider unverkäuflich« definierte, und wurde fast hysterisch vor Wut. Er feuerte das Manuskript durchs Zimmer, schrie, daß Zieler ein Schwein sei, rannte auf dem plüschigen Teppichboden umher und ruderte wild mit den Armen. Sagte verbittert: »Was für ein Hurensohn!« und rief mindestens fünf verschiedene Leute an, um ihnen den Fall zu erzählen.

Danach verfiel er in einen Zustand selbstgefälliger Depression. Schüttelte den Kopf und erklärte, seine Story sei eben »zu sehr der Zeit voraus«, um verstanden zu werden. Tracy, als sie am Abend davon erfuhr, war fassungslos; das machte die Sache nur noch schlimmer.

Ron gab mir sein Treatment zu lesen, nach einer langen einführenden Erklärung aller Bezugnahmen und Zusammenhänge. Es war die Geschichte eines Rockgitarristen, der in Los Angeles hochzukommen versucht und es am

Ende trotz einer Reihe von Schwierigkeiten auch schafft: Er wird reich und berühmt.

Ich saß auf dem Sofa und las die Seiten, bewacht von Tracy, die neben mir saß. Die Geschichte war so konventionell und albern, daß ich nicht verstand, wie Zieler sie hatte »brillant« nennen oder auch nur einen Augenblick lang erwägen können, sie irgendwo anzubieten.

Um nicht uninteressiert zu erscheinen, blickte ich weiter auf die Seiten, wenn ich sie gelesen hatte, ließ die Augen noch mal über einzelne Stellen gleiten und sagte alle naselang »schön« oder auch »phantastisch«. Tracy hielt sich bereit, meine Kommentare durch Präzisierungen oder Erklärungen zu bekräftigen. Ron sah lauernd vom anderen Ende des Raumes herüber und horchte auf unsere Worte. Jedesmal, wenn ich oder Tracy irgendwas sagten, beugte er sich vor, um Bemerkungen einzuwerfen wie »Ja, das ist nicht schlecht« oder »Amüsant, was?«

Tracy hatte ihren ganzen Enthusiasmus für mich gleich am ersten Abend voll ausgeschöpft, als sie mich vom Flugplatz abholen kam und behauptete, sie hätte mir tausend Dinge zu erzählen. Sie wurde jeden Tag abweisender, bis zur Feindseligkeit.

Wenn sie von der Arbeit nach Hause kam, so gegen halb sechs, sah sie gewöhnlich erstmal fern: auf dem Boden sitzend in ihrem Zimmer, mit dem Rücken an die Bettkante gelehnt. Mich sah sie mit einer Miene an, als wollte sie sagen, daß der Platz für uns drei nicht reichte. Es war, als merkte sie das jeden Abend zum ersten Mal.

Kaum eingetreten begann sie, mit Gesten der Wiederaneignung um sich zu werfen: schob Gegenstände umher, machte Schranktüren auf und stellte gereizte Fragen. Ich kam mir vor wie jemand, der auf einem Stuhl sitzt, während der Boden darunter gekehrt wird, so daß er dauernd vor- und zurückkippeln muß und so tun, als ob nichts wäre, bis der Besen vorbei ist.

Anschließend machte sich Tracy dann eine Stunde lang in der Küche zu schaffen, meistens mit einem chinesischen Dampfkochtopf, in den sie Gemüse schnitzelte, das sie mit Sojasoße begoß. Ich bemühte mich immer, vor den beiden zu essen, weil mir der Gedanke, mit ihnen am Tisch zu sitzen und Konversation zu machen, unerträglich erschien. In diesen Momenten drangvoller Enge taten wir so, als ob wir einander nicht sahen: traten uns zwar auf die Füße, aber gingen getrennte Wege. Ich suchte mir etwas direkt aus dem Kühlschrank und machte mir rasch ein Sandwich, damit ich fertig war, bevor sich die beiden zu Tisch setzten.

Den restlichen Abend verbrachten dann Tracy und ich vor dem Fernseher, bäuchlings ausgestreckt auf dem Bett. Das Bett hatte eine viel bessere Konsistenz als das Sofa, das mir zum Schlafen diente und in Wirklichkeit fast schon auseinanderfiel. Jeden Abend gelangte ich an den Punkt, an dem es mir unnatürlich vorkam, das weiche Bett zu verlassen, um auf dem harten Sofa zu schlafen. Ich begann, Ron und Tracy zu hassen vor Neid auf ihre Federkernmatratze.

Oft kam es auch vor, daß Tracy beim Fernsehen telefonierte. Dann hockte sie auf dem Bettrand, die Füße hochgezogen, den Kopf dicht vor die Glotze gereckt, und murmelte in den Hörer. Sie schaffte das mit der gleichen Fähigkeit zur Verdoppelung wie beim Autofahren: voll konzentriert auf zwei parallele Handlungen.

Auch Ron sah fern, wollte es aber nicht offen zugeben. »Heut abend muß ich schreiben«, erklärte er jedesmal. Schüttelte mißbilligend seine mächtige blonde Mähne, weil ich so wenig geistige Regsamkeit zeigte. Ging an den

Schreibtisch und setzte sich, um seine IBM zu betrachten, sprang aber alle naselang wieder auf und kam angelaufen, um zu sehen, wie es im Fernsehen weitergegangen war. Wir mußten ihn dauernd auf dem laufenden halten. Zur gleichen Zeit mokierte er sich über mein Interesse und sagte ständig: »Giovanni, du bist echt fernsehsüchtig.«

Eine andere Macke von ihm war, daß er jedesmal, wenn wir schlafen gehen wollten, langatmig zu philosophieren anfing. Wozu er sich gern auf mein Sofa setzte, so daß er mir jeden Ausweg versperrte.

Er brachte die Worte nur zögernd hervor, nachdem er sie lange gesucht hatte, ich glaube, wegen des Klanges, denn er sprach nie in zwanglosem Ton. Wenn ich ihm zuhörte, hatte ich immer den Eindruck einer ständigen Anstrengung, die er sich abverlangte. Er bemühte sich, einem bestimmten Bild zu entsprechen, einem Modell, das er sich gesetzt hatte. Es war, wie als wir spazierengingen und er mir die Gegend zeigte: Er stieß die Worte hervor, saß auf der Sofakante, die breiten Schultern nach vorn gebeugt, und deklamierte wie auf einer Bühne. Es war zum großen Teil eine Show für Tracy.

Sie fragte ihn manchmal nach der Bedeutung eines Wortes: im Ton einer Schülerin, die ihrem Lehrer zuhört. Die beiden hatten ihre Rollen gut eingeübt: wie zwei Schauspieler, die immer zusammen auftreten und ihre Mittel ständig verfeinern, bis sie einander perfekt ergänzen.

Meist zählte er nacheinander auf, wie es ihm bisher ergangen war, seit er sich als Drehbuchschreiber in Los Angeles niedergelassen hatte, und spekulierte anschließend über mögliche Weiterentwicklungen. Je nach seiner Stimmung klangen diese dann entweder sehr real und zum Greifen nahe oder sehr vage und fern wie Mondperspektiven. Im zweiten Falle trat er ans Fenster und rauchte Marihuana; wobei er den Rauch aus dem Fenster blies, weil Tracy nicht wollte, daß sich der Teppich vollsog.

Beide neigten mir gegenüber zu einem belehrenden Ton: hielten mir die Fehler vor Augen, die ich in Amerika machte, die Gründe für mein falsches Verhalten. In solchen Momenten hörte ich ihnen sehr irritiert zu und nickte bloß mit dem Kopf, ohne sie direkt anzusehen.

Eines Morgens weckte mich Tracy, um mich zu fragen, ob ich mitkommen wollte nach Beverly Hills; sie müßte dort ein paar Besorgungen machen.

Wir fuhren im Mustang eine gewundene Straße hinauf, am Hang eines Canyon entlang. Je höher wir kamen, desto stabiler wurden die Häuser, die Gärten größer, die Hecken dichter. Weiter oben gab es Säulen vor den Fassaden und elektronisch gesicherte Gittertore.

Als wir am Ende der Steigung ankamen, sahen wir San Fernando Valley unter uns liegen, eingehüllt in einen dichten gelblichen Dunst und gesprenkelt mit Tausenden roter und grüner Flecken von den Dächern der Häuschen und der Gärtchen ringsum.

Tracy fuhr über den schmalen Grat und auf der anderen Seite hinunter. Drehte immerzu an den Knöpfen des Radios, ohne je mit dem Ergebnis zufrieden zu sein. Die Häuser hier waren noch pompöser, richtige Villen. Vor den Garagen standen große importierte Limousinen. Weiter unten wurden die Gärten zwar etwas kleiner, aber man sah, daß sie immer noch teurer waren als die anderen drüben. Tracy fing an, mir einzelne Villen zu zeigen und die Geschichte ihrer Eigentümer zu erzählen oder wenigstens ihre Namen zu nennen.

Ab und zu waren Männer zu sehen, die aus einem Auto stiegen oder sich an einer Haustür zu schaffen machten:

Mittdreißiger in offenen Hemden, die Haare kurzgeschnitten und glatt nach hinten gekämmt. Tracy bremste und lehnte sich zu mir herüber, um besser zu sehen. Fragte mich leise: »Hast du gesehen?« und erklärte mir dann, um welchen berühmten Schauspieler es sich handelte und mit welcher noch viel berühmteren Schauspielerin er liiert war.

Viele der Namen sagten mir gar nichts, weil es Berühmtheiten aus zu neuer Zeit waren, um schon in Europa bekannt zu sein, großenteils Berühmtheiten aus dem Fernsehen. Ich stellte mir vor, daß ihre Serials in Italien ankommen würden, wenn sie in Amerika schon ganz vergessen waren.

Schließlich gelangten wir zu den Läden von Beverly Hills, eingezwängt zwischen großen teuren Schlitten. Wir stellten den Mustang in eine Lücke mit Parkuhr am Bordstein. Tracy führte mich eilig über die Straße und dann eine Schaufenstergalerie entlang.

Ich betrachtete die italienischen Modegeschäfte, die sich in Form von großen Konfettischachteln zur Straße öffneten. Es gab Juwelierläden, groß wie klassizistische Botschaftsgebäude, mit Säulen und Marmorfassaden und Samtvorhängen in den Portalen. Andere Gebäude waren aus dünnem Glas, weiß und quadratisch. Es war ein trüber Tag mit diffusem Licht und niedrigem Luftdruck. Ich ging hinter Tracy her und hatte ein bißchen Mühe zu atmen, sah mich um wie gehetzt von einer seltsam fiebrigen Unruhe.

Tracy ging rasch vor mir her, mit kurzen Schritten und rudernden Armen. Zerrte mich einfach mit, ohne Rücksicht auf mein Interesse für die Umgebung. Ich folgte ihr ein paar Minuten lang wie ein Schaf an der Leine: widerwillig, an den Kreuzungen zögernd. Dann wurde mir die

Art, wie sie ging und mich zerrte, zu dumm. Auf der Höhe eines Uhrenladens sagte ich ihr, sie solle allein weitergehen, wir könnten uns später dann wieder beim Auto treffen. Sie sah mich kurz an und sagte »Okay, okay«. Ich ging zurück zu der Straße, die ich zuerst gesehen hatte.

Unterwegs betrachtete ich die Leute vor und hinter den Schaufenstern; die schweren Limousinen, die an den Bordstein glitten und ein paar Minuten hielten, ohne die Türen zu öffnen. An einer Ecke stehend beobachtete ich eine ältere Dame, die einen grauen Rolls Royce in eine enge Parklücke zwischen zwei anderen Wagen rangierte. Ich bemühte mich, ihre Gesten zu registrieren, ihre Art, den Kopf zu beugen, um im Rückspiegel zu erkennen, wer hinter ihr fuhr oder wer den Gehsteig entlangkam. Ihre Kleidung paßte zur Langsamkeit ihrer Bewegungen und zu den Reflexen auf der Frontscheibe ihres Wagens.

Ich betrachtete die Gegenstände in den Schaufensterauslagen: Ihre Konsistenz überraschte mich, ihre greifbare Körperlichkeit im Licht.

Ich betrachtete eilig vorübergehende Mädchen mit weiten, an den Knöcheln geschlossenen Hosen und geröteten Wangen; Frauen in mittlerem Alter mit schweren Brillen und leichten Sandalen; Männer mit Bäuchen und mehr oder weniger tiefgebräunten Gesichtern. Es gelang mir nicht recht zu erkennen, wer hier wirklich zur Szene gehörte und wer bloß vorübergehend und äußerlich in eine Rolle geschlüpft war. Fast alle hatten Gesichtsausdrücke, die dem Ort und seinen Nuancen entsprachen. Ich stellte mir vor, daß manche von ihnen in Wirklichkeit Angestellte der Läden sein mußten oder höhere Sekretärinnen oder auch Mädchen aus den Vorstadtsiedlungen; aber alle hatten genug von der Szenerie in sich aufgesogen, um ihre Charaktermerkmale anzunehmen. Alle hatten sich lange genug im Glanz der Umgebung gesonnt, um selber glänzend zu werden.

Nach ein paar Minuten klarte der Himmel auf und wurde rasch blau. Im Nu gewann das Straßenbild an Kontrasten. Die Einzelheiten traten vor meinen Augen dreidimensional und glänzend hervor. Ich versuchte, so gut ich konnte, sie in mich aufzunehmen, sie gleichsam zu inhalieren.

Grüppchen von Leuten saßen in einem Straßencafé an den Tischen: strahlten enorme Mengen von Wohlbehagen und Selbstzufriedenheit aus; aalten sich geradezu in dem Vergnügen, zu dieser Tageszeit an diesem besonderen Ort zu sitzen, so wie man sich in einem Schaumbad aalen kann. Den Schaum bildeten ihre Kleider, die Blicke der Passanten, die Autos am Bordstein und die garnierten Drinks auf den Tischen.

Die Sonne machte mir warm, ich fühlte mich unpassend angezogen, zu dick und ein bißchen plump. Ich wußte nicht recht, was ich tun sollte oder wie reagieren. Die ganze Szene vermittelte einen seltsamen Eindruck von Zugänglichkeit, und gleichzeitig stieß sie mich an die Ränder wie eine Zentrifuge.

Mein Zusammenleben mit Ron und Tracy wurde allmählich schwierig; es zeigte immer mehr Spuren von Irritation und kaum verhohlener Gereiztheit.

Die beiden waren wie zwei gierige junge Haie, streitsüchtig und ganz wild auf das Telefon, wenn es klingelte. Hielten sich immer bereit und rasten gleich hin, achteten dann aber sorgsam darauf, sich nicht zu verraten oder allzu naiv zu erscheinen. Los Angeles sahen sie wie eine Hindernisbahn und jeden Sprung wie den letzten in einem Rennen; sie unterteilten die endlose Zahl der nötigen Sprünge bis zum ersehnten Ziel in allerlei Arten und Unterarten; hetzten andauernd im Kreis auf der Jagd nach Häppchen und Bruchteilen von Erfolg, die sie unverzüglich verschlangen, um rasch zu größeren jungen Haien zu werden. Von jeder winzigen Episode erwarteten sie sich bedeutsame Konsequenzen für ihr Leben. In manchen Momenten frenetischer Raserei genügten sämtliche Telefonnummern in ihren Notizbüchern nicht, um ihren Hunger nach Anlässen oder Gelegenheiten zur Selbstdarstellung und Förderung ihrer Bekanntheit zu stillen.

Allmählich übertrug sich diese ständige Hetze auf mich; ich glaube, ich inhalierte sie aus der Luft. Wir lebten zu dritt in dem Häuschen unter dem Freeway und waren die ganze Zeit angespannt: eingehüllt in eine Atmosphäre gegenstandsloser Konkurrenz.

Das Bad war der einzige wirklich private Raum in der Wohnung, und jeder von uns bemühte sich, möglichst viel Zeit darin zu verbringen. Manchmal schloß ich mich ein, drehte den Wasserhahn auf und starrte einfach bloß in den Spiegel: nicht direkt in mein Gesicht, sondern vage dahinter. Wenn ich dann rausging, kam ich mir plötzlich vor wie nach allen Seiten hin exponiert, ohne den kleinsten Schutz.

Wie auch immer, jedenfalls wusch ich mir oft die Haare; stand eine halbe Stunde lang unter der warmen Dusche und ließ die Probleme von mir ablaufen. Nach einer Woche fand ich auf dem Waschbeckenrand einen Zettel mit den Worten: »Giovanni, denk bitte dran Shampoo zu besorgen.« Ich weiß nicht genau wieso, aber dieser Zettel hat mich unheimlich sauer gemacht. Tracy hatte ihr Shampoo in einer Literflasche unter dem Badfenster; es war ein trübes Naturshampoo, das nur sehr wenig schäumte. Jetzt fing ich an, davon sehr viel mehr zu nehmen, als ich tatsächlich brauchte; ich wusch mir den Kopf auch zweimal am Tag. Ich habe, glaube ich, eine Neigung, schon vorhandene Spannungen noch zu verschärfen. Nicht willentlich, es ist keine überlegte Neigung. Jedesmal, wenn ich ins Bad ging, hatte ich das Gefühl, die Dinge noch schlimmer zu machen. Eines Abends hörte ich Tracy im Schlafzimmer heulen. »Er verbraucht mein ganzes Shampoo«, heulte sie, »ich halte das nicht mehr aus, das alles!«

Dies nur, um zu erklären, wie fein zerkleinert und eingedämmt unsere Spannungen waren. Man konnte fast meinen, wenn ich mir selber Shampoo besorgt hätte, wäre unser Zusammenleben leichter geworden.

Eines Tages fand Tracy heraus, daß so ein Laden für Naturkost und biologisch angebaute Produkte zwei Leute suchte für eine kurze Werbeaktion. Am Telefon hängend machte sie Ron und mir Gesten, deutete uns mit den Fingern an, wieviel wir pro Stunde verdienen würden. Ron tat so, als ob er sie gar nicht sähe; hockte trübsinnig vor seiner IBM und wartete, daß ihn jemand wegen des Treatments aufsuchen käme.

Ich sagte Tracy sofort, daß die Arbeit mich interessierte. Ich hatte gerade noch dreißig Dollar. Tracy diktierte meinen Namen ins Telefon, jeden Buchstaben einzeln. Auch sie zeigte Interesse, fragte nach Einzelheiten über die Art der Arbeit, aber das war offenbar ein Geheimnis. Nachdem sie den Hörer aufgelegt hatte, überlegte sie weiter und sagte: »Sicher, gereizt hat mich der Gedanke schon.« Schließlich konnte sie nicht widerstehen, rief das Büro ihres Vaters an und bat um einen Tag Urlaub. Zu mir sagte sie: »Es geht mir gar nicht so um das Geld.« So war sie immer: Bei jeder Gelegenheit hoffte sie auf entscheidende Wendungen oder das große Los.

Am nächsten Morgen standen wir früh auf, weil wir vor neun in Westwood sein mußten.

Früh um halb neun war die Gegend noch formloser als gewöhnlich: öde und grau in den Umrissen der Gebäude. Wir mußten ein Stückchen fahren, bis wir die Auffahrt zum Freeway erreichten. Es kam mir lächerlich vor, unter dem Ding zu wohnen und dann fünf Minuten zu brauchen, um hinaufzugelangen. Die Luft war feucht, vom Lärm und Gestank der Motoren gesättigt. Das einzige, was zu leben schien, waren die Autos, die in Strömen vorbeirauschten und sich die Trassen entlang in die flache Landschaft ergossen.

Westwood war dann viel heller und heiterer, ich fühlte mich gleich etwas besser, als wir ankamen. Wir stellten den Wagen auf einen Parkplatz und gingen zu Fuß eine Straße hinunter. Tracy hatte wie üblich ihren aufreizenden Gang; es kam mir komisch vor, mit ihr eine Arbeit zu machen.

Der Laden hatte eine Fassade aus roh behauenem Holz, auf der in hellen Fichtenlettern der Name HARVEY's prangte. In den Schaufenstern standen Honiggläser, Säcke mit braunem Zucker und orthopädische Holzpantinen aus Schweden. Wir gingen hinein. Sofort kam eine Bohnenstange auf Tracy zugeschossen, um sie mit heftigem Schultergeklopfe und vielen Umarmungen zu begrüßen. Ich glaube, sie kannten sich aus der Schulzeit oder waren irgendwann Nachbarinnen gewesen. Es war nie leicht zu begreifen, wo Tracy ihre Verbindungen hernahm.

Die Bohnenstange, die Frieda hieß und ein Zahngestell trug, führte uns mit Verschwörermiene in ein Hinterzimmer des Ladens, deutete auf ein Tandem, das an der Wand lehnte, sowie auf eine große Pappschachtel und sagte »Da«. Tracy, bebend vor Neugier, sprudelte ein paar Fragen hervor, aber Frieda sagte, wir müßten warten, bis ein gewisser Alvin käme, der Boß des Ladens; er würde uns alles erklären.

Kurz darauf erschien Alvin: trat in den Raum und verteilte geschäftige Gesten. Er trug einen großkarierten Flanellanzug, der ihm etwas von einem traurigen Clown gab. Ein Typ um die fünfunddreißig mit schütterem Haar von undefinierbarer Farbe, dicken Zähnen und faltigen Augen hinter kreisrunden Brillengläsern.

Kaum eingetreten, fing er gleich an, hektisch zu reden, ohne Punkt und Komma und ohne einem von uns ins Gesicht zu sehen: »Schön daß ihr da seid ich muß euch gleich sagen ich bin sehr froh daß ich's mit euch zu tun habe und nicht mit sonst irgendwem und jetzt will ich euch erklären was ihr tun sollt aber laßt mich erstmal sagen daß ihr zehn Dollar die Stunde kriegt weil nämlich dies ist 'ne Arbeit die schon ein paar Fähigkeiten verlangt« usw... Er war ganz hingerissen von seinem Auftritt in dieser Knallchargenrolle, vielleicht hielt er ihn für witzig. Ich lachte zwei- oder dreimal an Stellen, die eine gewisse Art von Reaktion verlangten. Tracy war mehr auf der Hut: nicht unzufrieden mit den zehn Dollar pro Stunde, aber besorgt wegen der Bedingungen.

Schließlich öffnete er die Schachtel mit einer ziemlich theatralischen Geste. Irgendwie paßten seine Gesichtsausdrücke nicht ganz zu den Gesten, die er mit seinen Armen machte; sie waren eine Spur zu fahrig oder neutral, ich weiß nicht. Jedenfalls öffnete er die Schachtel und zog etwas heraus, das wie ein kaffeebrauner Plastikbeutel aussah. Hielt es hoch und faltete es auseinander: Es hatte eine gerundete Form, wie eine Pizza aus hellbraunem Kunststoff. In Abständen von etwa fünf Zentimetern waren zerknüllte Plastikfetzen von dunklerer Farbe daraufgenäht.

Tracy und ich guckten sprachlos; das Mädchen Frieda kicherte.

Wie sich herausstellte, war der Plastikbeutel in Wirklichkeit ein Kostüm: ein gigantischer Keks. Die dunkleren Flecken sollten Rosinen oder Schokoladestückchen im Keks darstellen. Tracy war fassungslos, aber jetzt wollte sie nicht mehr auf die zehn Dollar pro Stunde verzichten.

Alvin erklärte uns, daß wir auf dem Tandem durch die Straßen von Westwood fahren und möglichst viel Aufmerksamkeit erregen sollten. Er hatte eine nervöse und hektische Art, sich alle paar Sätze an Frieda zu wenden, um ihre Zustimmung einzuholen. Andauernd fragte er sie »Nicht wahr?« oder »Einverstanden?« oder »Meinst du nicht auch?« Sie antwortete »Na sicher, na klar« mit einem Automatismus, den sie im Laufe der Zeit entwickelt hatte.

Dann zog Alvin zwei Scheiben aus Schaumstoff hervor und steckte sie in den Beutel, um ihn zur vollen Keksgestalt aufzuspannen. Tracy stieg mit Bekundungen großer Verlegenheit in den Keks. Frieda zog den Reißverschluß hoch, so daß nur die Arme und Beine aus den vier Öffnungen des Kostüms herausragten. Oben gab es zwei Augenlöcher, getarnt als Riesenrosinen, sowie einen Schlitz zum Atmen in der Höhe des Mundes. Alvin betrachtete die als Keks verkleidete Tracy und strich an mehreren Stellen den Plastikstoff glatt. Tracy ging ein paar Schritte umher, hüpfend wie ein verwachsener Zwerg, und fragte: »Gut so?«

Danach holte Frieda für mich einen grünen Overall von der Art, wie ihn Mechaniker tragen. Vorne und hinten stand in roter Schrift darauf geschrieben: DIE GESUNDEN JOHANNISBROTKEKSE VON HARVEY'S, DEM LADEN FÜR ALLES NATÜRLICHE. Alvin drückte mir auch einen Hut auf den Kopf. Es war so ein hoher Spitzhut, wie ihn Zauberer tragen, aus grünem Hochglanzkarton. Ich fragte ihn, was für ein Hut das sei; er sagte, das sei ein Gemüsehut. Dann zeigte er mir eine kleine Tröte, die rechts an der Lenkstange festgemacht war, und sagte, ich sollte sie mal probieren. Man hätte fast meinen können, er sei ein Geheimagent, der die Funktionsweise einer neuen Waffe erklärte, so ernst nahm er all diese Instruktionen. Ich probierte die Tröte; sie honkte dumpf wie ein Horn. Drückte ich mehrere Male, so blökte und quäkte sie heller. Alvin sagte, ich sollte sie dauernd betätigen, um die Aufmerksamkeit der Passanten und Autofahrer auf uns zu lenken.

Nach diesen Erklärungen fragte er uns, ob wir alles kapiert hätten. Wir sagten ja, Tracy mit dumpfer Stimme aus ihrem Plastik- und Schaumstoffkostüm. Sie konnte den Reißverschluß nicht von innen öffnen, und niemand hatte daran gedacht, es von außen zu tun. So stand sie weiter als Riesenkeks mitten im Raum, ohne zu wissen, wo sie sich aufstützen oder was sie jetzt tun sollte.

Alvin stellte das Tandem auf und schob es hinaus, eine Hand an der Lenkstange und die andere auf dem hinteren Sattel. Ich ließ meine Jacke im Hinterzimmer des Ladens bei Tracys Handtasche. Wir verließen den Raum im Gänsemarsch hinter dem Tandem. Draußen zeigte mir Alvin, wie man es stehend im Gleichgewicht hielt. Es gelang mir nicht gleich, weil das Ding so lang und schwer war. Ich schob es vom Gehsteig hinunter und stieg auf den vorderen Sattel. Der Gemüsehut machte die Sache nicht leichter, er kam mir beim Aufsteigen irgendwie in die Quere, wenn ich auch nicht ganz kapierte, wie. Dann kam Tracy und kletterte hinter mir auf ihren Sattel; beugte sich etwas runter, um zu sehen, wohin sie die Füße setzte, und brachte das Tandem beinahe zu Fall. Frieda beobachtete unsere Bemühungen kichernd von der Türschwelle aus und sagte: »Kinder, ihr seid phantastisch!« Alvin war viel zu selbstgefällig, um etwas zu sagen; er schaute uns prüfend an und kniff die Augen zusammen. Schließlich sagte er, daß wir losfahren sollten, es sei schon fast zehn.

Ich setzte mich unsicher in Bewegung, dicht an der Bordsteinkante entlang. Tracy war schwer und schwankte, kippelte hin und her vor lauter Angst, daß sie fallen könnte. Sie sah fast nichts, weil die Augenlöcher in ihrem Keks zu klein waren und nicht in der richtigen Höhe saßen. Bestenfalls sah sie mit anderthalb Augen, oder mal mit dem einen und mal mit dem anderen, je nachdem, wie das Kostüm bei ihrem Gekippel verrutschte. Ich rief immerzu, sie sollte sich geradehalten, schrie es vor Angst, durch eine unbedachte Bewegung von ihr zu stürzen. Dutzendweise fuhren jetzt Autos an uns vorbei, wir konnten wie nix überfahren werden.

Wir radelten vor bis zur ersten Kreuzung: schwankend, daß es zum Fürchten war. Allmählich gewannen wir etwas an Fahrt, und das Tandem wurde stabiler; aber an der Kreuzung mußte ich bremsen, und wir fielen beinahe wieder hin. Jedesmal, wenn wir ein bißchen schlingerten oder das Tempo änderten, streckte Tracy den einen oder den anderen Fuß zu Boden. Sie kriegte nicht mit, was geschah, und reagierte in blinder Panik. Die Vorstellung dieses großen Kekses in blinder Panik mag komisch erscheinen, aber ich hatte keine Lust, mich überfahren zu lassen. So fing ich an, ihr knappe Hinweise zuzurufen, wie »Ich bremse« oder »Ich biege nach rechts«. Das verbesserte langsam die Situation. Wir lernten allmählich, uns gerade zu halten, unser Treten und die Bewegungen in den Kurven zu koordinieren.

Wir fuhren einmal ganz um den Block, bis wir wieder zum Laden gelangten. Alvin stand ziemlich aufgeregt in der Tür und rief, um uns Mut zu machen: »Prima, prima!

Ihr seid phantastisch!« Ich kam mir vor wie ein Kind, das radfahren lernt: unter den Augen der ängstlichen Eltern.

Tracy zog ununterbrochen ihr Kekskostüm glatt, vor allem am Po, wo es immer wieder über dem Sattel einknickte. Von hinten mußte sie aussehen wie ein großer halb angeknabberter Keks.

Ich trat in die Pedale und sah geradeaus; versuchte so gut es ging, den Blicken der Leute am Straßenrand auszuweichen. Tracy hatte wenigstens noch den Vorteil, im Keks verborgen zu sein; ich dagegen saß vorne ganz exponiert in dem grünen Overall und mit dem Gemüsehut auf dem Kopf. Alle naselang fuhr neben uns ein Auto, und jemand beugte sich aus dem Fenster, um irgendwas zu schreien. Ich versuchte, möglichst wenig daran zu denken.

Nach drei Stunden Dauerfahrt durch die Straßen hatte ich Wadenschmerzen, und Tracy hinter mir klagte, sie sei am Ersticken. Wir sprachen nur miteinander, um uns über die Kurven zu verständigen, weil Sprechen ohne besonderen Grund zu anstrengend war. Um eins kehrten wir zum Laden zurück.

Alvin telefonierte gerade: im gleichen übereifrigen Ton, in dem er uns die Arbeit erklärt hatte. Kaum sah er uns eintreten, winkte er mit der freien Hand, als wollte er wieder sagen, wir seien ganz prima gewesen. Wir schlurften mit weichen Knien ins Hinterzimmer. Seit Jahren war ich nicht mehr radgefahren.

Ich machte Tracys Reißverschluß auf, und sie kam bis zur Hüfte zum Vorschein, das Gesicht rot und verquollen. »Gott, was für 'ne Scheißarbeit!« stöhnte sie. »Ron wird sagen, ich wär ja plemplem gewesen, für so was Idiotisches einen Tag Urlaub zu nehmen.« Sie war nicht nur ärgerlich und beschämt, sie war enttäuscht. Ich weiß nicht, was für eine Arbeit sie sich erhofft hatte, vielleicht eine fürs Fernsehen. Unterdessen war Frieda hereingekommen, half Tracy aus den Ärmellöchern und fragte uns beide: »Na, wie ist es gegangen?« Ich sagte prima, mir täten nur etwas die Beine weh. In Wirklichkeit taten mir auch die Hände weh, weil ich den Lenker zu fest umklammert hatte aus Angst, daß er mir entgleiten könnte.

Kaum hatte Alvin sein Telefonat beendet, kam er hereingestürzt, um uns weitere Instruktionen zu geben: »Giovanni du mußt etwas langsamer fahren sonst haben die Leute nicht genug Zeit euch zu sehen und dann hat das Ganze ja keinen Zweck aber sonst macht ihr die Sache ganz prima finde ich und es gibt wirklich überhaupt keine Probleme mehr außer mit dem Tempo das ist sehr wichtig da mußt du drauf achten.« Er blickte zustimmungsheischend zu Tracy, wie er es vorher mit Frieda gemacht hatte. Anscheinend mußte er sich alle fünf Sekunden bei einer Frau vergewissern, daß alles in Ordnung sei, denn er machte das nicht, um sich andere Meinungen anzuhören, bloß um sich zu vergewissern. Vor lauter Aufregung stand er nicht ganz gerade, sondern ein bißchen vorgebeugt: auf den Zehenspitzen, die Fersen leicht angehoben. Frieda erzählte uns später, er hätte in ganz kurzer Zeit einen riesigen Haufen Geld verdient.

Frieda brachte uns ein paar Sandwichs, dünn mit Thunfisch und dick mit Alfalfasprößlingen und Tomatenscheiben belegt. Wir aßen sie gierig, hockten uns auf ein paar noch verschlossene Dattelkisten. Sie schaute uns zu und trank Karottensaft aus einer undurchsichtigen Plastikflasche.

Nach einer Weile fragte sie mich, woher ich käme. Ich sagte aus Italien. »Das weiß ich«, sagte sie, »aber aus welcher Stadt?« Ich sagte aus Mailand. »Phantastisch«, sagte sie, ohne mir zu erklären, was sie daran so bemerkenswert fand. Dann wollte sie wissen, woher ich so gut englisch könnte. Sie hockte, während sie mir diese Fragen stellte, auf einer Kiste mit kandierten Ananas, die etwas höher war als die Dattelkisten. Ich sagte, ich sei ein paar Jahre in England zur Schule gegangen. Es war mir unangenehm, so von unten nach oben zu antworten. »Vor fünf Jahren bin ich mal in Florenz gewesen«, sagte sie. »Da hab ich mich wahnsinnig in den Reiseleiter verknallt. War ein phantastischer Mann!« Sie schwieg eine Weile versonnen, dann sagte sie: »Vielleicht kennst du ihn, er heißt Marco Porminao.« Ich sagte nein. Sie sagte: »Er war aus Genua.« Ich sagte: »Nein, ich kenne ihn nicht.« Ich wollte ihr sagen, daß Italien fünfundsechzig Millionen Einwohner hat; sie ging mir allmählich auf die Nerven.

Als wir mit dem Essen fertig waren, standen wir auf und reckten die Beine, zogen uns wieder an und kehrten zurück auf die Straße. Tracy meinte, nachdem wir nun schon mal da wären, sollten wir lieber so viele Stunden wie möglich machen. Alvin strich ihr den Keks hinten glatt und sagte, er sähe sonst aus wie halb angeknabbert.

Wir fuhren bis fünf durch die Straßen, immer dieselben Runden. Ich hatte jetzt nicht mehr viele Probleme, im Gleichmaß zu treten, die Kurven richtig zu nehmen und das Tandem stabil zu halten. Nach ein paar Runden war es soweit, daß uns die Leute, die sich an einem festen Ort befanden, zum Beispiel in einem Straßencafé oder vor einer Eisdiele, schon herankommen sahen und zuwinkten. Ich fragte mich, ob es mir je wieder möglich sein würde, durch die Straßen von Westwood zu gehen, ohne erkannt zu werden.

Die Leute dagegen, die unterwegs waren, schenkten uns kaum Beachtung; sie drehten höchstens kurz mal den Kopf. Es kam auch vor, daß wir mehrmals ein und derselben Person begegneten und sie dann in verschiedenen Haltungen sahen. So kamen wir beispielsweise an einem jungen Pärchen vorbei, das im Gehen ein Eis lutschte, und trafen dann später sie oder ihn allein auf dem Rückweg zur Arbeit, oder auch beide getrennt an verschiedenen, weit auseinanderliegenden Orten.

Nach einiger Zeit fing ich an, die Wege und Gänge der Leute durch Westwood zu kontrollieren. Ich fuhr extra bestimmte Straßen entlang, um jemanden wieder aufzuspüren und zu sehen, wo er jetzt war. Tracy machte das nicht viel aus, sie konnte sowieso kaum was sehen.

Wenn irgend möglich versuchte ich, die Leute, die mich interessierten, von hinten zu überholen und dann zu erraten, wohin sie gehen wollten und warum sie zu Fuß gingen, statt im Auto zu fahren. Die meisten folgten einer begrenzten Anzahl von Hauptrichtungen: bewegten sich zu den Parkplätzen, zu den Kaufhäusern oder zum Campus. Aber daneben gab es Hunderte von verstreuten Zielen wie Läden, Banken, Restaurants oder Büros. Der einzelne Fußgänger, dem ich folgte, konnte ganz plötzlich verschwinden wie ein Murmeltier in seinem Bau. Manchmal fuhren wir genau an der Stelle vorbei, wo er eben verschwunden war, und eine Sekunde später konnte ich ihn schon nirgendwo mehr entdecken. Am besten war es, wenn ich es schaffte, jemanden zu überraschen, während er gerade irgendwo rein- oder rausging, oder während er sich mit jemand anderem traf. Dann war das Gefühl der Kontrolle am stärksten. Es ist ziemlich bedeutungslos, jemanden zu beobachten, der bloß spazierengeht, ohne andere Absichten als eben bloß spazierenzugehen.

Um fünf brachten wir das Tandem zurück zu Harvey's und zogen unsere Kostüme aus, den grünen Overall und den braunen Keks. Außer den Beinen und Händen schmerzte mich jetzt auch die Lunge wegen der vielen Abgase, die wir geschluckt hatten. Frieda schrieb unsere Arbeitsstunden in ein Formular, ließ es von Alvin unterschreiben und gab uns je einen Scheck über sechzig Dollar. Tracy fing eine kurze Diskussion an, weil sie meinte, wir hätten länger gearbeitet, mindestens eine Stunde mehr. Es war mir peinlich, in den Streit mit hineingezogen zu werden, ich wollte nach Hause. Am Ende gab Alvin jedem von uns noch zehn Dollar in bar, nicht sehr überzeugt und nun doch ganz schön sauer auf Tracy. Tracy war zu gleichen Teilen befriedigt und indigniert.

In Sherman Oaks fanden wir Ron ironisch und aufreizend, hingeflegelt zu Füßen des Bettes vor dem Fernseher. »Na, habt ihr Glück gehabt in der Werbung?« fragte er, als wir reinkamen, und fing gleich an, Tracy zu piesacken, um zu erfahren, worin unsere Arbeit bestand. Sie wollte es ihm nicht sagen und fauchte nur mehrmals: »Geh doch zum Teufel!« Schließlich erzählte ich ihm die ganze Geschichte von dem Riesenkeks, mit vielen Details über das Kostüm und den angeknabberten Eindruck, den es machte, wenn Tracy nicht richtig saß. Ron prustete los und wieherte in der schamlosesten Weise: wälzte sich auf dem Bett, den Mund weit aufgerissen, und hielt sich den Bauch. Tracy ging raus, um sich im Bad einzuschließen: knallte die Tür zu.

Eines Tages ging ich los, um den Bus nach Santa Monica zu nehmen, machte aber den Fehler, nicht parallel zum Freeway zu gehen. Ich lief durch Nebenstraßen und hatte nach zehn Minuten die Richtung verloren.

Ich irrte umher, ohne die Straße wiederzufinden, der ich zuerst gefolgt war. Niemand war zu sehen, die Gärten rings um die Häuser lagen verlassen da.

Nach einer Weile sah ich einen Zeitungsjungen, der auf einem Fahrrad ziemlich rasch näherkam. Die Zeitungen staken zusammengerollt in einem Korb am Lenker; vor jedem Haus eines Abonnenten nahm er eine und warf sie über den Zaun, ohne anzuhalten oder auch nur zu bremsen. Fast immer fielen die Zeitungen exakt vor die Haustür. Von weitem, wie er mir so entgegenkam auf der Straße, sah er aus wie ein Sämann, der Zeitungen säte: zack zack zack verteilte er sie in regelmäßigem Rhythmus.

Als er auf meiner Höhe angelangt war, fragte ich ihn, wo der Freeway sei. Er bremste, drehte ein bißchen den Kopf, um mich mit einem Auge kurz anzusehen, und sagte, er habe keine Ahnung, was mir unmöglich erschien; trat dann wieder in die Pedale und schleuderte weiter Zeitungen vor die Türen. Ich dachte mir, daß ich ihm wohl als einer, der hier zu Fuß durch die Gegend lief, reichlich dubios erscheinen mußte. Aber ich hätte ihm gern einen Stein nachgeworfen, wenn ich nur irgendwo einen gesehen hätte.

Während ich weiterging, hörten mich Hunde und kamen bellend herausgerannt. Steckten die Schnauzen zwischen die Holzlatten der Gartentore oder durch die Maschen der Drahtzäune und kläfften mich an. Ich versuchte, so leise wie möglich zu gehen, vermied Geräusche wie lautes Auftreten oder Summen und Pfeifen, aber die Hunde witterten mich und kamen wütend angeschossen, gaben sich die Nachricht von meiner Ankunft über große Entfernungen weiter.

Schließlich ging ich am Damm eines Abflußkanals entlang, so weit wie möglich von den Häusern entfernt, um die Hunde zu meiden. Ich dachte an nichts anderes, als daß mir die Gegend nicht gefiel und daß mich die Schuhe an den Fersen drückten. Ich wollte weder zurück zu dem

Häuschen unter dem Freeway noch weiter so durch die Gegend irren. Zum ersten Mal, schien mir, sah ich die Situation nicht aus der Distanz.

Im gleichen Augenblick kam ich an einem großen weißglänzenden Buick vorbei und sah mein Spiegelbild in den Scheiben. Ich blieb stehen und betrachtete es fünf Minuten lang: voller Wut auf alles.

Sechs

Tags darauf ging ich zum nächstgelegenen Supermarkt und kaufte mir Briefpapier, Umschläge und ein paar Letraset-Bögen mit Kursivbuchstaben. Ich brauchte fast drei Stunden für den Weg hin und zurück.

Zu Hause fabrizierte ich mir das Firmenpapier eines römischen Restaurants. Unter den Namen im Briefkopf zeichnete ich mit Tusche einen Neptun mit Dreizack. Der Besitzer des Restaurants empfahl mich allen Kollegen in den lobendsten Worten, die ein Restaurantbesitzer für einen scheidenden Kellner finden kann.

Nachmittags ging ich wieder zum Supermarkt und machte mir ein paar Fotokopien von dem Empfehlungsschreiben. Das Resultat sah glaubwürdig aus; der Name, der Ton und das Schriftbild wirkten wie echt. Ich ging zur Bushaltestelle, die glücklicherweise nicht weit war.

Auf der Bank an der Haltestelle saßen ein Mädchen mit Platten unter dem Arm und ein eher feister Blinder. Der Blinde saß vorgebeugt mit zur Straße gespitzten Ohren, um den Bus aus dem Strom der vorbeibrausenden Autos herauszuhören. Als er merkte, daß ich rechts neben ihm Platz genommen hatte, fragte er mich, wieso der verdammte Bus denn nicht endlich käme. Ich sagte, ich wüßte es nicht. »Wieso wissen Sie das nicht?« blaffte er mich an. »Sie warten hier auf den Bus und wissen nicht, wann er kommt?« Das Mädchen links neben ihm zog einen Fahrplan hervor und fing an, ihm mechanisch die Ankunftszeiten daraus vorzulesen, wobei sie ihn von der Seite beäugte, um zu sehen, ob er zuhörte. Der Blinde stoppte sie mit einer schroffen Handbewegung und bellte: »Okay, okay, hab schon kapiert.« Kurz darauf kam der Bus.

Er schleppte uns fast im Fußgängertempo den Hang über San Fernando Valley hinauf. Die anderen Passagiere waren drei oder vier komisch gekleidete Rentner und ein Herr, der die Taschen der Jacke voller Zeitungen hatte.

Nach zwanzig Minuten gelangten wir zum Gelände des Campus, wo die Eukalyptusbäume am Straßenrand den Blick auf Rasenflächen und Sportanlagen freigaben. Studenten in kurzen Hosen und gestreiften Trikots liefen auf einer Aschenbahn, andere übten sich unweit der Straße im Weitsprung. Der Bus kurvte langsam einen sanft abfallenden Hang hinunter. Ich sah ein Mädchen mit großem Busen, das schleppend heraufgejoggt kam: vor lauter Anstrengung aufgedunsen und rot im Gesicht. Die Sonne stach mir heiß auf die rechte Schläfe, verstärkt durch die große, leicht gebogene Scheibe.

In Westwood stieg ich aus, mitten in eine Traube von Wartenden vor einer Ampel. Ich ging rasch, es war schon beinahe halb fünf. Nach dem Job mit Tracy als Keks auf dem Tandem glaubte ich, jeden Winkel im Ort zu kennen, jede Kreuzung und jeden Laden. Ich ging an einem Kino vorbei, das wie eine Kirche aussah, mit einem spitzen Turm hoch über den pseudomediterranen Dächern. Ich suchte nach einem italienischen Restaurant in der Nähe.

Der Name *Alfredo's* prangte in grüner Leuchtschrift genau an einer Straßenecke über einer massiven Holztür. Die Fenster rechts und links zu den beiden Straßen ließen nicht viel erkennen, sie waren mit Bambusjalousien verhängt. Zwischen dem Glas und dem Bambus befanden sich kleine italienische Flaggen, ein paar folkloristische Puppen und Mini-Chiantiflaschen.

Ich folgte der Mauer rechts von der Tür bis zum Lieferanteneingang. Gleich dahinter war eine Treppe und eine zweite Tür, die zur Küche führte, aus der mir Schwaden von Essensgerüchen entgegenschlugen. Ein Pfeil mit der Beischrift ›Verwaltung‹ zeigte nach oben. Ich stieg die Treppe hinauf, gelangte in einen Korridor und probierte eine Reihe verschlossener Türen. An der letzten stand auf einem Schildchen in verschnörkelter Schrift ›Signor Alfredo Michelucci‹.

Ich trat ein. Signor Michelucci saß mir gegenüber am Schreibtisch, den Blick auf einen Stapel Papiere geheftet. Kaum hörte er mich hereinkommen, richtete er sich auf. Er hatte einen kleinen Kopf mit schütterem Haar, das nach hinten gebürstet und an den Schläfen angedrückt war. Er musterte mich mit Stecknadelkopfaugen quer durch den Raum: unsicher und mißtrauisch über meine Motive.

Ich stellte mich vor und reichte ihm das Empfehlungsschreiben. Blieb vor dem Schreibtisch stehen, während er es studierte, und gab mir Mühe, seriös auszusehen, ehrlich und bieder. Meine Kleidung war unverdächtig, ich trug ein geripptes Hemd von Ron und weitausgestellte cremefarbene Hosen. So angezogen fiel es mir nicht besonders schwer, möglichst linkisch dazustehen, die Hände auf dem Rücken verschränkt.

Nach ein paar Minuten sah Michelucci mich an. Hob die Augen von meinem Empfehlungsschreiben und sagte: »Signor Maimeri, das kenne ich nicht, dieses Restaurant, wo Sie gearbeitet haben.« Er hatte einen Genueser Akzent, leicht abgestumpft mit den Jahren. Ich sagte »Komisch« und überlegte mir schon einen Satz, um das Schreiben von ihm zurückzuverlangen und wieder zu gehen. Da sagte er: »Wissen Sie, es gibt einen Haufen Leute, die gern hier arbeiten würden. Man verdient ganz gut mit den Trinkgeldern.« Er deutete auf einen Stuhl. Ich setzte mich.

Ich saß vor ihm auf dem Stuhl, und er sah mich an, und nach einer Weile schien mir, daß meine Züge tatsächlich etwas Kellnerhaftes bekamen, und mehr noch als meine Züge die ganze Art, wie ich dasaß: zusammengesunken auf dem Stuhl, die Hände vor mir auf den Knien.

Michelucci sah mich weiter an, zurückgelehnt in seinem Sessel, kippelnd. Dachte nach und konnte sich offenbar nicht entscheiden. Dann zuckte er plötzlich hoch, setzte sich aufrecht und sagte: »Okay, Giovanni, versuchen wir's mal. Ab nächsten Montag.«

Als ich die Treppe hinunterstieg, sah ich einen mexikanischen Kellner im Stehen essen, an die halboffene Küchentür gelehnt, so daß sie nicht zuging. Er aß mit raschen, nervösen Happen einen Kichererbsensalat. Die rote Kellnerjacke hing ihm wie ein Mäntelchen über der Schulter. Er schaufelte sich eine Fuhre nach der anderen in den Mund und beobachtete ein paar Hilfsköche, die in der Küche miteinander plauderten. Das Öl wischte er mit einem Stück Brot zusammen und schob es sich rein, die Arme erhoben und den Kopf in den Nacken gelegt, um die Tropfen aufzufangen. Kaum hatte er mich gesehen, war ihm klar, daß ich Arbeit suchte. »Was machst du hier?« fragte er in blasiertem Ton. Ich sagte ihm, daß ich grad eben eingestellt worden sei.

Am Samstagmorgen zog ich los, um mir Kellnerkleidung zu besorgen. Michelucci hatte mir gesagt, daß die rote Jacke vom Restaurant gestellt werde; er meinte natürlich, das übrige hätte ich selber.

Bis zum Mittag lief ich herum auf der Suche nach einer schwarzen Fliege. Die Verkäuferinnen der Supermärkte und Warenhäuser guckten erstaunt, wenn ich danach fragte, und sagten, sie hätten so was im Leben noch nicht gesehen. Schließlich fand ich einen Laden, der Fest- und Trauerkleidung verlieh, in einem mindestens fünfzehn Kilometer entfernten Einkaufszentrum. Im Schaufenster standen drei bis vier Puppen in roten und blauen Smokings: steif wie Gestalten in einem Wachsfigurenkabinett. Die Verkäuferin zeigte mir eine ganze Schublade voller Fliegen in allen möglichen Formen und Farben. Ich wählte eine, die mir passend für einen Kellner erschien: satiniert und breiter als nötig, mit herunterhängenden Enden. Sie kostete zwanzig Dollar, so daß mir für das übrige nicht mehr viel blieb.

Eine schwarze Hose aus Japan fand ich in einem Laden unweit des Häuschens unter dem Freeway. Sie war lappig und schlecht geschnitten, aber sie hatte vorn eine Tasche fürs Kleingeld. Als ich mich im Spiegel der Kabine betrachtete, war der Eindruck trostlos.

Später kaufte ich noch ein Paar schwarze Schuhe in einem großen Schuhgeschäft voller Mexikaner, die sich in Trauben, aufgeregt schwatzend und gestikulierend, durch die Regale drängten. Es waren so eine Art schwarze Turnschuhe, entworfen und auf den Markt gebracht zu wer weiß welchen Zwecken. Im ganzen Laden gab es nichts Billigeres, nicht mal ein Paar Sandalen oder Pantoffeln. Aus irgendwelchen seltsamen Gründen hatten sie allerdings weiße Sohlen, die ihr Profil mit einer Schicht von geriffeltem Gummi umfaßten und den Eindruck der Schwärze völlig zerstörten. Ich nahm sie trotzdem, denn ich hatte kaum eine andere Wahl.

Auf dem Heimweg kaufte ich in einem Drugstore rasch noch ein Fläschchen schwarzen Lack. Den Abend verbrachte ich damit, die Sohlen mit feinen Pinselstrichen säuberlich schwarz zu lackieren. Ron und Tracy lachten; sie wußten nicht recht, ob ich Witze machte.

Am Montagnachmittag um halb fünf traf ich bei *Alfredo's* ein, in der Hand eine Plastiktüte mit meinen Kellnerklamotten. Ich ging hinauf in Micheluccis Büro, um zu fragen, was ich tun sollte. Er schickte mich in ein anderes Büro und sagte, die Sekretärin würde mir alles erklären. Er sprach jetzt in einem viel barscheren Ton als bei unserer ersten Begegnung: wie ein Restaurantbesitzer zu einem Kellner.

Die Sekretärin war eine dralle Polin in mittlerem Alter. Sie trug einen bonbonfarbenen Arbeitskittel mit einer großen zentralen Tasche, in der sie oft ihre Hände vergrub. Sie sprach mit einem noch starken Akzent, hart auf den Konsonanten. Stand in der Tür, die Ellbogen an den Pfosten gelehnt, sah mich ein paar Sekunden lang prüfend an und sagte schließlich: »Na gehen wir mal sehen, ob wir eine Jacke in deiner Größe finden.«

Ich folgte ihr in einen Lagerraum voller Kartons und verschnürten Akten und Stößen von Rechnungsblöcken. Aus der Küche unter uns kamen schwere Speisegerüche und Geräusche von klirrenden Tellern. Die Sekretärin öffnete einen Metallspind, in dem rote Kellnerjacken in verschiedenen Größen hingen. Berührte zwei oder drei mit den Fingerspitzen, zog eine heraus und sagte: »Probier die mal, daß wir eine Vorstellung von der Größe kriegen.«

Die Jacke hing mir weit um die Schultern, bildete an den Seiten Falten und Wellen von rotem Stoff; die Ärmel fielen mir über die Hände, so daß ich die Finger nicht mehr ganz frei bewegen konnte. »Die ist mindestens zwei Nummern zu groß«, sagte ich und deutete auf die anderen Jacken im Schrank mit der Vorstellung, gleich eine bessere anzuprobieren. Aber die erste Wahl war offenbar irgendwie bindend, wie eine Art Verpflichtung. Die Sekretärin sagte: »Die anderen sind entweder zu klein oder zu groß. Diese geht schon.«

So nahm ich die Jacke und verzog mich in den Umkleideraum der Kellner. Ein Mexikaner mit dünnem Bärtchen stülpte sich gerade eine Kochmütze über den Kopf. Ich wechselte ein paar Worte mit ihm. Sein Englisch war sehr schlecht, es gelang ihm kaum, die richtigen Laute zu artikulieren. Die Wörter verloren an Form, bevor er sie ganz herausgebracht hatte: zergingen ihm auf der Zunge wie Butterstückchen in einer heißen Pfanne.

Ich schlüpfte in das Hemd und die Hose, zog mir die rote Jacke an und ging in die kleine Toilette, um den Sitz der Fliege zu prüfen. Ein scharfer Geruch von chemischem Deodorant lag in der Luft, von der Sorte, die in die Kleider eindringt und erst nach Tagen an Intensität verliert. Ich betrachtete mich im Spiegel und stellte mir vor, wie die mexikanischen Kellner sich hier frisierten, sich Pomade ins Haar schmierten und mit schweren Parfums einrieben. Die rote Jacke machte meine Schultern breit und abfallend; die Fliege war unförmig, klobig und schief.

Über eine Wendeltreppe gelangte ich in den hinteren Teil der Küche, wo Schüsseln und Teller in Stapeln neben der Spüle aufgetürmt waren. Zwei oder drei noch sehr junge Tellerwäscher standen beisammen, um vor der Arbeit ein bißchen zu schwatzen und zu gestikulieren. Ein Koch verzehrte ein Stückchen Pizza, an die halboffene Tür gelehnt, so daß er den Saal im Auge behielt: mit einem Ausdruck skeptischer Erwartung. Sonst war nicht viel Betriebsamkeit, abgesehen von ein paar großen Ventilatoren, die sich an der Decke drehten, um den Dampf aus den Wasserkesseln auf dem Herd abzusaugen. Der Koch und die Tellerwäscher taten, als ob sie mich nicht gesehen hätten; aber es war unverkennbar, daß sie herauszufinden versuchten, was ich wollte. Ich ging verlegen ein paarmal auf und ab.

Kurz darauf kamen zwei Kellner um die Vierzig die Treppe heruntergestiegen, die Kragen noch hochgestellt, um sich die Fliegen zu binden. Meinen Gruß erwiderten sie ohne viel Begeisterung. Ich fragte den einen der beiden, ob er vielleicht wüßte, was ich tun sollte. Er guckte mich an, als ob er den Sinn der Frage nicht ganz verstanden hätte. Dann zeigte er auf einen großen Mexikaner, der gerade durch die Drehtür zum Saal hereinkam, und sagte: »Frag den *Capitàn.*« Der *Capitàn* sah aus wie ein italienischer Polizist in Zivil: ein grober Kerl in einem schlecht geschnittenen Anzug mit Hosen, die faltig über die Schuhe fielen. Er gab mir die Hand und sagte: »Ich bin Enrique.« Er mußte wohl eine Art Saalaufseher oder Chefkellner sein.

Enrique schaute mich prüfend an wie vorher die Sekretärin, wahrscheinlich um am äußeren Eindruck meine Professionalität abzuschätzen. »Deinen Bestellblock hast du?« fragte er knapp und deutete auf meine rechte Jackentasche. Ich sagte nein. Er führte mich durch den Saal; er hatte den raschen und eckigen Gang eines arrogant gewordenen Kellners. Am Kassentresen neben dem Eingang saß ein recht hübsches Mädchen, das Rechnungen in die Maschine tippte. Enrique stellte mich vor, die Hübsche gab mir die Hand. Sie war mit großer Sorgfalt gekleidet, damit die Kunden, wenn sie hereinkamen, erst mal einen guten Eindruck bekamen. Sie gab mir einen Bestellblock, auf dessen Vorderseite mein Name, falsch geschrieben, schon stand.

Als ich danach in die Küche zurückkam, waren die anderen Kellner schon alle versammelt und warteten auf den Moment der Öffnung wie Hunde am Start eines Kynodroms: nervös umhertrippelnd und immer wieder zu kleinen Sprüngen ansetzend. Einige lehnten sich an den langen Tresen, fingerten an ihren Fliegen herum und strichen sich über die Kragenenden, andere warfen sich Sticheleien zu, begleitet von allerlei Zwinkern und Grinsen und Körperschwenken. Alle waren Mexikaner, die meisten so um die Vierzig.

Ihre roten Jacken mußten sie sich beim Schneider passend gemacht haben lassen, denn sie saßen alle ganz anders als meine: straff um die Schultern und an den Hüften. Einige waren sogar satiniert, mit Kragenklappen in Überbreite und glänzenden Knöpfen. Auch sonst hatten sie sich enorm aufgetakelt: mit gestärkten Hemden, glänzend polierten Lackschuhen und Hosen mit messerscharfen Bügelfalten.

Nur einer von ihnen trug keinen Schnurrbart: ein kleiner, der jünger war als die anderen und wie ein Indio aussah: dunkler Teint und flache, das Nasenprofil verlängernde Stirn. Als er merkte, daß ich ihn ansah, kam er geradewegs auf mich zu, gab mir die Hand und sagte: »Ich heiße Cormàl.« Die anderen Kellner nickten bloß kurz mit dem Kopf, während sie wie aus Zufall in meine Richtung sahen, als hätten sie sowieso gerade herschauen müssen.

Hinter dem langen Tresen standen drei Köche: reglos vor einer Reihe von Wandregalen. Der Tresen hatte eine Art zweite Etage, die zum Abstellen der heißen Teller diente. Die beiden Etagen bildeten miteinander ein breites niedriges Fenster, durch das die Köche herauslugten.

Der »richtige« Koch, sagte mir Cormàl, sei ein Italiener, der abends käme, um alles zuzubereiten; die drei, die ich da sähe, würden bloß die fertigen Speisen warm machen und die elementarsten Gerichte kochen, Spaghetti und so. Er warf mir diese Informationen stückweise hin, mit spitzer Stimme, die Nase hoch in die Luft gereckt. Ich hörte ihm ohne viel Herzlichkeit zu: ohne recht zu verstehen, wovon er sprach.

Schlag fünf erschienen drei lebhafte Jungen, Teenager um die sechzehn in weißen Jacken mit runden Kragen. Sie mußten Brüder sein oder jedenfalls irgendwie miteinander verwandt, denn alle drei hatten das gleiche Gesicht, das gleiche glatte nach hinten gekämmte Glanzhaar, die gleichen Bewegungen. Sofort füllten sie den Raum zwischen sich und den Tellerwäschern mit lautem Geschrei und Geklapper von aufeinandergeschlagenen Tabletts. Krakeelten und zwickten sich in die Arme und jagten sich um die Tische. In kurzer Zeit hatten sie es geschafft, Drahtkörbe voller Besteck und Gläser von einer Stelle zur andern zu räumen.

Die Köche alberten miteinander, rüder und schwerfälliger als die Jungen, steif wie gepanzert. Dann fingen sie an, mit eckigen und mechanischen Gesten Öl aus Kanistern in Pfannen zu gießen.

Die Kellner standen aufgereiht Schulter an Schulter nebeneinander, beteiligten sich nur mit Blicken am Klima der Küche und hielten sich aus dem Getümmel heraus.

Um zehn nach fünf kam Enrique zurück und klatschte laut in die Hände, um uns in Gang zu setzen. Trat zu Cormàl und sagte, ohne ihn anzusehen: »Cormàl, du erklärst dem Giovàni hier alles, verstanden?« Cormàl sagte nikkend »Okay«. Enrique fragte ihn noch mal sehr herrisch: »Verstanden?«

Ich folgte Cormàl in den großen Saal. Der Auftrag, mich in alles hier einzuweisen, machte ihm sichtlich Unbehagen. Er gab mir so gut er konnte die nötigen Informationen. Deutete mit einer Geste der kurzen Arme – aber es waren mehr Gestenfragmente als richtige Gesten: knappe Signale – auf vier Tische in einer Ecke des Saales und sagte: »Das da ist meine Sektion. Okay?«

Wir stellten uns nahe der Tischgruppe auf. Cormàl erklärte mir, man dürfe sich nicht zu deutlich bemerkbar machen; das Geheimnis sei, in der Schattenzone zu bleiben. Es gab nicht viele geschützte Stellen im Raum; ich verstand nicht recht, was er mit Schattenzone meinte. Er zeigte auf zwei, drei Punkte im Saal und sagte: »Das sind die toten Winkel, da sieht man dich nicht, wenn du stillstehst.«

Nach fünf Minuten führte Enrique ein älteres Paar in unsere Sektion. Cormàl wurde gleich nervöser. Fing an, sich wie ein gehetztes Tier zu benehmen: warf verstohlene Blicke zur Seite. Versuchte die Kunden einzuschätzen, sie aus der Distanz zu taxieren. Vermutlich anhand ihrer Kleidung und ihrer Art, sich zu setzen und miteinander zu reden.

Wir warteten ein paar Minuten. Cormàl wurde immer nervöser. Trippelte unruhig auf seinen kurzen Beinen und drehte den Kopf in alle Richtungen. Schließlich sagte er leise: »Jetzt gehen wir hin«, wobei er kaum die Lippen bewegte. »Wenn du länger wartest, kann's nämlich sein, daß sie noch zwei- oder dreimal die Meinung ändern und sagen, du sollst in zehn Minuten wiederkommen. So dagegen sind sie unvorbereitet.« In jedem Fall bezog er sich, ausgehend von den Studien, die er getrieben hatte, auf diese bestimmte Sorte von Kunden.

Die beiden hatten die Speisekarte schon eine Weile studiert, hielten sie aber noch unschlüssig in der Hand. Cormàl trat zu ihnen mit einer leichten Verbeugung. Stand auf Zehenspitzen, hoch aufgereckt vor dem Tisch, und fixierte einen imaginären Punkt zwischen der Karte und den Köpfen der Kunden. Die beiden zuckten unwillkürlich zusammen, lehnten sich in ihren Stühlen zurück und sahen von unten her zu ihm auf. Er hatte nicht viel gesagt, nur knapp: »Sie wünschen?«

Sofort versuchte der Mann, die Frau zu einer Entscheidung zu drängen: »Na, hast du dich entschieden?« Keiner der beiden konnte die italienischen Namen auf der Karte entziffern, sie starrten nur stumm auf die handgeschriebenen Worte neben den Preisen. Fühlten sich schon als Gefangene des Restaurants: auf den Kellner angewiesen, um zu entscheiden, was sie bestellen sollten. Sie lächelten unsicher, aber sie waren am Rande der Panik.

Cormàl beschrieb ihnen zwei oder drei Gerichte. Dosierte dabei seine Worte, um klarzumachen, daß er nicht bereit war, ihnen die ganze Speisekarte zu erläutern. Sein Englisch war unartikuliert: eine rasche Folge vernuschelter und verstümmelter Wörter. Ich glaube, er sprach absichtlich so, um bei den Kunden bestimmte Reaktionen hervorzurufen.

Die beiden schienen beruhigt von seiner Sprechweise und seiner Art, die Beschreibungen mit kleinen Hand- und Kopfbewegungen zu begleiten. Er beschrieb in elementaren Begriffen die Zusammensetzung einer Vorspeise: tat, als suche er nach einem Wort, fand es und sprach es unrichtig aus. Die Kunden gewannen allmählich Vertrauen. Sahen sich an und lächelten, schon ein wenig entspannter. Der Mann ließ sich zwei- oder dreimal den Namen eines Gerichts wiederholen und versuchte erfolglos, ihn nachzusprechen. Er lachte breit, seiner Frau zugewandt. Cormàl sah ihn ausdruckslos an. Beugte sich etwas vor, so daß sein glattes Haar im Licht der Tischlampe glänzte, und sagte: *»Sí, Signore!«* Der Signore spreizte die Schultern in der braun und beige karierten Jacke.

Das Ganze hatte nur ein paar Minuten gedauert. Cormàl notierte sich die Bestellung mit drei, vier Schnörkeln auf seinem Block. Wir gingen rasch durch den Saal.

Kurz bevor man zur Küche kam, mußte man durch einen Vorraum, den eine lackierte Trennwand den Blicken der Kunden entzog. Hinter der Trennwand machte ein dicker Hilfskoch die Vorspeisen und Salate zurecht. Im Vorbeilaufen rief Cormàl ihm eine Bestellung zu: *»Two french«*, was sich auf das Dressing der Salate bezog. Wir eilten durch eine der beiden Drehtüren in die Küche. Cormàl gab mir zu verstehen, daß es gefährlich sei, durch die falsche zu gehen, weil man leicht umgerannt werden könnte von denen, die mit Tabletts in der Hand herauskamen. In der Küche riß er einen Teil der Bestellung von seinem Block, heftete ihn an eine Art Rad mit Haken, gab dem Rad einen Stoß, so daß es eine halbe Drehung machte, bis der angeheftete Zettel vor den Augen des Koches erschien, und schrie zugleich die Bestellung, so laut er mit seiner dünnen Stimme konnte: *»One canelloni, one spaghetti Tiziano, one cotoletta, one nodini!«* Die Zahlen schrie er auf englisch, die Namen auf italienisch. Sein Schreien ging unter im Schreien der andern, im Klappern der Teller und Töpfe, im Rauschen der Ventilatoren, im Prasseln des siedenden Öls.

Wir liefen sofort wieder raus in den Vorraum, hinter die Anrichte mit den Salaten. Cormàl nahm ein Tablett von einem Stapel, griff sich zwei Gläser aus einem Regal, tauchte sie in eine Wanne mit gestoßenem Eis, ließ Coca Cola aus einem Zapfhahn auf die Eisstückchen laufen, bis die Flüssigkeit oben angelangt war und der Schaum ein paar Zentimeter übertrat. Nahm zwei Plastikröhrchen aus einer Schachtel und steckte sie in die Gläser. Winkte mir mit dem Kinn, daß ich nahe herantreten sollte, um alles genau zu beobachten, und fragte bei jedem Handgriff: »Hast du gesehen? Hast du gesehen? Hast du gesehen?«

Wir brachten die Gläser an den Tisch und liefen gleich wieder zurück in den Vorraum. Cormàl nahm ein langes Weißbrot, schnitt sechs Scheiben davon ab und schob sie in einen großen Toaster neben der Anrichte mit den Salaten. Schnappte sich eine Handvoll Butterwürfel aus einer großen Schüssel und legte sie kreisförmig auf eine Schale. Als das Brot warm genug war, tat er die Scheiben in ein Körbchen, deckte sie mit einer Serviette zu, stellte das Körbchen und die Butterschale auf ein Tablett neben die Salate, und wieder liefen wir durch den Saal.

Als wir mit dem Tablett ankamen, um das ältere Ehepaar zu bedienen, waren zwei weitere Tische unserer Sektion besetzt. Cormàl wiederholte den ganzen Zirkus: das Warten, die Verbeugungen, die Erklärungen. Er schien nicht direkt in Panik zu sein, bloß nervös. Sagte nur »Jesus!«, als wir plötzlich die neuen Kunden schon dasitzen sahen.

Wir nahmen die Bestellungen entgegen, die sich durch Konversationsversuche etwas in die Länge zogen. Ich fragte mich, wie Cormàl es schaffte, so viele Informationen in parallelen Kanälen zu speichern, wie er die Kanäle offen- und auseinanderhielt. Er mußte den Rhythmen der drei Tische getrennt voneinander folgen, dem Rhythmus jedes einzelnen Tisches in Relation zu den anderen und dem Rhythmus jedes einzelnen Kunden. Er gab sich Mühe, ruhig zu bleiben, jedenfalls solange wir im Saal waren. Im Vorraum und in der Küche tat er dann alles, um die verlorene Zeit wieder einzuholen: flitzte umher, durch die Drehtür und in die Ecken, um ein paar Sekunden zu gewinnen.

Schließlich war auch der vierte Tisch besetzt. Cormàl erhöhte den Rhythmus und schaffte es trotzdem, in seinen

Bewegungen ein gewisses Gleichgewicht zu bewahren. An den Tischen gelang es ihm gerade noch, ruhig zu erscheinen, aber er hielt sich immer kürzer dort auf, flitzte in immer kürzeren Abständen Richtung Küche und notierte sich die Bestellungen unterwegs. In der Küche schien er sich dann zu verdoppeln und zu verdreifachen: schob die Bewegungen übereinander, zwei und zwei, vier und vier, flocht sie zu Ketten, ließ jeder Geste ein Schwänzchen, um die nächste daran zu binden, ruderte mit den Armen, rotierte um die eigene Achse und raste mit seinen Frettchenaugen im Kreis.

Einmal, während er Butterwürfel auf fünf parallele Schalen verteilte, erklärte er mir: »In manchen Restaurants bleiben die Leute sitzen. Manchmal bis zu zwei Stunden. Trinken und reden.« Dann, während er Scheibe um Scheibe das warme Brot aus dem Toaster nahm und es in Körbchen legte: »Dies ist ein Schnellrestaurant. Hier kommen die Leute her, bevor sie ins Kino gehen. Sie haben Eile.« Sein Englisch klang auf einmal ganz anders, als wenn er mit den Kunden redete: fast korrekt.

Ab sieben wurde der Rhythmus im Saal immer hektischer. Die Kunden drängten sich ungeduldig im Eingang und warteten, daß Enrique kam, um sie auszusortieren und grüppchenweise an freigewordene Tische zu führen. Ihre Stimmen vermischten sich mit dem Geklapper der Teller, dem Gelächter der sitzenden Leute, dem Rufen nach Kellnern, dem Lärm, der aus der Küche und von der Straße hereindrang. Es war eine Art erregtes Brodeln, aus dem immer wieder einzelne Töne aufsprangen und wie Blasen zerplatzten. Die Kellner liefen einander über den Weg, drängten sich durch die engen Passagen, flitzten umher mit roten Gesichtern, verfolgt und gelockt von Winken und Rufen.

Cormàl und ich folgten, so gut wir konnten, dem Rhythmus der Bestellungen. Es gab Momente von höchster Aktivität, wenn alle vier Tische gleichzeitig die Besatzung wechselten und die Bestellungen so gehäuft und vielfältig kamen, daß sie eine Unzahl von parallelen Aktionen verlangten. In solchen Momenten schien Cormàl regelrecht durchzudrehen. Er hetzte wie ein Besessener durch den Saal, und seine Aktionen im Vorraum hatten etwas Verzweifeltes: etwas von einem, der seine ganzen Kräfte und Fähigkeiten zusammennimmt, um gegen eine Naturkatastrophe anzukämpfen. Es gelang ihm tatsächlich, alles auf einmal zu machen: die Hände zu strecken, sich auf die Knie zu hocken, sich vorzubeugen mit affenartiger Geschwindigkeit. Manchmal schien es, als würde er von der Flut der Bestellungen an die Wand gedrückt, überspült und in einer Ecke zermalmt; als wollte er gleich die Arme hochreißen, das Tablett fahrenlassen und mit lautem Geschrei davonrasen wie ein von allen Teufeln gejagter Indio.

Ich hatte nichts anderes zu tun, als dauernd hinter ihm herzulaufen. Ein paarmal fragte ich ihn, ob ich irgendwas helfen könnte, aber er hörte mir gar nicht zu; sagte nur »Jajaja«, ohne hinzuhören. Einige Kunden mußten mich für einen Aufseher halten, der hinter ihm her war, um sein Können zu prüfen. So versuchte ich, um wenigstens etwas zu tun, diesen Eindruck zu bekräftigen: stellte mich hinter ihm auf, die Hände im Rücken verschränkt, und schaute ihm über die Schulter.

Die schlimmsten Momente kamen, wenn jemand Fettuccine Lucrezia bestellte, das einzige Gericht, das die Kellner am Tisch zubereiten mußten: mit einem Spirituskocher auf einem niedrigen Nußbaumwagen. Die Operation als solche war nicht besonders schwierig; das wahre

Problem bestand darin, sich eine Bresche in das Dickicht der verschlungenen Gesten und Rufe zu schlagen und sie fünf Minuten lang offen zu halten, bis die Fettuccine fertig waren. Man mußte zuerst ein Ei, drei Würfel Käse und Rahm holen. Den Rahm erhitzen, die Bandnudeln aus der Küche holen, sie auf den Wagen stellen, den Wagen zum richtigen Tisch schieben und den Spirituskocher anzünden. Dann den Käse im siedenden Rahm zerschmelzen lassen, das Ei aufschlagen, es in den zerschmolzenen Käse rühren, die Soße über die Nudeln gießen und diese in eine Schüssel kippen. Wenn er das tun mußte, erklärte Cormàl mir nichts: rannte so schnell er konnte mit gesenktem Kopf durch die Gegend, schimpfte *Puta madre! Puta madre!* und atmete schwer. Wenn wir dann wieder durch die Drehtür in die Küche kamen, verfluchte er den Gast, der Fettuccine bestellt hatte, nannte ihn *Cavròn maldito* und machte entsprechende Gesten.

Die Drehtüren zwischen Vorraum und Küche waren eine Art Grenze, die das gespielte Verhalten vom instinktiven trennte. Kaum über die Schwelle getreten, ließen die Kellner sich gehen: schrien die Köche an, stritten sich mit den Küchenjungen, kratzten sich zwischen den Beinen, naschten von den bestellten Speisen, lärmten und gestikulierten zügellos in der wilden Hitze der Küche.

Manche traten noch in derselben Haltung über die Schwelle, die sie im Saal vor den Gästen gewahrt hatten: mit erhobener Hand, das Tablett auf den Fingerspitzen balancierend. Im Hundertstelbruchteil einer Sekunde fielen sie auseinander und verloren den Willen zur Eleganz, der sie vor der Kundschaft zusammengehalten hatte. Lümmelten sich mit den Ellbogen auf den Tresen, lockerten sich den Kragen, ließen die Füße über den Boden schleifen. Schnappten sich Fleisch- und Gemüsebrocken von den tafelfertigen Tellern und stopften sie sich in den Mund. Bevor sie in den Saal zurückkehrten, spuckten sie auf die bestellten Speisen, fuhren roh mit den Fingern hinein, bedeckten das Essen mit grimmigen Flüchen, die über den kommen sollten, der es aß. Dann, kurz vor der Drehtür, nahmen sie sich zusammen, warfen sich wieder in Pose und eilten erneut in den Saal.

Den Momenten der Hektik folgten lange Pausen: leere Zeiten, in denen fast nichts zu tun war. Dies immer dann, wenn die Gäste aßen, die Speisen serviert und alle Stühle besetzt waren. Dann standen wir still in den Schattenzonen, die Hände auf dem Rücken verschränkt. Nach einer Weile entzündete sich ein neuer Schub von hektischer Aktivität. Die Momente der Hektik und die der Ruhe bildeten kleine Zyklen, die sich in Abständen über den größeren Zyklus des Abends verteilten.

In einem Moment der Ruhe, während ich an einer Säule lehnte, kam Enrique zu mir und sagte: »Tisch vierundzwanzig!« Ich fragte: »Was?« Er bellte: »Los, los! Der Vierundzwanziger ist jetzt deiner!«

Es war einer der schlechtesten Tische im Restaurant: isoliert, freistehend in einem Durchgang. Wer dort saß, wurde von allen Seiten bedrängt, umtost von Tellergeklapper und Stimmengewirr, von eiligen Kellnern und Gästen auf dem Weg zu anderen Tischen. Enrique wählte die Leute sehr sorgfältig aus, die er mir schickte. Führte jemanden her, ohne auf seine Proteste und Versetzungswünsche zu hören, drückte ihn auf den Stuhl und enteilte.

Ich bediente vier bis fünf einzelne Gäste, in Abständen von jeweils gut einer halben Stunde. Mit einer Person allein war alles viel leichter, man brauchte nur immer *einem* Rhythmus zu folgen. Ich konzentrierte mich auf die Darstellung meiner Rolle: auf die Verbeugungen und die Fragen, die richtige Art, quer über den Tisch zu langen, um das Geschirr abzuräumen.

Trotzdem war es nicht gerade leicht. Besonders schwer fielen mir die Verrichtungen in der Küche, ich konnte mich nicht mehr an die genaue Reihenfolge erinnern. Die Köche sahen mich feindselig an durch das breite Fenster des zweigeschossigen Tresens. Ein paarmal heftete ich Bestellungen an das Rad, ohne sie gleichzeitig auszurufen, und sofort erhob sich unter den Köchen ein wildes Geschrei. »Was? Was?« schrien sie. Es war unerträglich heiß in der Küche, die Luft war gesättigt mit Essensgerüchen. Die Hitze und die Gerüche krochen mir in die Kleider, stiegen mir die Beine herauf und in die Arme, den Rücken hoch bis in den verschwitzten Kragen. Die Schreie der Köche und Kellner erhöhten die Temperatur um einige Grade.

Ich hatte noch andere Probleme; zum Beispiel, daß ich die Preise nicht auswendig wußte. Die Folge war, daß ich jedesmal extra in den Vorraum zurücklaufen mußte, um sie von einer an die Wand gehefteten Preisliste abzulesen. Den Versuch, andere Kellner danach zu fragen, gab ich bald auf: Sie antworteten mir mit bösen Blicken und flachen Stimmen.

Jede Operation implizierte wesentliche Details, die mir entgangen waren, als ich Cormàl beobachtet hatte. Ich reproduzierte das äußere Bild einer Handlung und merkte auf einmal, daß ich ihren inneren Mechanismus nicht verstanden hatte. Zum Beispiel: Ich füllte ein Glas mit gestoßenem Eis, stellte es unter den Cola-Hahn, drückte den Füllhebel runter, und alles, was rauskam, war Schaum. Ich stand vor dem Apparat, nervös und schwitzend, sah den bräunlichen Schaum in das Glas laufen, aufsteigen, über den Rand treten und sich in Blasenpfützen auf dem Tablett verteilen. Ein Kellner erschien, rief: »Was machst du denn da? Was machst du denn da?« und erklärte mir, daß man das Glas schräg unter den Hahn halten mußte; erklärte es mir in einem so übereifrig-belehrenden Ton, daß ich ihn schließlich mehr verabscheute, als wenn er mir schweigend zugesehen hätte.

Gegen elf verebbte die Flut der Kunden allmählich, nur alle zehn Minuten kamen noch welche. Die Kellner fingen an, sich vor der Küche in kleinen Schwätzchen zu verlieren, hinter der Trennwand von einem Bein auf das andere tretend, oder sich in die Toiletten zu verkrümeln, um ihr Trinkgeld zu zählen. Schließlich kam Enrique und schickte die Hälfte von uns nach Hause: »Macht eure Tische fertig und geht.«

Ich wankte erschöpft durch die Küche, die Schuhe rutschten über den nassen und glitschigen Boden. Die Küchenjungen packten Berge von Tellern und Schüsseln in die Geschirrspüler, immer noch lachend und schreiend. Die Köche hatten sich in die Ecken verzogen, um Bier aus großen Gläsern zu trinken und finstere Blicke umherzuwerfen. Der Essensgeruch hatte schon angefangen, sich mit dem Geruch der Putzmittel zu vermischen; er wurde schärfer und schärfer, je mehr ein Küchenjunge gelbliche Flüssigkeit aus einem Plastikkanister goß.

Ich stieg die Wendeltreppe hinauf. Im Umkleideraum waren schon andere Kellner, die sich Jacken auszogen und mit kleinen Kämmen durchs Haar fuhren. Niemand redete, keiner sah einem anderen ins Gesicht. Ich nahm meine Kleider aus der Plastiktüte, durchtränkt vom Küchengeruch, wie sie waren. Zog mir nur einen Pullover anstelle der Jacke an: mich ganz umzuziehen, wäre sinnlos gewesen. In den Taschen der Jacke fanden sich ein paar

Dollarscheine und Münzen. Ich zählte sie, und es war mehr, als ich gedacht hatte. Mit nur einem Tisch war weniger zu erwarten gewesen.

Ich sah, wie Cormàl sein Trinkgeld zählte, halb versteckt hinter einem Kleiderständer, ins Profil gedreht. Er befeuchtete sich mit der Zungenspitze den Finger und ließ ihn rasch über die Ränder der Scheine gleiten. Bewegte beim Zählen die Lippen, aber lautlos. Unterbrach sich jedesmal, wenn ein anderer Kellner in seine Nähe kam oder wenn er neue Schritte auf der Treppe hörte. Als er merkte, daß ich ihn beobachtete, schnaubte er wütend und drehte sich weg. Er war genauso widerlich wie die anderen: mickrig und sentimental und kein bißchen besser.

Ich ging die Treppe hinunter, durch die Küche und durch den Saal. Ohne die Kellneruniform sah ich die übriggebliebenen Kunden schon anders.

An der Kasse ließen sich alle die Trinkgelder auszahlen, die ihnen die Kunden auf den Kreditkarten gelassen hatten. Das Mädchen an der Maschine tippte die Zahlen ein und zählte die Scheine, umlagert von ungeduldigen Kellnern, die ihr Geld haben und nach Hause gehen wollten. Enrique paßte auf, was jeder bekam, denn ihm stand ein Fünftel der Trinkgelder zu. Alle Kellner hatten sich zwei getrennte Banknotenbündel gemacht, zogen nur eins davon hervor und sagten, mehr hätten sie nicht verdient. »Schlechter Abend«, schimpften sie, oder auch: »Bloß Münzen als Trinkgeld«, wobei sie ein primitives Englisch benutzten, ich glaube als konventionelle und abstrakte Sprache. Auf spanisch hätten die gleichen Behauptungen sicher albern geklungen, oder beleidigend.

Ich trat auf die Straße hinaus. Die Luft war unglaublich viel frischer und klarer als drinnen im Restaurant. Die Bilder und Töne erreichten mich anders, kamen in anderen Tempi daher. Mich überraschten die Straßengeräusche, die vorbeifahrenden Autos, die Lichter. Auf den Gehsteigen waren Gruppen von Leuten, die aus Restaurants oder Kinos kamen und nach Eisdielen oder Tanzbars suchten. Der spitze Turm des Kinos auf der anderen Straßenseite war mit Girlanden von gelben Glühbirnen illuminiert, die in der bläulichen Dunkelheit blinkten. Zwei Jungen spielten Saxophon auf einem Parkplatz, umgeben von stehenden oder auf Motorhauben sitzenden Leuten. Die Musik, die sie spielten, zerfaserte in der Nacht; es war schwierig, sie zu beurteilen.

Mir schien, als entdeckte ich alles zum ersten Mal, ein bißchen zu spät. Die Situationen waren schon ziemlich weit fortgeschritten, schon im Begriff, sich zu erschöpfen; die Leute folgten dem Kreiseln und Wirbeln von Aktivitäten, die lange vorher begonnen hatten.

Allmählich kamen die anderen Kellner aus dem Restaurant und strebten den Parkplätzen zu, mit ihren Uniformen in kleinen Säcken und Ledertaschen. Einige fuhren dicht an mir vorbei, in großen Wagen mit allerlei Nippes und Aufklebern an den Scheiben. Lehnten sich aus dem Fenster und winkten, aus reiner Müdigkeit und Langeweile. Hupten und brausten davon zu ihren Heimen irgendwo in der Gegend.

Ich ging auf die andere Straßenseite, drehte mich um und betrachtete eine Weile das Restaurant, mit dem Rükken an den leeren Kartenschalter des Kinos gelehnt. Alle naselang kamen Gäste heraus, in Rudeln oder in Paaren. Ließen die schwere Holztüre los und streckten die Köpfe vor oder einen Arm. Kamen einzeln nacheinander heraus, durch Winke und Haltungen miteinander verbunden. Schlenderten ziellos über den Gehsteig: zerstreut in verschlepptem Gelächter, in Blicken auf die Straße und die geschlossene Tür und die vorübergehenden Leute.

Ich arbeitete an fünf Tagen der Woche im Restaurant. Ging zwei Blocks weit zur Bushaltestelle, fuhr zehn Minuten bis Van Nuys Boulevard, stieg aus und wartete auf den Anschluß nach Westwood. Es kam nur alle dreißig Minuten ein Bus vorbei, so daß ich aufpassen mußte, um den richtigen zu erwischen. Allmählich lernte ich, ihn schon von weitem zu erkennen, wenn die anderen Leute noch stumpf auf der gelben Wartebank saßen. Sah die hohe Frontscheibe über den Nasen der anderen Wagen: verzerrt in der Perspektive, unscharf zwischen den Abgaswolken.

Im Restaurant war Enrique wie ein Falke hinter mir her, um mich bei einem Fehler zu ertappen. Ständig verfolgte er mich durch die Gänge zwischen den Tischen mit halblauten Vorwürfen und Zurechtweisungen. Er mußte sofort gemerkt haben, daß ich noch nie im Leben Kellner gewesen war: noch ehe er mich an der Arbeit sah. Bestimmt war er zu Michelucci gegangen, um ihm zu raten, daß er mich rausschmeißen sollte. Aber Michelucci brauchte wenigstens *einen* Italiener in seinem italienischen Restaurant voller Mexikaner.

Ich guckte mir von den anderen Kellnern bestimmte Praktiken und Verhaltensweisen ab: Techniken, das Tablett zu tragen, sich unbemerkt durch den Saal zu bewegen, dazustehen mit dem Ausdruck eines dastehenden Kellners. Nach ein paar Tagen kam ich mir etwas glaubwürdiger vor.

Jeder Kellner hatte sich Eigenheiten zurechtgelegt, die er pflegte und kultivierte, bis sie Teile seiner Persönlichkeit wurden. Zum Beispiel gab es mindestens zehn verschiedene Arten, die weiße Serviette zu tragen, und weitere zehn, sie zu falten. Manche trugen sie über dem Handgelenk wie ein loses Armband, andere in der Ellbogenhöhlung, über dem Unterarm, an die Seite gedrückt oder über den Rand der Jackentasche gehängt. Es gab zusammengerollte Servietten, verschlungene, zweimal gefaltete, einmal gefaltete oder offen als Fahne getragene. Andere Einzelheiten entnahm ich Büchern, die ich gelesen hatte, oder Erinnerungen an Kellner, die mir früher einmal aufgefallen waren.

Am dritten Tag wies mir Enrique eine Sektion mit drei Tischen zu. Aber er wußte, daß ich noch nicht sehr schnell war, und brachte mir immer nur Pizzakunden. Die Pizzakunden waren eine Kategorie für sich, abgesondert von der normalen Kundschaft. Mit einer kleinen Pizza alla napoletana und einem Bier konnte man sich für knapp fünf Dollar aus der Affäre ziehen. Das Trinkgeld von zehn Prozent betrug dann bloß fünfzig Cents. Die Kellner bei *Alfredo's* haßten die Pizzakunden: plagten sie, guckten sie böse an und bemühten sich in jeder Weise, ihnen den Aufenthalt zu verleiden.

Enrique kriegte es irgendwie hin, sich nie zu irren. Führte drei bis vier Leute an einen der Tische in meiner Sektion, wies ihnen ohne viel Federlesens die Plätze an und verzog sich wieder. Sie setzten sich, studierten zwanzig Minuten die Karte auf der Suche nach den preiswertesten Gerichten, entdeckten schließlich, daß die Pizza am billigsten war, und bestellten sich eine. Ließen sich Zeit beim Essen, um möglichst lange im Restaurant zu bleiben. Stellten dabei noch Ansprüche und hatten Sonderwünsche, versuchten zum Beispiel, reichere Zutaten als gewöhnlich zu kriegen, und sagten dann: »Bitte mit viel Sardinen« oder: »Ich hab's gern mit einem Haufen Käse« und wollten im voraus wissen, wie dick oder zart der Teig war. Schlimmer als die Pizzakunden waren nur noch die Salatkunden, aber die wurden zum Glück bei *Alfredo's* nicht zugelassen.

Nach einer Woche bekam ich allmählich bessere Kunden und verdiente ganz gut.

Jedesmal, wenn ein Gast eins der fünf oder sechs Gerichte bestellte, die über zehn Dollar kosteten, gab es prompte Reaktionen. Die Köche kommentierten den Fall, kaum daß sie den Zettel am Rad gelesen hatten, und schrien die Neuigkeit durch die Küche. Die Gläserjungen liefen im Saal umher und raunten einander zu: »Guzante hat drei Gamberi Buona Luisa« oder: »Tolmeco hat zwei Langusten an Tisch sieben ergattert.« Wenn der betreffende Kellner so tat, als ob nichts wäre, riefen die anderen im Vorraum ihm halb bewundernd, halb neidisch zu: »Gutes Trinkgeld!« oder: »Guter Tisch!«

Die älteren Kellner um die vierzig waren für plötzliche Nervositäten und Hysterien weniger anfällig als die jüngeren. Vielleicht waren sie überhaupt unempfänglich für Reize, die Unruhe stiften. Sie waren breit und stur, stämmig in ihren roten Jacken. Ich sah ihnen zu, wie sie durch die Gänge zwischen den Tischen eilten: ein Tablett hoch über dem Kopf balancierend und drei bis vier warme Teller aufgereiht auf dem Unterarm, von den Fingerspitzen bis in die Armbeuge. Ihre Gesichter waren neutral, völlig ausdruckslos. Sie drehten sich auf den Hacken ihrer glänzend polierten Halbschuhe und schwenkten die Arme über die Tische mit routinierten, schwer zu verfehlenden Gesten.

Ständig tauschten sie kleine Bosheiten aus, wenn sie einander in den Gängen begegneten oder in der Küche nebeneinander am Tresen standen. Sie hatten sich eine Beleidigungstechnik entwickelt, die nur minimalen Aufwand an

Energie erforderte. Alles wurde in hingehauchte Ausdrücke kondensiert, in kleine Tonschwankungen, die genügten, eine an sich banale Bemerkung giftig klingen zu lassen. »Dein Brot ist kalt«, sagten sie zum Beispiel im Ton einer schlichten Feststellung, oder: »Du hast einen Kunden an Tisch sechzehn, der seit zwanzig Minuten wartet.« Sie konnten sich regelrecht angiften, ohne daß es ein Außenstehender überhaupt merkte.

Alle Kellner haßten einander und waren ständig darauf aus, sich gegenseitig in Schwierigkeiten zu bringen. Um jeden Fehler, den einer von ihnen machte, legten sie einen Freiraum, damit er möglichst weit sichtbar wurde und sich über die Maßen aufblähte. Um jedes Mißgeschick, das passierte, etwa wenn einer Soße verschüttete oder einen Teller zerbrach, machten sie großes Aufsehen mit Geschrei und Gesten; blieben stehen und warteten schadenfroh, bis Enrique kam, um sich dann scheinheilig einzumischen. Gleichzeitig nannten sie sich untereinander »Amigo« oder »Brother«: mit Lächeln und kleinen Grimassen. In den längeren Pausen vertieften sie sich in Gespräche über Autos und Frauen, Verdienstmöglichkeiten und Urlaubspläne.

Alle rackerten bis zur Erschöpfung, ständig in Sorge, noch mehr reiche und hungrige Kunden an ihre Tische zu kriegen. Es gab eine direkte Relation zwischen Kraftanstrengung und Geld, was Wellen und Strudel von Aktivitäten quer durch das Restaurant erzeugte. Die Kellner lauerten an ihren Tischen mit funkelnden Augen, bereit, in die Küche zu eilen mit Blöcken voll teurer Bestellungen. Wenn der Rhythmus anstieg, bis er fast unerträglich wurde, waren sie ausgepumpt, aber zufrieden. Wenn es ruhiger zuging, wurden sie trübsinnig, hingen herum und schüttelten sauer den Kopf.

Es war schon komisch, sich auf diese Weise sein Geld zu verdienen: einen Dollarschein nach dem anderen wegzustecken, bis die Jacken- und Hosentaschen prallvoll waren. Bevor ich nach Hause ging, breitete ich die zerknitterten Banknoten aus, strich sie glatt und legte sie aufeinander zu Bündeln, die ich dann in verschiedene Taschen verteilte. Ich kam mir vor wie eine Art erfolgreicher Bettler auf dem Wege zum Reichtum. Fast jeden Nachmittag, wenn ich anfing, mit dem Tablett in der Hand durch den Lärm und die Hitze zu laufen, schwor ich mir, am nächsten Tag nicht wiederzukommen; spät abends zählte ich dann mein Geld und fand, daß die Mühe sich alles in allem gelohnt hatte.

Um nach Hause zu kommen, mußte ich den letzten Bus Richtung San Fernando Valley erwischen. Ich ging zu Fuß bis zur Haltestelle am Westwood Boulevard und setzte mich auf die Bank. Die Busgesellschaft neigte dazu, die letzte Fahrt zu verzögern, um möglichst viele Passagiere unterwegs aufzusammeln. Manchmal wartete ich bis zu einer halben Stunde: auf der Bank zusammengesunken wie ein Emigrant, mit der Plastiktüte auf den Knien.

Die Bank stand an einer Straßenkreuzung auf der Höhe der Ampel. Ich sah die Autos wenige Zentimeter vor mir, sah die Fahrer nebeneinander halten und sich durch die Scheiben beäugen. Das Blech der Wagen glänzte im Licht der Straßenlaternen, aus den halb geöffneten Fenstern schwappten Wellen von Radiomusik.

Der Bus war gewöhnlich fast leer, trotz der Verspätungen. Sechs oder sieben suspekte Gestalten dösten verstreut vor sich hin, den Kopf in die Hände gestützt, oder blickten trübsinnig auf die Lichter des Freeway. Ich setzte mich auf die hinterste Bank, wo ich die Beine langstrecken konnte.

Wir glitten durchs Dunkel, durchquerten den Raum in diesem Relikt von Raumschiff, alle naselang aufgeschreckt von der Stimme des Fahrers, der die Haltestellen ausrief.

Wenn wir an der Haltestelle Van Nuys Boulevard ankamen, war es meistens zu spät für den Anschluß nach Hause. Zwei- oder dreimal kam ich gerade noch rechtzeitig, um den Bus in der Ferne verschwinden zu sehen. Ich lief trotzdem laut fluchend hinterher. Zu Fuß ging man eine Dreiviertelstunde von der Haltestelle nach Hause. Das erste Stück rannte ich meistens, was mich dann aber zu verschnaufen und fast stehenzubleiben zwang. Gleichmäßig ausschreitend wäre ich schneller vorangekommen. Statt dessen rannte ich über die Grasnarbe vor den Häuschen am Rande der Stadt, versank mit den Hacken im feuchten Boden und bekam nasse Schuhe.

Die Straße lief schräg zum Freeway, nicht parallel, wie es von Rons und Tracys Häuschen aus schien. An der Haltestelle Van Nuys waren die beiden Linien noch weit auseinander, die Nähe des Freeway war kaum zu spüren, nur in Form eines dumpfen Brausens. Ich rannte fünf Minuten, so schnell ich konnte, die Augen starr geradeaus vor Angst, daß plötzlich ein Hund aus einem Garten herausgerannt kommen könnte. Erst wenn ich erschöpft war, hörte ich auf zu rennen, ging langsam weiter und schwenkte die Arme, um wieder zu Atem zu kommen. Mir pochten die Schläfen, und die giftige Luft von Los Angeles rasselte mir durch die Kehle.

Wenn ich dann wieder dran dachte, war der Freeway schon etwas näher. Das Brausen hatte sich verstärkt und längs der Hochstraßenlinie vom Boden gelöst. Die Annäherung ging so allmählich vonstatten und zog sich so in die Länge, daß man sie für eine Einbildung halten konnte, für eine Sinnestäuschung, verursacht durch die nächtliche

Müdigkeit. Ich holte tief Luft, bis mir die Lunge weh tat. Rechts neben mir war ein diffuses Schimmern: eine Art blasses Wetterleuchten, das sich im Dunkel verbreitete.

Ich hatte mir eine Reihe von Scheinzielen längs der Straße zurechtgelegt: Zeichen am Horizont, die mir zu beweisen schienen, daß ich schon gut vorangekommen war, und die sich, wenn ich sie dann erreicht hatte, in Beweise für meine Entfernung von zu Hause verkehrten. Der Mechanismus wiederholte sich jede Nacht: Ich starrte auf das Reklameschild einer Bank, sah es größer und größer werden, je näher ich kam. Die Buchstaben wurden deutlicher, lösten sich aus den Konturen des Rahmens und traten hervor. Schließlich gelangte ich an den Fuß der weißen Stahlkonstruktion, die das Ding trug, berührte sie mit der Hand, um mich zu vergewissern, daß ich wenigstens so weit gekommen war, blickte voraus auf das nächste Zeichen und mußte feststellen, daß es viel weiter weg war, als ich noch eben gedacht hatte. Mir ging durch den Kopf, wie lange ich für dieselbe Strecke im Bus auf der Herfahrt gebraucht hatte. Die Bus-Sekunden vervielfachten sich zu Fuß-Minuten.

Auf dem letzten Stückchen, bevor ich nach Hause kam, war der Freeway dann nur noch wenige Meter rechts neben mir. Das Brausen war angeschwollen zu einem wilden unregelmäßigen Tosen, das die Atmosphäre erbeben und fast zerspringen ließ. Ich überlegte, wie viele Gallonen Benzin allein auf dem Abschnitt über dem Häuschen von Ron und Tracy in den Motoren verbrannten. Es war viel wärmer als an der Bushaltestelle, die Luft war dicker und süßlicher.

Meist trank ich dann in der Küche ein Bier: im Stehen, eine Hand an die Kacheln der Wand gelehnt, um das Vibrieren zu spüren.

Ron und Tracy sah ich nur selten. Unsere Wege kreuzten sich immer an denselben Stellen. Tracy ging frühmorgens zur Arbeit, ich hörte sie in der Küche mit Tellern und Schälchen klappern. Später fand ich dann Spuren von ihr im Haus: Telefonnummern, die Ron anrufen sollte, mit rotem Filzstift auf eine Papptafel im Flur geschrieben; Zettel auf dem Eisschrank, um mich daran zu erinnern, daß ich Milch kaufen sollte.

Ron stand immer erst spät auf, mindestens eine Stunde nach mir. Er hatte eine Art Schlafrock, den er morgens gern anzog, so ein plumpes griechisches Ding aus besticktem Matratzenstoff, das an den Schultern spannte. Wenn ich bis halb zwölf zu Hause blieb, sah ich ihn in der Küche hantieren, muffig und schlafbenommen, wie er noch war. Er füllte ein Schälchen mit Cornflakes, tat braunen Zucker darüber und manchmal eine Schicht Honig; ging dann ins Schlafzimmer, machte den Fernseher an, setzte sich auf den Bettrand davor und mampfte. Aus dem Wohnzimmer hörte ich sein Geklapper, übertönt von den Fernsehgeräuschen. Er wartete, daß ihn jemand anrief, um ihm einen Vertrag anzubieten: wartete mit apathischer Zuversicht. Wenn die Zuversicht schwächer wurde, fing er an, in der Gegend herumzutelefonieren. Telefonierte mit allen und jedem, mit Werbeagenten, früheren Schulkameraden, Sekretärinnen von Produktionsfirmen, die ihm Tracy genannt hatte. Hing am Telefon und versuchte, Informationen zu sammeln, wobei seine Stimme anders klang als im normalen Leben.

Samstags und sonntags arrangierte Tracy dann Tennispartien mit Leuten, die in irgendeiner Beziehung zur Welt des Kinos standen. Beide zogen sich hastig an und erschienen im Sportdreß aus weißem Frottee, mit grünen Sonnenschirmen über der Stirn. Tracy machte die Verabredungen am Telefon perfekt und vergewisserte sich, daß bestimmte Leute dasein würden und andere nicht. Sie hatte Ron gegenüber eine verzweifelte Managerhaltung: drängte ihn dauernd und machte ihm Mut, aber es war nicht ganz klar, ob sie selbst noch dran glaubte.

Im Restaurant überstand ich die Phasen der größten Hektik schon fast ohne es zu bemerken. Ich hatte mit der Zeit eine Reihe von automatischen Reflexen entwickelt: Handlungsabfolgen, die nur sehr wenig Aufmerksamkeit verlangten. Je reger das Treiben wurde, desto mehr glitt ich in eine Art mechanische Trance, wahrscheinlich im großen und ganzen genau wie die anderen Kellner. Ich folgte den Rhythmuswechseln, ohne dran denken zu müssen, erhöhte die Zahl und das Tempo der Gesten entsprechend dem Druck des Augenblicks. Verließ diesen Zustand dann in den Pausen, wenn der Druck nachließ, trat in die Schattenzonen und konzentrierte mich auf die Kunden. Es war unglaublich, wie ich sie beobachten konnte, ohne bemerkt zu werden. Niemals im Leben war ich je näher an einem Zustand der Unsichtbarkeit.

Schon als Kind hatte ich oft diese Phantasievorstellung: alle Konsistenz zu verlieren und frei zu werden, um mich ins Leben anderer einzumischen. Noch heute passiert es mir, daß ich auf der Straße an einem belebten Fenster vorbeikomme und mir anhand von wenigen sichtbaren Einzelheiten das Szenario meines Eindringens vorstelle: Ich stelle mir vor, durch das Fenster zu gleiten und mich an einen Tisch in der Küche zu setzen, ohne daß mich jemand sehen kann. Ich stelle mir gar nicht vor, irgendwie einzugreifen, nur dazusitzen und die Situation zu verfolgen, sie von innen her zu beobachten.

Im Restaurant war ich natürlich nicht immer unsichtbar. Nicht immer und nicht für alle im selben Moment. Die Kunden sahen mich, wenn sie bestellten und wenn ich dann mit dem Bestellten kam. Enrique, der *Capitàn*, sah mich fast immerzu, aufmerksam, wie er meine Schritte verfolgte, um jeden möglichen Fehler sofort zu bemerken. Die anderen Kellner sahen mich, wenn sie vorbeikamen und zur Seite traten, um meinem Tablett auszuweichen. Aber wenn die Kunden bedient und die Gläser voll waren und die letzten Kommentare über das Aussehen der Gerichte im Klappern der Messer und Gabeln aufgingen, entschwand ich aus ihren Augen, wurde körperlos, schwebend.

Ich empfand es geradezu physisch, dieses Verschwinden meiner Präsenz in visuell wahrnehmbarer Gestalt. Ich kam mir vor wie mein eigenes Abbild im Sucher einer Kamera, deren Schärferegler auf ein Objekt im Vordergrund eingestellt wird. Meine Konturen verschwammen, die rote Jacke war nur ein Farbfleck, der immer mehr auseinanderlief, bis er als schwacher Tupfer am äußersten Rand des Gesichtsfeldes flackerte, aufgesogen vom Hell und Dunkel des Hintergrundes.

Dabei blieb ich ganz in der Nähe, machte mir an den Nachbartischen zu schaffen unter dem Vorwand, einen Servierwagen zu verschieben oder einen fast leeren Pfefferstreuer wieder aufzufüllen. Versuchte sogar herauszufinden, wie nahe ich an die Kunden herankommen konnte, ohne bemerkt zu werden. Beobachtete ihr Verhalten, ihre Beziehungen zueinander, schnappte hier und da einen Gesprächsfetzen auf, den ich im Schutz einer niedrigen Trennwand zu vervollständigen suchte. Die Gesten und Gesichtsausdrücke der Leute bildeten Muster, die nur allzu leicht interpretierbar waren, fast peinlich in ihrer Geradlinigkeit.

Allerdings dauerte dieser Zustand der Unsichtbarkeit nie sehr lange; jemand drehte den Kopf zu mir, und mit einem Schlag hatte ich wieder klare Konturen, scharf abgehoben vom Hintergrund der Tische und Stühle. Ich entwickelte eine Kellnersensibilität, die mir erlaubte, mein Sichtbarwerden ein paar Sekunden vorauszusehen. Die anderen Kellner witterten diese Momente wie Füchse; sie brauchten bloß den Kopf zu heben, um zu erkennen, daß ein Kunde soweit war, gleich nach ihnen zu rufen. Aber es dauert Jahre, um eine vage Kellnersensibilität in einen Instinkt zu verwandeln, ich mußte mich an die leichter erkennbaren Elemente halten.

So bemerkte ich beispielsweise eine leichte Veränderung im Rhythmus der auf- und niedergehenden Gabeln oder einen suchenden Blick zur Karaffe oder zum Brotkorb. Oder auch nur ein Loch im Gespräch, eine Pause, die sich ausdehnte, bis es nötig wurde, erneut nach dem Kellner zu rufen. In zwei Sekunden war ich am Tisch, mit dem Block in der einen Hand und dem Stift in der anderen. Fühlte mich wieder plump und niedergedrückt, ertrunken in der roten Jacke aus billiger Baumwolle.

Jedesmal, wenn ich ein paar Minuten zu früh im Restaurant ankam, blieb ich am Eingang stehen, um mit dem Kassenmädchen zu plaudern. Wir wechselten ein paar belanglose Worte. Sie war fast immer schon da und vertrieb sich die Zeit bis zur Öffnung, indem sie die Passanten auf der Straße durch die Ritzen der Jalousie beobachtete. In ihrer Haltung lag etwas Unschlüssiges, eine unbestimmte Erwartung. Manchmal schien sie zu überlegen, ob sie nicht rasch noch, bis es soweit war, auf den Gehsteig hinaustreten sollte.

Sie trug elegante lange Kleider mit schmalen Bändern als

Gürtel, die sie beim Gehen oft festzog. Dazu Schuhe mit hohen Pfennigabsätzen, weshalb sie beim Gehen mehr als nötig die Beine streckte, um sich im Gleichgewicht zu halten. Sie war alles andere als zierlich, eher rund und kompakt, wenn auch viel besser proportioniert als Tracy. Sie hieß Jill. Sie hatte dunkelblondes, nicht sehr langes Haar.

Im Laufe des Abends sah ich sie alle zehn Minuten wieder: sah sie im Stehen die Kasse bedienen, voll konzentriert auf ihre Arbeit. Jedesmal, wenn die Gäste zahlten, brachte ich ihr das Geld und die Rechnung; sie tippte die Summe in ihre Kasse, nahm die Scheine und Münzen zum Wechseln heraus und legte sie auf einen weißen Plastikteller. Wenn ein Gast mit Kreditkarte zahlte, telefonierte sie, um deren Echtheit zu prüfen: skandierte die Nummer der Karte mit scharfer Stimme ins Telefon, um den Lärm im Saal zu übertönen.

Manchmal war sie umlagert von hektischen Kellnern, die ungeduldig mit ihren Plastiktellern auf den Kassentisch schlugen, mit den Armen fuchtelten und ihren Namen riefen: »Chill Chill« mit weichem J in mexikanischer Aussprache. Eilige Kunden mischten sich ein, die ihre Rechnung direkt bezahlen und gehen wollten: drängten sich vor, mit Mänteln über dem Arm und Hüten in der Hand, und sagten beharrlich »Pardon« oder »Hey«, bis Jill sich ihnen zuwandte. Sie verteilte Gesten und Blicke nach allen Seiten, um jedem den Eindruck zu geben, daß sie ihm zuhörte. Dankte und grüßte höflich, bat um ein paar Sekunden Geduld, telefonierte, nahm Geld aus der Kasse, schlug auf die Tasten, gab Nummern durch, übertrug sie auf einen Block, erkundigte sich, ob alles in Ordnung war, lächelte. Sie hatte zu viele Dinge auf einmal zu tun, um sehr elegant zu sein, aber man sah sie nur selten aufgelöst, überwältigt vom Trubel des Abends.

In den längeren Pausen gingen die anderen Kellner hin, um ein bißchen mit ihr zu flirten. Aber sie waren gehemmt und befangen, wußten nicht recht, was sie sagen sollten, und fürchteten, untätig vom *Capitán* erwischt zu werden. Fragten sie »Na, wie geht's?«, wenn gerade mal keine Kunden da waren, grinsten anzüglich, aber kamen ihr nie zu nahe. Wenn Jill eine Unterhaltung anfing, hörten sie auf und verdrückten sich in die Küche: mit Gesten und Mienen, die Zwanglosigkeit vortäuschen sollten.

Eines Abends, als die Busfahrer streikten, machte ich bei allen Kellnern die Runde, um herauszufinden, ob einer von ihnen bereit war, mich nach Hause zu fahren. Alle ließen mich abblitzen. Einige taten, als ob sie mich gar nicht hörten, zählten weiter ihr Geld oder redeten miteinander; andere erfanden weitschweifige Entschuldigungen, betreffend familiäre oder mechanische Situationen. Ich war immer wieder betroffen von ihrem totalen Mangel an Herzlichkeit. Kaum hatten sie ihre Arbeit beendet, liefen sie auseinander zu ihren Wagen auf den verschiedenen Parkplätzen, ohne das kumpelhafte Getue, das sie den ganzen Abend lang vorgetäuscht hatten, auch nur eine Minute länger zu spielen.

Ich wußte wirklich nicht mehr, wie ich nach Hause kommen sollte, da sagte mir Jill, sie könnte mich hinbringen. Sagte es mir in zerstreutem Ton, während sie noch mit der Endabrechnung beschäftigt war. Beugte sich über den Kassentisch, bemüht um die Korrektur einer Addition, die nicht aufging, und sagte dabei: »Ich kann dich nach Sherman Oaks bringen.«

Der Form halber wandte ich ein, das würde sie doch zuviel Zeit kosten, aber sie antwortete, ihre Wohnung sei nicht weit von der Auffahrt zum Freeway. »Na schön, danke«, sagte ich, ohne ihr in die Augen zu sehen, weil sie noch schrieb.

Ihr Wagen stand in einem Parkhaus zwei Blocks entfernt. Wir gingen rasch, in unterschiedlicher Gangart; sie ein bißchen vor mir, mit einem klimpernden Schlüsselbund in der Hand. Wir sagten nichts. Wir waren noch zu betäubt vom Klima im Restaurant: erhitzt und den Kopf voller Lärm. Ein Kellner fuhr in einem großen schwarzen Buick an uns vorbei, als wir um die Ecke bogen. Bremste, drehte das Fenster runter und rief auf spanisch etwas wie »Kompliment«.

Ich war befangen wegen der Kleider, in denen ich steckte, und wegen der Plastiktüte mit der roten Jacke. Ich schaffte es nicht, sie zwanglos zu tragen, ich schleifte sie hinter mir her wie eine Art Kellnerleiche, ließ sie so tief wie möglich am Boden hängen. Um diesen albernen Eindruck auszugleichen, sagte ich ein paar Sätze über die Blödheit der Kunden bei *Alfredo's.* Jill lächelte zerstreut, während wir die Treppe zum Obergeschoß des Parkhauses hochstiegen.

Sie hatte einen gelben VW-Kabrio, der mit offenem Verdeck im Obergeschoß des leeren Parkhauses stand. Wir zogen das Verdeck hoch und stiegen ein. Jill schob eine Kassette ein und regulierte die Lautstärke, bevor sie den Motor anließ.

Wir fuhren eine spiralförmige Rampe hinunter. Jill saß aufrecht, dicht vor der Scheibe, die Unterarme starr auf dem Lenkrad, den Blick geradeaus auf die Straße gerichtet. Wir fuhren zügig durch Westwood, ohne zu reden. Ich überlegte mir ein paar geistreiche Sätze, aber ich hatte nicht viele Ideen. Versuchte mir vorzustellen, wie die Worte klingen würden, und stellte sie drei- oder viermal um.

Alle naselang blickte ich kurz zu Jill hinüber. Sah dann sofort wieder auf die Straße, wie ich es immer tue, wenn mich jemand fährt, den ich nicht genau kenne. Auf diese Weise blieb ihr Profil für den Bruchteil einer Sekunde auf meiner Netzhaut haften, wenn ich weggeschaut hatte. Wenn ich dann gleich noch mal zu ihr blickte, ohne zu warten, überlagerten sich die beiden Bilder, das gespeicherte und das unmittelbare, wie zwei leicht verschiedene Dias; die Linien deckten sich nicht ganz genau.

Wenn Jill den Kopf vorbeugte, um den Verkehr zu beobachten, fiel ihr das Haar in Strähnen über die Stirn. Dann schob sie es mit einer automatischen Handbewegung zurück. Jedesmal, wenn sie diese Bewegung machte, schien ihr die Kontrolle über den Wagen für einen Moment zu entgleiten. Sofort rückte sie das Lenkrad mit einem nervösen Zucken wieder gerade. Im Licht der Scheinwerfer sah ich ihre Augen aufblitzen: dunkle und nicht sehr große Augen, die spähend Ausschau hielten nach fernen Signalen.

Ich drehte dauernd am Lautstärkeregler, um die Schwankungen der Musik auszugleichen. Aber soviel ich auch drehte, immer wieder brachen die Klänge voll über uns herein und preßten uns in die Sitze; oder wir fanden uns plötzlich entblößt von aller Musik, schutzlos der Verlegenheit und dem Mangel an Gesprächsthemen ausgesetzt.

Nach einer Weile sagte ich: »Diese schwarzen Schuhe kann ich nicht leiden« und hob den linken Fuß, um ihr einen Schuh zu zeigen. Der Lack an der Sohle war teilweise abgeblättert, das weiße geriffelte Gummi lag frei. Sie schaute kurz hin und sagte, sie hätte schon schönere Schuhe gesehen, die sähen zu sehr nach Turnschuhen aus. »Die sind mir gleich aufgefallen«, sagte sie. »Gleich als du das erste Mal ins Restaurant gekommen bist.« Sie lächelte.

Ich erzählte ihr, ich hätte entdeckt, daß zwei der Kellner Brüder waren: ein dicker in mittlerem Alter und ein etwas jüngerer dünner. Ich sagte, die Vorstellung sei mir grotesk vorgekommen: zwei Brüder, beide linkisch und widerwärtig, aber in verschiedener Weise. Sie lachte los, auf einer hohen Frequenz, mit geröteten Wangen und blitzenden Augen. Wir lachten beide, länger als es die beiden Kellnerbrüder verdienten.

Eine Minute später fragte sie mich: »Wieso bist du eigentlich nach Los Angeles gekommen?« Ich wußte nicht, was ich antworten sollte, ich war verlegen und müde. Schließlich sagte ich: »Um Erfolg zu haben.« Sie guckte verblüfft. »Erfolg in was?« Irgendwie schien sie beunruhigt oder betroffen. Ich sagte: »Weiß nicht.« Sie guckte zu mir hinüber, die Lippen halb offen, als überlegte sie, was sie sagen sollte. Fuhr geradeaus und beobachtete mich gespannt von der Seite. Ich sagte noch mal: »Weiß nicht genau.«

Dann fragte ich sie: »Und du? Wieso bist du in Los Angeles?«

»Ich bin hier geboren«, sagte sie.

Gleich darauf fing sie an, von ihren Zukunftsplänen zu sprechen. Viel Geld wolle sie in Los Angeles verdienen, so schnell wie möglich. Die Stadt sei das Tollste, einfach phantastisch, der einzige Ort auf der Welt, wo sie leben wolle. »Nirgendwo sonst hast du so viele Chancen!« Sie ereiferte sich, während sie davon sprach, gestikulierte mit der rechten Hand, um ihre Ausdrücke zu bereichern; erzählte mir, daß viele von ihren Freunden und Freundinnen gerade versuchten, im Showgeschäft hochzukommen.

Es war mir ein bißchen unangenehm, sie so reden zu sehen, denn sie tat es mit einer seltsam verbissenen Inbrunst: mit der gleichen beharrlichen Energie, mit der sie im Restaurant, wenn es hektisch wurde, stehend ihre Kasse bediente und Dutzende von Kellnern und Kunden gleichzeitig zufriedenstellen mußte. Sie redete, ohne einen bestimmten Punkt im Raum zu fixieren, mit einer tieferen Stimme als sonst. Fuhr sich mit einer Hand durch das Haar und schob es hinter das rechte Ohr; beugte den Kopf vor, so daß es wieder nach vorne fiel.

Sie habe für eine Schauspieleragentur gearbeitet, sagte sie, und in einem Plattenstudio. Zwei Jahre habe sie Tanz studiert und drei an einer Schauspielschule. Es klang unpersönlich, wie sie das sagte, als ob sie jemandem ihren Bildungsgang darlegte, nicht speziell mir. Die Arbeit im Restaurant mache sie nur vorübergehend, bis sie was Besseres gefunden habe. Sie halte immer die Augen offen und frage überall rum, sei ständig um neue Kontakte und Chancen bemüht.

Als wir über den Bergrücken kamen und auf der anderen Seite ins Tal hinabfuhren, gewann ihre Stimme andere Nuancen. Sie sah mich an und lachte, stichelte mich mit neckischen Fragen; wurde auch mal direkter und sah mir dabei für den Bruchteil einer Sekunde ziemlich fest in die Augen. Die rechte Hand hielt sie auf dem Schalthebel, unweit von meinem linken Knie. Ich merkte, daß sie ein paarmal hinsah, wie um den Abstand zu kalkulieren. Die Füße hielt sie leicht auseinander auf den Pedalen, so daß ihr Kleid eine lose Falte zwischen den Schenkeln bildete. Ich betrachtete ihre rechte Hand, den matten Glanz ihrer rauchweißen Nylonstrümpfe. Wir hatten uns in den Wagen mindestens einen Teil von der Atmosphäre mitgebracht, die gewöhnlich im Restaurant herrschte, wo die vagen Eindrücke sich mit realen Fakten vermischten.

Wir verließen den Freeway. Jill fuhr langsam um einen Block, bis ich ihr das Häuschen zeigte. Sie hielt am Bordstein, ohne den Motor abzustellen. Wir standen genau hinter Tracys Mustang. Ich dachte an Tracy und Ron, stellte mir vor, wie sie drinnen lagen: vergraben in ihrem Bett, selbst um diese Zeit noch voller Unruhe, auf der Suche nach Perspektiven.

Wir redeten ein paar Minuten bei laufendem Motor, dann stellte Jill ihn ab. Erst stellte sie die Scheinwerfer ab, dann den Motor. Wir blickten beide geradeaus, als ob wir noch fuhren. Jill reckte den Kopf zu meinem Fenster herüber, um auf das Häuschen zu sehen, rief nach einer Sekunde: »O nein! Das ist ja nicht zu glauben!« und fing an zu lachen. Lachte zusammengekrümmt, den linken Ellbogen in den Schoß gedrückt und die rechte Hand an der Stirn. »Warum lachst du?« fragte ich sie, obwohl ich's mir denken konnte. Sie versuchte es mir zu sagen, aber sie lachte zu sehr, die Worte kamen nicht richtig raus, verhaspelten sich und blieben stecken. Ich fragte noch mal »Was ist denn los?« mit gespieltem Erstaunen, leicht zu durchschauen.

Dann streckte ich eine Hand aus und zwickte sie leicht in den rechten Arm, fast auf der Höhe der Schulter. Die Fingerspitzen fühlten das Kleid und den Arm, die verschiedenen Eindrücke mischten sich. Die Fingerkuppen glitten erst zwei bis drei Millimeter über den glatten Stoff, ehe sie Halt fanden; schoben sich noch einen Zentimeter vor, als ich Daumen und Zeigefinger zusammendrückte. Der Arm war fest, noch fester, als ich erwartet hatte. Der Stoff des Ärmels rutschte ein wenig über die Haut und hob sich zu einer winzigen Falte zwischen den Fingern. Die Berührung war so kurz und schnell, daß sie die Konsistenz einer imaginären Geste hatte.

Jill lachte noch immer, leicht bebend, die Augen verborgen unter der Hand. Ich fing ebenfalls an zu lachen, mehr oder weniger in der gleichen Haltung. Jill schöpfte Atem und stieß hervor: »Aber das ist ja unter dem Freeway!« Zeigte dabei auf das Häuschen, ohne den Arm richtig geradehalten zu können, und sagte: »Du wohnst also wirklich unter dem Freeway!« Die Worte kamen nur stockend hervor, abgehackt zwischen zwei Atemstößen oder in die Länge gezogen: »U-u-un-ter dem Freeee-way.« Wir lachten zehn Minuten so vor uns hin, ohne etwas Besonderes zu sagen. Ein paarmal schien das Lachen gleich zu verebben, erholte sich dann aber langsam und brach wieder los. Ich überlegte mir schon, was wir tun sollten, wenn wir aufgehört hatten, kam aber zu keinem Entschluß. Wir lachten weiter, weil das die einfachste Lösung war.

Schließlich hörten wir auf und wußten nicht recht, was nun. Jill sagte: »Ist das nicht ein toller Zufall, daß wir beide am gleichen Platz arbeiten?« Ich sagte ja, obwohl ich mich fragte, was für eine Sorte von Zufall das war und wie weit er sich ausdehnen lassen würde, um Ketten von anderen Zufällen zu erzeugen. Wir sahen uns von der Seite an, grinsend oder immer noch glucksend. Aber wir hatten den rechten Moment verpaßt und waren wieder befangen.

Nach einer Weile hob Jill den linken Arm, um im Lichtschein des Freeway auf die Uhr zu sehen, und sagte: »Halb zwei schon! Ich muß nach Hause. Ich bin todmüde.« Drehte den Schlüssel und ließ den Motor an. Ich sagte »Na dann: Vielen Dank« und machte eine Art kleine Verbeugung, aber noch ohne mich zu erheben. Mir war nicht ganz klar, ob ich noch was anderes sagen sollte oder statt dessen zu ihr hinüberrutschen, um ihr den Arm auf die Schultern zu legen; oder ihr einen Kuß auf den Mund zu geben. Für einen Sekundenbruchteil stand mir die Szene vor Augen, aber sie überzeugte mich nicht. Ich stieg aus und stand draußen, ohne die Tür zu schließen.

Jill winkte kurz mit der Hand und sagte: »Okay, ich fahre.« Dann beugte sie sich zu mir und fragte, ob ich am Samstag frei wäre. Ich sagte ja. Sie meinte: »Vielleicht machen wir was zusammen.« Ich sagte: »Gut, also bis dann«, und schloß die Tür. Sie fuhr rasch davon.

Am Samstagmorgen trat ich hinaus auf den schütteren Rasen, und da saß Jill schon am Steuer ihres offenen VW: mit einem bunten Kopftuch und einer großen Sonnenbrille. Aus den Stereolautsprechern strömte Musik auf die Straße. Ich trat näher, um sie zu begrüßen. Ihr Kopftuch war etws irritierend: sandfarben, mit roten Marienkäfern in parallelen Reihen.

Wir fuhren gegen die Sonne über die ganze Länge der Straße. Die Bilder kamen gefiltert und deformiert durch die spiegelnde Frontscheibe. Alle Entfernungen waren vernünftig, keine Erwartung hatte Zeit, sich zu bilden. Die Etappenziele meiner nächtlichen Fußmärsche wurden bedeutungslos, glitten eins nach dem anderen an uns vorbei und verloren sich in der Landschaft. Jill drehte die Stereoanlage voll auf. Die Musik umflutete uns, stieg auf und strömte im Fahrtwind hinaus. Die Musik interpretierte die Landschaft: gab ihr Form und veränderte sie zugleich. Oder die Landschaft formte sich neu auf der Spur der Musik: folgte ihren wechselnden Tempi, ihren weniger leicht vorauszusehenden Höhen und Tiefen.

Ich betrachtete Jill, sah sie den Worten eines Songs mit den Lippen folgen und überließ mich der Stimmung, die der Song und die Landschaft, der freie Tag und der offene Wagen verlangten. Die Stimmung erwies sich als dauerhaft, zumindest solange wir auf der Nahverkehrsstraße fuhren, umgeben von schweren Limousinen und bunt bemalten Transportern, hinter deren Scheiben Jugendliche mit runden Gesichtern herausschauten und die Köpfe im Takt von Musik bewegten.

Dann kamen wir auf den Freeway, und die Euphorie verflog. Die Musik wurde in Fetzen gerissen vom unaufhörlichen Brausen des Weekend-Verkehrs, der uns mitriß und durch die langgezogenen Kurven hetzte.

Schließlich bogen wir ab und kamen erneut auf die Nahverkehrsstraße. Die Landschaft schien immer noch optimistisch interpretierbar zu sein, nur die Luft war dicker und heißer geworden, und wir hatten einen Staubschleier auf der Frontscheibe. Ich war in Weiß gekleidet, nicht ohne einen Anflug von Eleganz, obwohl ich in der Eile ein Hemd angezogen hatte, das mir nicht besonders gefiel. Das Bild von mir und Jill, das sich im Schaufenster einer großen Autovertretung spiegelte, sah ermutigend aus.

Wir ließen den VW in einer Seitenstraße vor einem ausgebaggerten Grundstück, auf dem ein paar Jungs in schwarzen Lederjacken die Chromteile eines Motorrads polierten. Jill führte mich rasch durch drei Straßen und über zwei Kreuzungen. Von der zweiten aus sah man zwischen zwei Reihen hoher Gebäude ein Stückchen grauweißen Strand und in der Ferne dahinter das Meer.

Wir gingen unter einem gelb und rot gestrichenen Bogengang, der vor fünfzig Jahren gebaut worden war, sicherlich zu ganz anderen Zwecken. Unter den Arkaden gab es Lädchen für allerlei Strand- und Sportartikel; vor allem für Rollschuhe, wie große Schilder anzeigten. Auf die Rückfront des letzten Gebäudes vor dem Strand war ein großes Vexierbild gemalt: Die Arkaden verlängerten sich ins Bild hinein, die Verlängerung führte in eine Reproduktion der Straßen- und Häuserlandschaft hinter uns. Je näher wir dem Strand kamen, desto weiter entfernten wir uns von ihm.

Viele Passanten, die uns umgaben, fuhren auf Rollschuhen. Manche glitten zügig vorbei, in fließenden, ganz natürlichen Rhythmen. Andere staksten unsicher und verkrampft, hinkten humpelnd auf ihren Rollen.

Jill ging einen Schritt vor mir: aufrecht, mit festem Blick, als suchte sie jemanden im Gewühl einer Festversammlung. Deutete immer wieder mit Fingerzeigen und kleinem Lächeln auf Einzelheiten oder bestimmte Personen. Ihr Gang war elastisch und locker, passend zur Art, wie sie existierte und wie sie gekleidet war: zu ihren weißen Söckchen und dem grünen Sonnenschirm auf ihrer Stirn. Ich folgte ihr durch das Gedränge auf der Strandpromenade.

Die Rollschuhläufer waren alle so angezogen und hergerichtet, daß sie größtmögliche Aufmerksamkeit erregten. Sie bewegten sich voller Wohlbehagen. Die samstäglichen Spaziergänger, gruppiert zu Paaren und Familien, drehten die Köpfe nach ihnen, bewunderten ihre Künste und kommentierten noch ihre geringsten Gesten. Zuschauer und Rollschuhläufer bewegten sich in entgegengesetzten Richtungen auf parallelen Bahnen, defilierten längs der Strandpromenade aneinander vorbei. Es gab einen Strom von Bilderproduzenten und einen von Bildersammlern: jeder mit seinem Rhythmus, seinem Geflecht von Innenbewegungen. Die schiere Masse der Bilder überwog jedes individuelle Verhalten: schluckte es, fügte es ein in den Rhythmus der gleitenden Beine und schwingenden Arme.

Ich folgte Jill, abgelenkt von dem Spektakel, ohne sehr auf sie zu achten. Sie sah mich jedesmal voller Ungeduld an, wenn ich stehenblieb, um einer Gruppe nachzusehen oder einzelnen Rollschuhläufern, die sich vor den anderen hervorzutun suchten. Das geschah immer wieder: Alle naselang wirbelte jemand herum oder raste auf einem Rollschuh dahin oder auch nur auf zwei Rädern, die Arme weit ausgebreitet, um sich in der Balance zu halten. Die Zuschauer blieben in Grüppchen stehen, zeigten hin und machten Photographien. Ihre Aufmerksamkeit dauerte nur Sekunden, denn gleich darauf drängten die beiden Ströme weiter und schoben sie vorwärts. Für die Rollschuhläufer gab es zweite und dritte Chancen. Die Länge der Bühne entschädigte sie für die Unbeständigkeit des Publikums.

Ich zeigte Jill ein paar Typen, um wieder einen Kontakt zu ihr herzustellen. Sie schüttelte den Kopf und sagte mit einem halben Lächeln: »Die sind ja verrückt!« Die Typen schienen es wirklich zu sein: grimassierten und machten Faxen, verharrten in stillem Exhibitionismus, hatten den inwärts gekehrten Blick von Leuten, die sich interessant machen wollen und meinen, daß sie es sind, und auch zu wissen glauben, warum. Auf einmal kam mir das ganze Spektakel gar nicht mehr fröhlich vor, eher irgendwie deprimierend.

Wir aßen jeder ein Sandwich mit Käse und Sojakeimen in einem Restaurant an der Strandpromenade. Auf einem Podium spielte ein miserabler Barpianist und trank ein Bier nach dem anderen. Nach dem Essen gingen wir über den Strand hinunter ans Meer.

Je weiter der Tag voranschritt, desto größer wurde das Unbehagen in unseren Gesten. Mir schien, daß die Situation verzweifelt nach einer Präzisierung verlangte. Wir stapften über den feinen grauweißen Sand, ohne recht zu wissen, wohin mit den Armen und Händen. Irgendwie hatten wir beide ein bißchen das Gleichgewicht verloren: schwankten wie Tische mit bloß zwei Beinen, die sich nur aufrechthalten können, wenn sie sich aneinanderlehnen. Ich war nicht sehr begierig auf diese Anlehnung, mehr durch die Schwerkraft dazu getrieben.

Wir setzten uns nebeneinander ans Wasser, legten uns zurück und stützten die Ellbogen auf, um keinen Sand in die Haare zu kriegen. Jill nahm sich den grünen Sonnenschirm ab und hielt ihr Gesicht in die Sonne. Sie war mehr oder weniger wie eine Tennisspielerin angezogen: mit weißen Turnschuhen, weißen Söckchen, weißen Shorts und weißem Lacoste-Hemd.

Wir lagen ungefähr eine Stunde am Strand. Sahen den Flugzeugen zu, die im Süden aufstiegen, eins nach dem anderen im Abstand von nur ein paar Sekunden, um hinter einem gelblichen Streifen Himmel am Horizont zu verschwinden. Da wir nicht wußten, was wir sagen sollten, sagten wir nichts. Verharrten beide blockiert in unseren Positionen auf dem Sand, der weder sauber noch schön war. Schließlich fragte Jill, ob ich Lust hätte, ihre Wohnung zu sehen.

Wir schüttelten uns den Sand aus den Schuhen und gingen zum Auto zurück, diesmal auf einem Weg über Kanäle, in denen Scharen von weißen Enten schwammen.

Jill wohnte in einem zweistöckigen Apartmenthaus nahe dem Ladenzentrum von Brentwood. An der Fassade hing ein Pappschild mit dem Wort *No* vor der Aufschrift *›Apartments to rent‹*. Wir ließen den Wagen auf einem Parkplatz hinter dem Haus und stiegen eine Außentreppe hinauf. Jill schien damit beschäftigt zu sein, den richtigen Schlüssel aus einem großen Bund, das sie in der Hand hielt, herauszusuchen. Ich folgte ihr die Treppe hinauf und blickte auf ihren Hintern, der sich durch den satinierten Stoff ihrer Boxershorts abzeichnete. Irgendwo in der Nähe spielte jemand auf einer E-Gitarre: Die Töne klangen in Fetzen herüber, reflektiert von der grauverputzten Rückwand des Hauses.

Mitten im Wohnzimmer stand ein großer Fernseher mit milchiger Scheibe. Er schien irgendwie die ganze Einrichtung in der Balance zu halten, alle übrigen Gegenstände waren in abgestufter Ordnung auf ihn ausgerichtet. An den Rändern dieser Ordnung türmten sich Stöße von Magazinen, Platten in Pappkartons, leere und volle Taschen. Jill deutete auf das Durcheinander am Boden und sagte: »Das sind alles Sachen von meiner Mitbewohnerin, die gerade auszieht.« Sie öffnete eine Tür, zeigte mir einen Nebenraum voller Koffer und übereinandergestapelter Gegenstände und sagte: »Sie heiratet bald.«

Ich setzte mich auf das Sofa vor den Fernseher. Nahm ein paar Platten vom Boden, sah auf die Covers und sagte: »Das ist ja ein toller Fernseher!« Jill machte sich in der Küchenecke zu schaffen, die den Raum L-förmig verlängerte, klapperte laut mit Geschirr in der Spüle und rief herüber: »Gefällt er dir?« Ich hörte sie im Eisschrank wühlen und in der Besteckschublade. »Den hat mir meine Mutter geschenkt«, rief sie mit heller Stimme. Sie kam mir auf einmal viel unbefangener vor als noch gerade eben.

Als sie wieder erschien, trug sie ein kleines Tablett, auf dem zwei Cocktailgläser und ein Teller mit Wurstscheiben standen. Dazu ein Schälchen mit Crackers in Hasenform. »Sind die nicht süß?« fragte sie und setzte sich auf das Sofa. Gab mir ein Cocktailglas und fragte: »Magst du das amerikanische Fernsehen?« Ich sagte »Och«. Sie stellte den Apparat an, gab mir das Schaltkästchen für die Fernbedienung und machte es sich auf dem Sofa bequem: mit übergeschlagenen Beinen, mehr oder weniger dem Apparat zugewandt. Hielt ihr Glas schräg vor dem Mund und schaute über den Rand.

Ich stellte auf einen Sender ein, der einen alten Western oder so etwas Ähnliches brachte. Man sah Yul Brynner an der Spitze einer Schar wilder Reiter durch Staub und Wirrnis über die Mattscheibe galoppieren. Wir knabberten an den Wurstscheiben und an den Crackers. Heuchelten Interesse für den Film, mokierten uns über besonders groteske Szenen. Jill zeigte alle naselang auf einen Schauspieler und rief: »Ist ja nicht zu glauben! Ist ja nicht zu glauben!« Aber der Film war wirklich zu alt und langweilig, außerdem auch schon kurz vor dem Ende. Ich drückte auf den Tasten herum, bis das aufgedunsene Gesicht eines Country-Sängers erschien. »Geht der?« fragte ich Jill. Sie nickte und sah mir fest in die Augen. Ich tat, als ob mir der Sänger gefiele. »Warte mal einen Moment«, sagte sie, sprang auf und lief erneut in die Küche, barfuß über den braunen Teppichboden. Mir schwitzten ein bißchen die Handflächen.

Einen Augenblick später kam sie zurück: mit zwei vollen Gläsern, zwischen den Lippen einen noch nicht angezündeten Joint. Gab mir ein Glas und setzte sich wieder, bequem wie zuvor. Angelte sich ein vergoldetes Tischfeuerzeug vom Boden, weit vorgebeugt, bis sie fast vornüberkippte. Zündete sich den Joint an und blies den Rauch aus der Nase: mit einem Ausdruck von Wohlbehagen und kindlicher Bosheit. Ich trank ein paar Schlückchen Gin & Tonic, fast ohne den Geschmack zu spüren oder die Konsistenz. Sie gab mir den Joint, ich zog daran zwei- oder dreimal, mit halb geschlossenen Augen. Behielt den Rauch in der Lunge, bis es mir weh tat.

Mir war nicht recht klar, ob wir einander gegenübersaßen oder nebeneinander vor dem Fernseher. Manchmal machten wir völlig horizontale Gesten und blickten dabei parallel geradeaus auf die Mattscheibe; reichten uns beispielsweise das Crackerschälchen, ohne hinzusehen, wie es genommen wurde. Im nächsten Augenblick saßen wir einander zugewandt, die Profile parallel zur Rückenlehne des Sofas, und die Fernsehbilder erreichten uns von der Seite.

Ich betrachtete Jill, wie sie dasaß: das linke Bein untergeschlagen auf dem Sofa, das rechte lang ausgestreckt, so daß die Fußspitze leicht den Boden berührte. Sie streckte das Bein absichtlich aus, um einen Effekt zu erzielen, bog sich ein bißchen zurück, um es so lang wie möglich zu strecken: Der Stoff ihrer Boxershorts war sehr leicht und glatt, bei jeder Bewegung rutschte er an ihrem sonnengebräunten Schenkel hoch, um einen Streifen hellerer Haut zu entblößen.

Im Fernsehen war jetzt ein zweitklassiger Schauspieler, der Witze erzählte. Sein rosa Schweinchengesicht auf der Scheibe störte mich, aber ich brachte nicht genug Konzentration auf, um einen anderen Sender zu suchen. Ich wandte mich ab, aber irgendwie drang mir seine Visage weiter ins Blickfeld.

Ich betrachtete Jill, während sie einen Cracker nahm. Folgte ihren Fingern, wie sie in das Schälchen tauchten, eins der Häschen erfaßten, es aufhoben und in einem leicht gewellten halbkreisförmigen Bogen an die Lippen führten. Ich beobachtete, wie ihre Lippen sich öffneten und wie das Häschen darin verschwand, knapp einen Zentimeter weit von Daumen und Zeigefinger begleitet. Ich stellte mir die Konsistenz der Lippen vor: die leichte Klebrigkeit ihrer Innenseite.

Alle fünf Minuten wurde der Fluß der Töne im Raum von Werbespots unterbrochen. Meine Aufmerksamkeit glitt ab, ich sah zum Bildschirm und betrachtete eine Frau, die lächelnd auf einen Kühlschrank zeigte. Mir war, als sagte sie: »Bitte sehr.« Mir war, als sagte sie: »Das ist ein Kühlschrank. Nichts zu machen: Niemand bringt ihn dazu, was anderes zu sein!« Dabei guckte sie weder traurig noch fröhlich; sie lächelte zwar, aber nur weil sie im Fernsehen war.

Die Bilder und Töne im Fernsehen hatten keinen Bezug zueinander, nicht den geringsten Zusammenhang. Die Töne füllten das Zimmer, den Raum zwischen Jill und mir, brachen sich an jedem einzelnen Gegenstand, der herumlag.

Irgendwann kreuzten sich unsere Blicke. Wir sahen einander direkt in die Augen. Unsere Knie waren fast aneinander. Jill sagte: »Du bist der tollste Typ, der mir in letzter Zeit begegnet ist.« Ich wehrte mit einem blöden Kichern ab: »Das ist doch nicht wahr.« Sie beharrte: »Doch, das ist wahr!« Ihre Stimme hatte einen seltsamen Klang, der mir prickelnd über den Rücken lief, die ganze Wirbelsäule hinauf bis zum Hals. Sie wiederholte zwei-, dreimal in einer Art Singsang: »Doch, das ist wahr!« Nickte leicht mit dem Kopf dabei, so daß ihr das Haar in dunkelblonden Strähnen auf die Stirn fiel.

Ich streckte die rechte Hand vor, bis ich leicht ihre Schulter berührte. Erweiterte die Berührung von den Kuppen auf die ganze Länge der Finger und ließ die Hand langsam durch die Halsbeuge aufwärtsgleiten. Die Fingerspitzen fühlten die glatte und warme Haut, die Spannung der Muskeln. Das Haar, das ihr in den Nacken fiel, teilte sich und streichelte mir den Handrücken, so daß meine Hand umschlossen und eingefaßt war von zarten, fein aufeinander abgestimmten Gefühlen.

Ich saß vorgebeugt, mit übergeschlagenen Beinen. Jill hob den linken Arm, faßte mich um die Schulter und legte die Stirn auf die Hand, mit der sie mich umfaßte. Ich strich ihr über den Nacken mit der offenen Hand: den Daumen vorgespreizt, um ihr die Kehle zu streicheln. Sie knöpfte mir den Hemdkragen auf, schob ihn beiseite, bis die Schulter freilag, und glitt mir mit den Lippen über die Haut. Ich sah mich von außen: über Jill gebeugt auf dem Sofa.

Ich streichelte mit zusammengelegten Fingern, die Hand zur Schale gerundet, ihr linkes Knie. Fing an, ihren Schenkel hinaufzugleiten, wobei ich einem Rhythmus folgte, einer langsamen, repetitiven Kadenz: In das Aufwärtsgleiten mischte ich kleine Halbkreisbewegungen, die meine Hand von der Außen- zur Innenseite des Schenkels führten. Die Außenseite war fest und straff, sonnengebräunt; die Innenseite zarter und weicher, heller. So, wie ich dasaß, reichte mein Arm bei äußerster Streckung gerade so weit, daß die Fingerspitzen zwei oder drei Zentimeter vor dem Rand der Shorts haltmachen mußten. Ich ließ sie auf- und abgleiten, immer über dieselbe Strecke, ohne weiter vorzudringen. Sah dabei auf den Rand der Shorts, auf die Falten des leichten Stoffes, der schemenhaft die Stelle durchscheinen ließ, wo die Schenkel zusammentrafen.

Ich schob mich vor, bis unsere Waden einander berührten. Wir sahen uns nicht in die Augen: beide zu sehr versunken in die Betrachtung von Einzelheiten. Meine Reichweite war jetzt unbegrenzt, meine Hände konnten so weit hinauf, wie sie wollten. Trotzdem drang ich nicht sehr weit unter die Shorts vor, sondern bemühte mich, die Gefühle zu unterscheiden, die meine Fingerspitzen auf dem Schenkel kurz vor und hinter dem Saum registrierten; bemühte mich auch, den Moment des Übergangs von einem Gefühl zum anderen zu bestimmen.

Nach einer Weile hob Jill den Kopf und sagte: »Komm, laß uns rübergehen.« Ich dachte sofort an den Raum voller

Koffer und Schachteln und Kram und sagte: »Da ist zuviel Durcheinander.« Das war lächerlich, denn die Töne des Fernsehers drangen überallhin und rissen jeden Gedanken nieder, bevor er sich setzen konnte. Jill sagte: »Ich meinte rüber in *mein* Zimmer.« Mir schossen zwei, drei wirre Bilder von ihrem Zimmer durch den Kopf. Die Bilder lösten sich voneinander im Rhythmus einer Werbemusik.

Jill stand auf und zog so lange an meinem Arm, bis ich ebenfalls aufstand. Im Stehen fühlte ich mich benommen, ohne Gleichgewicht. Ich sah umher auf die Möbel im Raum und hatte plötzlich einen Anflug von Panik, weil alles so ordinär und schäbig war. Der Geschmack von Crakkers und Gin und Marihuana saß mir im Hals: unvermischt, jeder Einzelgeschmack für sich. Jill führte mich in ihr Zimmer. Auf der Schwelle berührte sie kurz meinen Arm und sagte: »Ich komme gleich wieder.« Lief in den Flur und verschwand im Bad.

Vor mir im Zimmer stand ein riesiges Doppelbett mit einer hellblauen Steppdecke, die bis zum Boden reichte. An der Wand neben dem Fenster hing ein Poster von den Bee Gees, an der Wand gegenüber eins von Barry Manilow. Ich ging zweimal rings um den Raum: dicht an den Wänden entlang, mit kurzen Schritten.

Dann setzte ich mich auf das Bett. Es war viel weicher, als ich gedacht hatte. Es war ein Sumpf von Bett: extra gemacht, um Leute darin versinken zu lassen.

Ich legte mich auf den Rücken, so flach ich konnte, mit weit ausgebreiteten Armen. Ich hatte Angst, in jeder anderen Haltung ganz zu versinken.

Sieben

Nach zwei Nächten, die ich bei ihr geschlafen hatte, fragte mich Jill, ob ich die Wohnung mit ihr teilen wollte. Wir lagen im Bett, morgens um zehn: jeder mit einem Glas frisch gepreßtem Orangensaft in der Hand. Sie sah mir nicht in die Augen, sie sah auf das Poster von Barry Manilow. »Wo doch meine Mitbewohnerin gerade jetzt heiratet und hier auszieht«, sagte sie. »Ich müßte mir sowieso jemanden suchen.« Ich beobachtete ihre Brauen: ihre Art, sie beim Sprechen hochzuziehen. Überlegte mir einen Moment lang, wie sie nach einem Monat sein würde, wenn wir zusammenlebten, aber wirklich nur einen kurzen Moment lang.

Dann sagte ich okay. Sie wirkte sofort entspannter; trank ihren Saft aus und stellte das Glas auf den Boden. Drehte sich langsam zu mir, auf der Seite liegend, und erzählte: »Ich hab nur einmal mit einem Freund zusammengelebt. Sonst hab ich das immer vermieden. Mir war's immer lieber, daß wir getrennt wohnten. Am Ende gibt's immer Komplikationen, wenn man zusammenwohnt.« Ich sagte: »Das stimmt.« Sie sah mich schräg von unten her an und meinte: »Mit dir ist das kein Problem. Mit dir geht's prima. Wirklich!« Ich fragte mich, wie sie das wissen wollte. Setzte mich auf den Bettrand und trank meinen Saft.

Am Mittwochnachmittag fuhren wir nach Sherman Oaks, um meine Sachen zu holen. Ron und Tracy waren nicht da, aber die Wohnung war voll von ihren Spuren und Zeichen, erfüllt von ihrer Präsenz. Am Telefon lagen Zettel von Tracy mit Namen und Zahlen und kleinen Notizen, die sie im Laufe erregter Gespräche gekritzelt hatte. Auf dem Tisch am Fenster stand Rons IBM, bedeckt mit einer durchsichtigen Plastikhülle. Ich haßte die beiden so sehr, daß es mir fast leid tat, sie jetzt nicht noch einmal zu sehen. Sie kamen mir plötzlich rührend vor, beinahe tragisch; es kam mir gemein vor, schlecht von ihnen zu denken. Ich suchte nach den Briefen, die ich ihnen geschrieben hatte, um sie mitzunehmen, aber sie waren nirgends zu finden.

Jill lehnte sich an das Sofa, auf dem ich geschlafen hatte: halb auf der Armlehne sitzend, aber die Füße fest auf dem Boden, damit das Ding nicht zusammenbrach. Sie schaute mir zu, während ich herumkramte, aber ohne sich einzuschalten: hielt sich soweit wie möglich heraus. Ich fing an, Kleidungsstücke aus dem Schrank zu zerren und sie in meine zwei Koffer zu werfen, ohne sie groß zusammenzulegen oder sonst irgendwie zu ordnen. Jill stand da, ohne sich zu rühren oder etwas zu sagen. Nur einmal fragte sie mich: »Wie hast du das bloß aushalten können in diesem Krach?« Ich sagte: »Das weiß ich selber nicht.«

Dann ging ich ins Bad, um meinen Rasierer zu holen und die Zahnbürste. Nahm das Shampoo von Tracy aus dem Schränkchen, in dem sie es versteckt hielt, stellte es auf das Wandbord neben dem Waschbecken, schrieb mit Filzstift auf einen Zettel ›*Endlich!*‹ und heftete ihn an das Bord: mit einer Reißzwecke, die ich im Wohnzimmer von dem James-Dean-Poster abgelöst hatte. Dann nahm ich die Koffer und ging zur Tür, und auf einmal kam mir die ganze Shampoo-Geschichte so kläglich vor, daß ich noch einmal zurücklief, um den Zettel abzureißen und ins Klo zu werfen.

Die Schlüssel legte ich auf das Sofa, zusammen mit einem Zehndollarschein für die Stromrechnung und einer Notiz, daß ich wegzog. Jill hatte es eilig, wieder nach Hause zu kommen. Im Auto sagte sie: »Herrgott, ich kann's noch immer nicht glauben, daß du die ganze Zeit auf diesem Sofa geschlafen hast!« Ich konnte es selber kaum glauben.

Nach ein paar Tagen kam Jills ehemalige Mitbewohnerin, um sich ihre Sachen zu holen. Sie und ihr dicker blonder Verlobter trugen die Koffer und Taschen und Pappkartons voller Platten hinaus.

Dann schwatzten und lachten sie zehn Minuten mit Jill in der Küche. Als sie gingen, drückten sie uns die Hände und verabschiedeten sich, als ob wir es wären, die heiraten mußten.

Wenn ich morgens aufstand, fand ich Jill in der Küche beim Frühstückmachen. Sie füllte zwei Schalen mit Cornflakes und Honig, schälte eine Orange oder auch zwei und legte die Scheiben im Kreis auf ein Tellerchen. Trug dabei einen japanischen Morgenrock aus blauer Seide und Wildlederpantoffeln mit heruntergetretener Ferse.

Wir blieben gewöhnlich bis elf zu Hause und räkelten uns halb angezogen auf dem großen sumpfigen Bett. Gegen elf begann Jill dann zu drängeln, der Tag sei viel zu schön, um nicht an den Strand zu gehen. Sie zog den Vorhang auf an dem Fenster, das auf den Parkplatz ging, um mir zu zeigen, wie draußen die Sonne schien, und sagte in einem kindlich-klagenden Ton, den sie wohl für verführerisch hielt: »Na kooomm schon, Giovanni, sieh doch mal, wie die Sonne scheint!« Ich sah aus dem Fenster auf den weißen Parkplatz voller Autos hinunter. Am Ende stiegen wir regelmäßig in den VW, drehten die Stereoanlage auf und fuhren nach Malibu.

Am Strand machten wir nichts Besonderes. Jill lag flach im Sand, um möglichst viel Sonne abzukriegen. Drehte sich alle fünf Minuten auf den Bauch oder auf den Rücken, um gleichmäßig braun zu werden. Ich saß neben ihr und betrachtete sie, ohne mir irgendwas auszuziehen. Manchmal sah ich zwei jungen Japanern zu, die jeden Vormittag kamen, um einen riesigen Dreideckerdrachen steigen zu lassen. Jeden Vormittag gaben sie den Flügeln aus gespanntem Papier eine andere Neigung.

Wenn Jill genug von der Sonne hatte, machten wir einen Dauerlauf am Wasser entlang, wo der Sand feucht und hart war. Wir liefen fünf oder sechs Minuten lang nebeneinander, ohne etwas zu sagen: wollten den Atem sparen, aber viel hatten wir uns sowieso nicht zu sagen.

Am frühen Nachmittag fuhren wir dann zurück, die Turnschuhe voller Sand und die Stirn verschwitzt vom langen Aufenthalt in der Sonne. Unterwegs hielten wir an einem Naturkostladen, um uns ein paar Avocado-Sandwichs zu kaufen und eine Flasche »organischen« Apfelsaft. Wir aßen am Küchentisch, weit weg vom Fernseher, in dem irgendein alter Film lief.

Gegen halb fünf machten wir uns auf den Weg ins Restaurant. Ich ließ mich von Jill zum Auto zerren wie ein störrisches Kind auf den Weg zur Schule. Manchmal vergaß ich die schwarzen Schuhe oder die Fliege, und wir mußten, obwohl es schon spät war, noch mal zurück.

Die Fahrt von Jills Wohnung nach Westwood war viel bequemer als die, die ich machen mußte, als ich noch in Sherman Oaks wohnte. Wir nahmen den Sunset Boulevard und ließen uns die sanft abfallenden Hänge hinuntergleiten. Jedesmal, wenn etwas Besonderes zu sehen war, kam es mir vor, als ob wir zu schnell vorbeifuhren. Ich versuchte so gut ich konnte, den Anblick der Villen und Parks, der großen Autos vor den Garagen voll in mich aufzunehmen. Es faszinierte mich, wie die Töne und Dimensionen anschwollen, wenn man einem bestimmten Punkt näherkam: fast in einem musikalischen Rhythmus, einem Crescendo, das sich voraussehen und vorwegnehmen, mit den Augen begleiten ließ. Ich versuchte, die fein abgestuften Nuancen des Reichtums zu erfassen, die Steigerungen, die unentwegt überboten oder lächerlich machten, was mir eben noch eindrucksvoll erschienen war.

Die Arbeit im Restaurant beherrschte meinen Tageslauf ungefähr so, wie Jills Fernseher ihre Wohnungseinrichtung beherrschte. Was vormittags und bis zum frühen Nachmittag geschah, war immer nur marginal; ich vergaß es sofort. Dagegen blieben mir einzelne Gesten einzelner Gäste manchmal fest eingeprägt wie hochbedeutsame und für den ganzen Tag bestimmende Episoden. Beim Aufwachen morgens hatte ich Einzelheiten vom Abend vorher im Kopf: bestimmte Ausdrücke und Verhaltensweisen, die ich unbewußt wahrgenommen und mir eingeprägt hatte. Über Nacht hatten sie sich aufgebläht, vergrößert wie Photographien, und traten nun so dominant hervor, daß es unmöglich wurde, sie in ein Gesamtbild einzuordnen oder auch nur zu verstehen, woher sie kamen. Fragmente von Gesten hafteten mir im Kopf, einzelne Gesichtsausdrücke, isoliert vom Kontext der tausend anderen, die das Mienenspiel einer jungen Frau beim Essen mit einem Freier ausgemacht hatten.

So fing ich an, in den Stoßzeiten aus dem Tritt zu kommen. Das vulgäre Grinsen eines Kellners, sein verstohlener

Wink zu einem der Köche, oder die Positur eines Pärchens im Halbschatten absorbierten meine Aufmerksamkeit in den hektischen Phasen. Der Automatismus, den ich entwickelt hatte, geriet ins Stocken: Ich mußte mir jeden Handgriff genau überlegen, brachte Bestellungen durcheinander und verbrannte mir die Finger am heißen Brot. Lief durch den Saal wie in Panik: gehetzt und konfus, die Kleider durchtränkt vom Küchengeruch.

Die zwei freien Abende, die wir pro Woche hatten, fielen nicht immer zusammen, aber auch wenn wir mal gemeinsam frei hatten, machten wir nichts Besonderes. Meist blieben wir zu Hause, um fernzusehen, bis uns die Augen weh taten.

Einmal gingen wir auswärts essen. Wir fuhren nach Westwood in ein makrobiotisches Restaurant, wo Jill schon einmal gewesen war.

Am Tisch erschien eine Kellnerin, aufgemacht im Old Frontier Style: mit langem Rock und hellblau geblümter Schürze und Holzschuhen an den Füßen und Bändchen im Haar. Sie sagte: »Hallo, wie geht's?« und versuchte, uns zu taxieren; lächelte falsch mit schiefgelegtem Kopf und haßte uns, weil sie gleich erkannt hatte, daß wir so was wie Pizzakunden waren. Ich sah sie ungerührt an, so eisig ich konnte, um ihr zu bedeuten, daß ich sie ebenfalls haßte; daß ich wußte, was ihr durch den Kopf ging.

Jill empfahl mir ein Gericht namens *The Delight of Madam Sirkoff.* Ich bestellte es, und es entpuppte sich als eine dickliche Gerstensuppe, salzlos gekocht, mit einer Handvoll Weizenkörnern und drei oder vier Rosinen als Garnitur. Die Kellnerin stellte es sehr behutsam und feierlich auf den Tisch, als wäre es eine reich garnierte Languste; hob dann den Kopf und beobachtete mich, um zu sehen, ob ich zufrieden war: mit einem dünnen Lächeln auf ihren Lippen. Sicher genoß sie meine Enttäuschung, hatte sich schon in der Küche darauf gefreut, als der Koch die Suppe in die Terrine löffelte.

Jill ließ sich eine Schüssel überbackenen Kopfsalat bringen. Saß davor wie ein großes Kind, mit der Gabel in der Hand und der Serviette auf den Knien, und fragte mich, bevor sie zu essen anfing, ob mir meine Gerstensuppe gefalle. Ich sagte nein und schob die Terrine an den Tischrand. Der Gedanke, den einzigen Freitagabend, an dem wir mal auszugehen beschlossen hatten, so schlecht zu nutzen, brachte mich auf, erfüllte mich mit einer heißen und bitteren Wut. Das Restaurant war trist und öde, besetzt von älteren Ehepaaren und schmächtigen Jugendlichen, die leise redeten.

Jill vertilgte ihren Salat bis zum letzten Blättchen und wischte die Schüssel demonstrativ mit einem Stück Vollkornbrot aus. Sie hatte beim Essen eine fast animalische Gier, die mich auch zu Hause verstimmte: stopfte sich große Brotstücke in den Mund und verschlang sie, fast ohne zu kauen; legte die Happen nicht vorn in den Mund gleich hinter die Lippen, sondern schob sie tiefer hinein mit einer fast gewalttätigen Bewegung.

Die Kellnerin mit den Holzschuhen kam nach fünf Minuten wieder, sah meine volle Terrine und fragte mich, ob irgendwas nicht in Ordnung sei. Ich sagte, die Suppe sei gut, aber mir gehe es furchtbar schlecht. Jill sah zur Wand. Die Kellnerin sagte oh, das täte ihr aber leid, und heuchelte einen betrübten Blick. Nahm die Terrine weg: mit langsamen und bedächtigen Gesten, um zu betonen, daß wir sie auf jeden Fall bezahlen mußten.

Wir zahlten und gingen, und der Freitagabend packte uns jäh: überfiel uns mit Lärm und Lichtern und regem

Treiben. Wir standen leicht taumelnd auf der Schwelle des Restaurants, benommen wie aus einem Tiefschlaf erwacht.

Wir gingen vor bis zur nächsten Ecke, kauften uns jeder ein Eis und löffelten es, den Gehsteig hinunterschlendernd, in kleinen Häppchen. Rudel von gleichgekleideten Teenagern standen Hand in Hand vor den Ampeln und lachten. Rockertypen voll zielloser Energie fuhren mit ihren Pritschenwagen dicht an ihnen vorbei, umkreisten den Block und kamen nach ein paar Minuten wieder, grölten aus den offenen Fenstern, winkten und trommelten mit der flachen Hand auf das Türblech im Rhythmus der Rockmusik aus ihren Radios.

Wir schlenderten weiter mit kleinen Eisbechern in der Hand, machten zwei- oder dreimal die gleiche Runde. Quartette, Sextette, Oktette von blonden Jungen und Mädchen liefen quer über die Straße und schnitten die Ecken, um rechtzeitig in die Kinos zu kommen. Lange glänzende Limousinen glitten am Bordstein entlang, gesteuert von gutgekleideten Mittdreißigern mit Gattin auf der Suche nach einem Parkplatz. Leute kamen aus den Restaurants, die sehr viel zufriedener wirkten als vorhin Jill und ich.

Mir war nicht recht klar, warum, aber mir schien, ich sah die ganze Szene durch eine Scheibe. Es gelang mir nirgendwo, etwas anzufassen, ich konnte nur alles betrachten: die Leute, die vor den Kinos Schlange standen, die Pantomimen und Gaukler, die sie unterhielten.

Der letzte Typ, mit dem Jill zusammengelebt hatte, war zehn Jahre älter gewesen als sie; er wäre gern Schlagersänger geworden. Jill bewahrte ein paar Photographien und Briefe von ihm auf: in einem Schuhkarton hinten im Kleiderschrank unter einer schottischen Decke.

Das erste Mal sah ich einige dieser Photographien ganz zufällig, während Jill unter der Dusche stand und ich, um mir die Wartezeit zu vertreiben, ein bißchen in ihren Sachen kramte. Ich fand den Karton und hob den Deckel, die Ohren gespitzt auf das Wasserrauschen im Bad; fuhr mit der Hand zwischen die Papiere und zog rasch nacheinander drei, vier Photos ans Licht, ehe Jill aus dem Bad kam.

Was ich am besten in Erinnerung habe, war ein postkartengroßer Abzug in Farbe, auf dem man Jill und diesen Ray, wie ihr Typ hieß, in einer Hängematte liegen sah, in einem Garten. Er war blond und muskulös, ein Typ mit markigen Zügen, geeignet als Dressman für Zigarettenreklame. Den rechten Arm hielt er zurückgebogen, als wollte er Jill um die Schulter fassen, ich glaube, um seinen Bizeps zur Geltung zu bringen. Jill hatte einen glücklichen Ausdruck, der von der Wölbung ihrer Lippen auf die Konturen ihrer Wangen ausstrahlte.

Später hat sie mir selber ein paarmal die Photos gezeigt. Ihre Haltung war zögernd, wenn sie den Schuhkarton aufmachte: eine Mischung aus Scham und Lust. Sie reichte mir eins der Photos und riß es mir gleich wieder weg, deckte es mit der flachen Hand zu und spreizte dann langsam die Finger, um mir Bildfragmente zu zeigen.

Wenn sie von Ray sprach, bekam ihre Stimme einen gereizten und herben Ton, den sie mit fadenscheiniger Ironie zu maskieren versuchte. Manchmal saßen wir vor dem Fernseher, und plötzlich erinnerte sie ein Filmschauspieler an Ray. »Den Typ von Mann kenne ich«, sagte sie dann. Die Männer, die sie an Ray erinnerten, waren gewöhnlich noch schöner, als er mir auf den Photos erschienen war. Ich glaube, sie idealisierte ihn immer noch, ohne sich dessen bewußt zu sein. Immer wieder verband sie mit seinem

Namen ganz unwahrscheinliche Definitionen, etwa indem sie behauptete: »Ray war ein unglaublich sensibler Mann.« Wenn ich sie fragte, wieso er es dann nie geschafft hatte, irgendwas Kreatives zu leisten, geriet sie in Verwirrung, wurde nervös und stammelte sinnlose Phrasen wie »Er konnte sich nicht bescheiden« oder »Er wollte zuviel auf einmal«. Einige dieser Floskeln mußte sie von ihrer Mutter gehört haben oder von ihrem Vater, andere hatte sie wohl in Magazinen gelesen oder im Fernsehen gehört.

Nach ihrer Trennung hatte Ray die Singerei aufgegeben und war in die väterliche Transportfirma eingetreten. Jetzt leitete er sie vermutlich. »Jetzt verdient er einen Haufen Geld«, sagte Jill im Ton eines Nachrufs.

Die Geschichte mit Ray hatte sie sozusagen in die Stimmung eines Kleinsparers versetzt, der durch die Inflation ruiniert worden ist: Sie war mehr verärgert als betrübt. Es ärgerte sie, soviel Zeit und Energie umsonst investiert zu haben. Man sah ihr an, daß sie immer noch daran dachte.

Am ersten freien Abend, den ich allein hatte, während Jill arbeiten mußte, holte ich den Schuhkarton aus dem Schrank und sah mir alle Photos noch einmal an. Es waren nicht so viele, wie ich gedacht hatte, als Jill sie in Händen hielt, um sie mir ratenweise zu zeigen, alle fünf Minuten eins. Die meisten waren Photos von ihr als Kind oder Teenager, auf denen sie pausbäckig und zufrieden guckte, ohne viel Sorgen im Kopf. Auf einem mußte sie ungefähr sechzehn sein: Das Haar war länger, als sie es jetzt trug, und das Gesicht rundlicher. Es gab auch zwei häßliche Farbphotos von ihren Eltern und eins von ihrem Vater allein, mit einer Angelrute in der Hand und kniehohen Gummistiefeln. Dann die Photos von Ray, die ich schon gesehen hatte, dazu noch ein großes in Schwarzweiß, das ihn als Sänger zeigte: im weißen Anzug, mit einem Mikrofon in der Hand. Rechts unten stand in vergoldeter Schnörkelschrift der Name *Ray Brookshire*. Jill hatte mir gesagt, sein richtiger Zuname sei zwar Brooks gewesen, aber sie hätten gemeinsam beschlossen, ihn zu ändern, weil sie meinten, Brookshire klinge viel besser.

Nach den Photos nahm ich die Briefe heraus, ordnete sie nach den Poststempeldaten und sah sie der Reihe nach durch. Manche waren nur Grußkarten, die Jill und Ray einander zum Valentinstag geschickt hatten. Ich betrachtete noch mal das Photo der beiden in der Hängematte und stellte mir vor, wie sie einander Grußkarten schrieben.

Einen Brief gebe ich wieder:

Honolulu, 12. Mai 1977

Jill Darling,
rate mal! Es hat sich wirklich gelohnt, die 250 $ für das Tikket auszugeben und zu warten bis Powell sich rührte, obwohl ich mich schon zu fragen anfing ob Du nicht vielleicht doch recht gehabt hast! Gestern hab ich mit Powell gesprochen und entschuldige, daß ich Dir erst heute morgen schreibe, aber gestern abend war ich zu aufgedreht und ich muß auch sagen, ich hab ein paar Gläser gehoben, um das Ereignis mit Dick und Sharon zu feiern. Also: Dick hat mir das Treffen mit Powell arrangiert und kaum war Powell zurückgekommen, hat er mich gleich empfangen, in seinem Büro hier im Hilton, das über eine ganze Etage geht und was da für Sachen rumstehen, das müßtest Du sehen! Er sagt mir als erstes nun setz dich doch mal und erzähl mir in Ruhe, solche Dinge muß man immer in Ruhe besprechen. Na Du kannst Dir vorstellen, Jill Darling, wie ruhig ich in dem Augenblick war! Ich hole also das Band hervor und da stellt sich heraus, daß kein passender Apparat zum

Abspielen da ist, an dem Punkt bin ich fast ausgeflippt und war schon soweit mich aus dem Fenster zu stürzen, aber Powell ruft einen Typ und sagt ihm er soll sofort loslaufen, um den richtigen Apparat zu holen. Ich bleib also sitzen vor Powells Schreibtisch und während wir warten kriegt er dauernd Anrufe praktisch aus den ganzen Vereinigten Staaten und vielleicht auch ein paar aus Europa, aber auch wenn er zwei Hörer gleichzeitig hält spricht er immer noch ruhig und völlig entspannt als ob nichts wäre und schafft es, alle Probleme in ein paar Minuten zu regeln. Dann fängt er an, noch bevor der Typ mit dem Apparat zurückkommt, mir allerlei Fragen zu stellen, er will genau wissen, was für eine Art von Musik ich mache und wie ich darauf gekommen bin mich an ihn zu wenden. Ich hab ihm gesagt daß Dick mir dazu geraten hat, wo er ihn doch so gut kannte, und da hat Powell gesagt das wär eine prima Idee gewesen und schon die Art wie er das sagte hat mich unheimlich ermutigt. Aber dann hat er mir gesagt daß er die Idee, hier auf Hawaii ein CBS-Studio aufzuziehen, hauptsächlich deswegen gehabt hat, um damit die Gelegenheit zu haben, eine andere Art von Musik zu produzieren als die von Los Angeles und New York und daß es deswegen wichtig wäre, neues Material zu finden, das sich von dem anderen unterscheidet, und deswegen wäre jetzt erstmal zu klären wie ich dazu stehe und ob ich da reinpassen würde in diesen Plan.

Na Du kannst Dir vorstellen, Jill Darling, mir schlug das Herz bis zum Hals und ich konnte kaum meine eigenen Worte verstehen, ein Leben lang hab ich auf so eine Chance gewartet und da hab ich natürlich Angst gehabt, ich könnte nicht schnell genug alles sagen was ich ihm sagen wollte. Immerhin hab ich's geschafft ihm zu sagen daß meine Idee genau die war, mich als einen neuen *Typ von Sänger zu präsentieren, denn Frank Sinatra ist ja inzwischen schon älter und nach ihm ist wirklich keiner mehr so bedeutend gewesen, weshalb ich glaube für einen jungen Sänger vom richtigen Typ gibt es eine Menge Spielraum, und ich glaube auch daß ich das Zeug dazu habe, wenn mich nur einer in der richtigen Weise einzusetzen versteht und wenn ich endlich den idealen Produzenten finde, den ich bisher noch nicht gefunden habe. Powell hört mir ganz ruhig zu und als ich fertig bin sagt er bravo, hundertprozentig einverstanden mit allem was du sagst, aber natürlich hängt alles davon ab wie du singst und wie du dich auf der Bühne bewegst, denn ehe wir eine LP rausbringen schicken wir unsere Künstler immer erst auf Tournee, damit die Leute sie kennenlernen. Als er das sagte kam es mir vor als ob ich den Vertrag mit der CBS schon in der Tasche hätte und mir wurde fast schwindlig, ich sagte noch mal jetzt führe ich Ihnen das Band vor, aber der Typ der den Apparat bringen sollte ließ sich nicht blicken und da wußte ich nicht mehr, was ich noch sagen sollte. Schließlich ist der Typ dann gekommen und hat den Apparat angeschlossen und das Band eingelegt und Wow! sind die ersten Töne von* Honey Date *losgefetzt, noch besser als ich sie in Erinnerung hatte, und Powell hört nur die ersten Strophen und drückt dann den Knopf, um das Band vorlaufen zu lassen und stoppt es irgendwo, hört ein paar Minuten rein oder nicht mal eine Minute und springt wieder weiter. Aus der Art wie er zuhörte hab ich gemerkt daß er ganz schön beeindruckt war von dem Band, obwohl diese Leute ja praktisch darauf spezialisiert sind, sich nie was anmerken zu lassen, sogar wenn neben ihnen eine Bombe hochgeht, denn immer wollen sie sich zieren und ja nie den Eindruck erwecken als ob sie dich irgendwie brauchten! Na ja, um es kurz zu machen: ich hab's geschafft! Powell hat gesagt, es wäre gut und ich* *müßte bloß noch ein bißchen lockerer werden, aber das würde nicht lange dauern und man bräuchte lediglich ein paar Tourneen und Life-Konzerte, um die Publikumsreaktionen auf die neuen Songs zu testen. So und jetzt paß gut auf, jetzt kommt die Bombennachricht: Du mußt so schnell wie möglich herkommen, denn wir werden mindestens zwei Monate hier in Hawaii bleiben, Powell organisiert mir ein komplettes Programm in den Hotels und Clubs von Oahu und zahlt mir die Spesen für alles und gibt mir sogar noch 1000 $ im Monat wenn alles gut läuft, obwohl ich es unter uns gesagt auch gratis tun würde, denn am Ende geht's schließlich um Millionen! Kannst Du Dir das vorstellen? Jill Darling, wir werden in Bel Air wohnen oder in Malibu wenn Du lieber willst! Wir werden im Cadillac rumfahren, mit Chauffeur, und einen Haufen Feste geben und alle wichtigen Leute einladen, ich kann's noch gar nicht glauben!*

Soviel für heute, komm schnell (bring mir die drei geblümten Hemden mit, die Du mir geschenkt hast, und den weißen Anzug mit dem schwarzen Brustlatz, ich lege Dir eine Liste bei von allem was Du mir mitbringen mußt) und bring auch die Sonnencreme mit, die werden wir sicher brauchen. Mach's gut Jill Darling, schöne Grüße auch von Dick und Sharon

Ray

Ich suchte nach einer Fortsetzung zu diesem Brief, aber es gab keine. Die anderen Briefe waren mindestens ein Jahr später datiert. Ich legte die Photos nebeneinander aufs Bett, so daß ich sie alle mit einem Blick übersehen konnte. Das von Jill und Ray in der Hängematte mußte kurz nach dem Brief entstanden sein, es hatte die gleiche Stimmung. Hinten im Garten sah man ein paar weiße Hotelstühle und zwei oder drei Papajabäume. Jill mußte gerade zu Ray nach Honolulu gekommen sein, sie wirkten beide überaus glücklich und selbstzufrieden.

Einer der Briefe von 78 war nicht mehr als eine Liste der Kleider, die Jill nach dem Rat einer Freundin zu einem Wochenendausflug in die Berge mitnehmen sollte.

Der letzte Umschlag von 78, den ich fand, enthielt folgenden Brief:

San Diego, 2. Sept. 78

Jill,
wie Du siehst schreibe ich Dir nun doch, obwohl ich finde, daß es nicht viel zu klären gibt, weil alles schon klar ist, so wie es ist. Du sagst ich hätte nicht die geringste Sensibilität, aber Du weißt das stimmt nicht, weil ich vor allem immer bemüht gewesen bin offen und ehrlich zu Dir zu sein, was Du nie warst.

Im Augenblick bin ich auch furchtbar müde, weil ich den ganzen Tag unterwegs war mit meinem Vater, um die neuen Fords anzusehen über die wir eine Entscheidung treffen müssen, was nicht leicht ist, weil es da unheimlich viel zu bedenken gibt, auch wenn mein Vater sie instinktiv nehmen würde, aber Du weißt ja wie impulsiv Pa ist, besonders jetzt wo er älter wird. Grossman von der Ford-Vertretung in San Diego hat mir heute morgen gesagt, er fände es ideal mit mir zu tun zu haben, er hat mir auch einen Haufen Komplimente gemacht über meine Art und Weise die Geschäfte zu führen und ich muß sagen das hat mir doch ziemlich gutgetan, es freut einen schließlich zu wissen, daß man von den Leuten geschätzt wird, mit denen man geschäftlich zu tun hat.

Aber ich will Dich jetzt nicht mit diesen Sachen langweilen, obwohl ich sicher bin früher hätte es Dich gefreut zu hören daß ich durchaus imstande bin, eine Arbeit gut und erfolgreich zu machen, aber jetzt ist das anders. Alles was ich Dir sagen wollte mit diesem Brief ist daß es keinen Zweck mehr hat weiter so zusammenzuleben wie wir die letzten sechs Monate lang zusammengelebt haben, denn am Ende leiden wir alle beide und keiner hat wirklich einen Gewinn davon, und deshalb ist es besser, der Realität ins Auge zu sehen wie erwachsene Menschen und ich bin sicher das wirst Du auch können, auch wenn Du Jill, das weißt Du ja selber, immer ein bißchen ein verwöhntes Kind gewesen bist, vielleicht durch die Schuld Deines Vaters. Einmal hast Du gesagt Du wolltest Dein Leben nicht mit einem Versager teilen und ich schwöre Dir, auch ich habe nie einen Augenblick ernsthaft daran gedacht, ein Leben zu führen ohne zu reüssieren und auf einem oder dem andern Gebiet Erfolg zu haben, nur hatte ich eben das falsche Gebiet gewählt oder vielleicht die richtigen Chancen nicht wahrzunehmen verstanden. Jetzt aber wie Du siehst laufen die Dinge schon sehr viel besser, auch wenn es inzwischen zu spät ist unsere Beziehung zu retten, die daran kaputtgegangen ist, daß wir zweieinhalb Jahre vergeblich damit verbracht haben meine Karriere voranzutreiben, und so was vergiftet am Ende immer das Leben von zwei Menschen die zusammenleben und sich zu lieben versuchen, auch wenn sich zu lieben wirklich viel schwieriger ist als Du immer gemeint hast, man muß mehr Verständnis haben und darf dem andern nicht das Gefühl geben, daß er eine Null ist, weil er Probleme hat. Aber wozu sage ich Dir das alles, Du weißt es selber ganz gut und bist intelligent genug zu kapieren was kapiert werden muß. Immerhin haben wir wenigstens einen Versuch gemacht und die Dinge sind eben nicht so gelaufen wie sie sollten, wozu sich da gegenseitig die Schuld in die Schuhe schieben! Eins aber *kann ich noch wenigstens sagen Jill, Du mußt Dich nicht schämen mit einem Versager gelebt zu haben, denn ein Versager werde ich nie sein und besonders jetzt bin ich sicher daß meine Karriere gut angelaufen ist und daß es nur noch eine Frage der Zeit ist, denn Pa wird jeden Tag älter und hat mehr Vertrauen zu mir als Du je gehabt hast, wie sehr ich ihn sonst auch kritisieren muß. Seit diesem Monat verdiene ich 1000 $ im Monat, wie Du siehst nicht gerade das Gehalt eines Versagers und es ist nur der Anfang. Aber lassen wir das, wozu über Dinge reden die keiner Worte bedürfen, ich wünsche Dir alles Gute, daß Du erfolgreich bist und erreichst was Du suchst und eines Tages dem Mann Deiner Träume begegnest, der ich nicht sein konnte, vielleicht weil Du in diesem Punkt wirklich recht hast und ich zu unpraktisch bin und zu idealistisch, aber niemand kann schließlich aus seiner Haut heraus, da ist nichts zu machen.*

Also laß es Dir gut ergehen, es tut mir leid daß es so enden mußte, Du weißt ich habe immer versucht die Dinge noch mal zu kitten, auch wenn Du schon gemeint hast da wäre nichts mehr zu machen, aber jetzt ist es wirklich zu Ende und laß uns versuchen erwachsen zu sein.

Um einen letzten Gefallen muß ich Dich noch bitten, nämlich daß Du mir gelegentlich meine Sachen schickst, an die Adresse in Pasadena, das Porto bezahle natürlich ich, Du brauchst sie nur einzupacken, wenn's Dir nichts ausmacht.

Also dann jetzt lebwohl und halt die Ohren steif, ich muß zum Essen weg mit meinem Vater und Jack Combers, um über Geschäfte zu reden

Ray

Eines Abends kamen Jill und ich sehr spät nach Hause, nachdem wir das Restaurant geschlossen hatten. Wir tranken am Küchentisch eine Tasse lauwarme Milch. Mit einer kleinen Gabel pickte ich Datteln aus einer Schachtel aus Holz und Pappe, in der sie übereinandergeschichtet waren, und tunkte sie in die Milch. Jill saß vor mir auf dem Hocker und folgte den Bewegungen der Datteln auf der Gabelspitze; jedesmal, wenn eine von ihnen im Weiß der Tasse verschwand, hob sie den Blick und sah mir stumm in die Augen. Die Stille bedrückte mich; die Art, wie sie dasaß und mich fixierte. Ich war so müde und kaputt von dem langen Abend im Restaurant, daß mir das Summen des Kühlschranks lauter und lauter durch den Kopf dröhnte, bis es die Stille im Raum ganz erfüllte. Ich ließ mich eintauchen in dieses Dröhnen, das zu einem Alibi wurde: zu einer Wand, an die ich mich lehnen konnte, zu einer Art Iglu, der mir Schutz und Zuflucht bot vor den Problemen draußen.

Auf einmal fing Jill an zu heulen, während sie mir in die Augen sah. Es war kein richtiges Heulen, mehr ein verhaltenes Wimmern: Sie wimmerte leise und beugte sich vor mit glänzenden Augen.

»Was ist denn los?« fragte ich verwundert, ohne recht zu begreifen. Sie wimmerte heftiger, etwas gedehnt, die Hände zu Fäusten geballt und die Ellbogen auf den Tisch gestützt. Nach ein paar Minuten hob sie den Kopf und sagte mit brüchiger Stimme: »Wenn du mir bloß sagen würdest, was du machen willst!«

»Wieso, was ich machen will?« Ich kam mir blöde vor, begriffsstutzig, auf der falschen Seite der Frage.

Sie schrie fast: »Ja, was du machen willst, was du tun willst! Was du vorhast hier in Los Angeles und was du im Leben vorhast! Willst du die nächsten zehn Jahre hingehen und bei *Alfredo's* arbeiten?«

Sie war auf der Kippe zum Nervenzusammenbruch: zitternd, rot im Gesicht, unfähig, den Ton ihrer Stimme zu kontrollieren. Ich starrte sie an und wußte nicht, was ich sagen sollte, die Tasse mit lauwarmer Milch in der linken Hand und die Gabel zum Dattelaufspießen in der rechten. Ich starrte sie fünf Minuten lang an, während sie dasaß und heulte und die Fäuste ballte und schniefend die Nase hochzog, damit sie nicht tropfte. Ich fühlte mich schuldig vor mir und voller wachsendem Groll über sie. Dann stieg mir der Groll vom Magen hoch in den Kopf. Ich schrie, ich wüßte schon *was*, nur nicht *wie*. Ich schrie, sie solle zum Teufel gehen. Ich knallte die Tasse hart auf den Tisch, die Milch schwappte über und bildete kleine weiße Pfützen auf der polierten Nußbaumplatte. Jill fing noch heftiger an zu heulen und beugte den Kopf noch tiefer. Sprang plötzlich auf, schob meinen Arm beiseite, den ich vorstreckte, um sie zu halten, rannte ins Bad und knallte die Türe zu. Ich lief hinterher und versuchte zu öffnen, aber sie hatte sich eingeschlossen. Ich schlug mit den Handballen gegen die Tür und rief: »Mach auf! Mach auf!« Sie rief heulend von drinnen: »Laß mich in Ruhe!« Ich stellte mir vor, wie sie auf dem Rand der Kloschüssel hockte, aber es konnte auch sein, daß sie vor dem Spiegel stand, um sich in die geröteten Augen zu sehen.

Die ganze Situation kam mir so bescheuert und lächerlich vor, daß ich den Gedanken an die verschlossene Tür und die Tränen nicht mehr ertrug. Ich fing an, gegen die Tür zu treten, voll drauf und mit aller Kraft. Bei jedem Tritt schien die Tür etwas nachzugeben; ein schmaler Lichtschein schimmerte durch den Spalt. »Hör auf!« schrie Jill. »Komm raus!« schrie ich und trat weiter gegen die Tür, abwechselnd mit dem einen und mit dem anderen Fuß, um mir nicht zu sehr weh zu tun.

Schließlich kam sie heraus, mit geröteten Wangen und

tränenerfüllten Augen. Stieß mich mit einer heftigen Armbewegung beiseite, lief in ihr Zimmer und warf sich aufs Bett, das Gesicht nach unten: fast versunken im Kissen und in der weichen Matratze.

Eines Abends, als wir beide frei hatten, kam uns ein Freund von Jill besuchen. Er hieß Marcus Floma. Jill hatte mir schon zigmal von ihm erzählt, wobei sie ihn immer als außergewöhnlich und voller Genialität beschrieb, um ihn den Leuten entgegenzusetzen, die ich gelegentlich nannte, wenn ich von früheren Episoden in meinem Leben sprach. Er besaß einen Laden für Einrichtungsgegenstände in Santa Monica. Wir waren einmal vorbeigekommen, als er nicht da war, und hatten im Schaufenster Kissen in Herzform, Gänse aus Porzellan und rosalackierte chinesische Stühle betrachtet.

Er war ganz aus der Puste vom Heraufsteigen über die kurze Treppe, als er eintrat. Blieb keuchend an der Tür stehen und betrachtete Jill: klein und gelockt, stramm eingeschnürt in eine kurze Renlederjacke. Ein süßliches scharfes Parfum verbreitete sich durch den Raum bis ans Fenster, wo ich saß, mit einem Magazin in der Hand.

Er mußte von Natur aus kurzatmig sein, das Treppensteigen hatte den Rhythmus seines Atems nur noch ein wenig beschleunigt. Er redete abgehackt, stieß die Worte in Ketten hervor und riß sie entzwei. Seine mexikanischen Züge hatten sich schon vor einigen Generationen verloren; nur die kleine Statur und die dunklen Augen waren übriggeblieben, und diese Reste von Fremdheit wurden durch die Kleidung, die er trug, und durch die Art, wie er sie trug, absorbiert und neutralisiert; auch durch die Art, wie er dastand, wie er die Hände in die Taschen steckte und auf den Fersen wippte, während er mit Jill sprach.

Jill blickte zu mir und blickte zu Marcus Floma. »Marcus ist mein bester Freund«, erklärte sie mir. »Wir sind praktisch zusammen aufgewachsen.« Marcus folgte ihr mit den Augen und bekräftigte ihre Worte mit hektischem Nicken des Lockenkopfes. Nach einer Weile drehte er sich zu mir und sagte mit einem dünnen Lächeln: »Was für ein glücklicher junger Mann!« Er hatte den Ton eines älteren Bruders, der sich verpflichtet fühlt, mit dem Typ seiner Schwester nett zu sein.

Ich vertiefte mich wieder in das Klatschmagazin, das ich in der Hand hielt. Manchmal kaufte ich mir im Supermarkt so ein Ding, andere fischte ich mir aus den Briefkästen der Hausnachbarn. Wie es mir immer passiert, blieb ich beim Durchblättern auf einem Bild hängen, überflog kurz die Bildunterschrift und blickte erneut auf das Bild, um die Gesichtsausdrücke zu prüfen. Ich bemühte mich immer, aus den Bildunterschriften nur die sachlichen Angaben zu entnehmen, um die Photos möglichst unvoreingenommen zu interpretieren.

Jill und Marcus erzählten sich Geschichten von früher und lachten: sie in der Hocke am Boden und er auf dem Teppich sitzend, an das Sofa gelehnt. Wenn ich die Augen vom Magazin hob und zu ihr hinübersah, schien sie mir anders als sonst zu sein: erstaunlich viel selbstsicherer. Auch ungenierter, munterer, aufgekratzt und fast überdreht in ihrem Eifer, Informationen zu geben und zu bekommen. Es war, als hätte sie bis zu diesem Moment auf einer einsamen Insel gelebt: Mit jeder Geste äußerte sie Erleichterung.

Ich betrachtete sie, wie sie mit Marcus schwatzte und lachte, und war überrascht. Mir schien, daß sie plötzlich und automatisch ihr Gleichgewicht wiedergefunden hatte; so plötzlich, daß ich's kaum glauben konnte. Ihr ganzes

Verhalten war eine Art Entschädigung für die gedrückte und leidende Art, die sie gewöhnlich mir gegenüber hatte, wenn wir allein waren; so kraß, daß es mir geradezu arrogant und aggressiv vorkam. Zugleich fühlte ich mich erleichtert, viel weniger verantwortlich für ihr Leben, für sie. Und dieses Gefühl der Erleichterung wuchs, wurde stärker und erzeugte ein Band von Eindrücken, das um sich selbst gewunden noch Raum für eine Art sanfte Eifersucht ließ. Die Vertrautheit der beiden regte mich auf: wie sie einander die Hände auf die Schultern legten und über ihre kleinen Witzchen lachten, dicht voreinander am Boden sitzend.

Nach einer Weile zog Marcus Kokain aus der Tasche, und wir schnüffelten alle drei, tief über den niedrigen Tisch gebeugt vor dem Sofa. Dann sahen wir ein paar Minuten lang an die Wand, bis Marcus auf einmal hochfuhr und beinahe schrie: »So, und jetzt gehen wir in ein Restaurant, das ich kenne!« Jill und ich schlüpften rasch in die Schuhe, sie lief ins Bad, um sich zu schminken und herzurichten, und kam nach fünf Minuten heraus: fertig gekämmt, die Augen größer als üblich und mit einer Bluse, die sie von ihrer Mutter hatte.

Auf der Treppe, während wir hinunterstiegen, drehte sich Marcus zu mir und sagte: »Damit das klar ist, ich lade euch ein.« Der Form halber protestierte ich: »Aber nein!« Er lachte und sagte: »Doch, doch!« Erklärte mir dann, er könne die Rechnung von der Steuer absetzen, so daß ihn die Einladung praktisch nichts kosten würde. Es freute mich, daß ich ihm nicht dankbar sein mußte.

Auf der Straße zeigte mir Jill unter einer Straßenlaterne einen schwarz und golden glänzenden Jaguar-Oldtimer aus den fünfziger Jahren und sagte mit einem Ausdruck von kindlichem Stolz: »Der gehört Marcus!« Der Anblick des Wagens erfüllte sie mit einer außergewöhnlichen Euphorie: Sie hüpfte trällernd über das Rasenstück vor dem Haus.

Marcus öffnete mir die hintere Tür mit einer übertrieben förmlichen Geste. Sein schwarzes Lockenhaar glänzte unter der Bogenlampe im gleichen Ton wie die Stoßstange seines Jaguars. Jill wartete, bis er die rechte Vordertür aufriß, und setzte sich wie eine Königin: ließ sich hoheitsvoll auf den Ledersitz gleiten. Sie hatte einen geblümten Schal um die Schultern.

Wir fuhren los, und Marcus drehte die Stereoanlage auf, bis wir so dicht von Musik umhüllt waren, daß uns für große Gesten kein Platz mehr blieb. Er und Jill zuckten und zappelten in einer Folge kurzer Bewegungen: trommelten sich mit der Hand auf den Rücken und mit den Fingern auf die Knie. Ich sah hinaus auf die vorüberhuschenden Neonlichter am Straßenrand, auf die Lichter der anderen Autos. Nach einer Viertelstunde wurden die Reklametafeln enorm: riesenhaft wie die Gebäude am Sunset.

Marcus hielt am Eingang eines Parkplatzes neben einem niedrigen Bau, den eine Hecke umgab. Jill drehte sich zu mir, die Augen glitzernd vor Freude, und sagte: »Das ist ein ganz phantastisches französisches Restaurant.« Ein grün uniformierter mexikanischer Groom kam gelaufen, um uns die Wagentüren zu öffnen; als wir draußen waren, setzte er sich ans Steuer. Marcus stand grinsend am Bordstein, die Hände in den Taschen der kurzen Jacke, und winkte uns mit dem Kinn, daß wir gucken sollten. Der Groom fuhr den Jaguar in die vorderste Reihe, zwischen die Rolls Royce und Cadillacs und Mercedes, die sichtbar vor dem Restaurant parkten. Marcus strahlte, durchzuckt von kleinen wohligen Schauern.

Der Empfangschef führte uns durch zwei Säle in einen

stilleren Innenhof. Wir setzten uns an einen Tisch wie drei alte Freunde, die mal richtig gut essen wollen.

Marcus saß lässig zurückgelehnt, mit der Miene dessen, der endlich die ideale Sitzposition gefunden hat, die richtige Haltung, um die Gläser zu füllen oder den Kellnern zu winken, ohne sich sehr zu verrenken. Seine kleine Gestalt war durchdrungen von Vibrationen, die Augen blitzten, die Lippen bebten, die Brauen zuckten. Seine Mimik war so überdreht, daß sie die unmittelbaren Bedeutungen seiner Posen schließlich ganz eliminierte und durch die bloße Menge der übereinandergehäuften Ausdrücke fahrig wurde.

Er hatte eine unglaubliche Fähigkeit, jedes beliebige Thema in finanzielle Begriffe zu fassen. Ich glaube, er folgte dabei einer Art Instinkt. Er sprach von Filmstars und Musikern und rechnete in ein paar Sekunden aus, wieviel sie im Monat verdienten, im Jahr. Er teilte die Karriere eines Verdieners in Phasen auf und konfrontierte den einen Verdiener mit dem anderen. Jill spornte ihn an mit kurzen Fragen und Ausdrücken des Erstaunens; drehte den Kopf, um mich anzusehen, wenn sie etwas besonders erstaunlich fand.

Sie hatte mir einmal gesagt, daß Marcus sein Geld mit Kokaingeschäften machte. Aus dem, was er selber sagte, ging klar hervor, daß ihm der Laden nur als Deckung und Kontaktgelegenheit diente. Die Stars aus der Filmwelt kamen zu ihm, um sich zu versorgen, bezahlten ihn gut und gaben ihm außerdem noch vertrauliche Informationen. Er akkumulierte die Informationen für Abende wie diesen; er akkumulierte das Geld, um sich den Jaguar und seine Kleidung leisten zu können. Ich stellte mir vor, wie er in seinem Laden einen Filmstar umschwänzelte: mit flotten Sprüchen und raschen Gesten. Ich stellte mir vor, wie er ihn beim Vornamen nannte, wie er mit kurzen Schritten umherlief oder leicht auf den Fersen wippend dastand: immer darauf bedacht, Vertraulichkeit und Selbstsicherheit vorzutäuschen, eingezwängt in seine italienischen Anzüge, in einer Wolke von scharfem Parfüm.

Er sprach von den Luxusvillen, in denen er gewesen war, von den Formen der Swimmingpools. Machte halbe Andeutungen, ohne die Informationen ganz preiszugeben, hielt Jill in Atem und spähte umher. Nach einer Weile erzählte er ihr, ein bißchen zur Seite gewandt, er habe mit einer ziemlich bekannten TV-Schauspielerin geschlafen. Jill konnte es gar nicht fassen, rief zwei- oder dreimal: »Ist ja nicht zu glauben!«, starrte ihn zwei Minuten lang wortlos an und sagte dann voller Bewunderung: »Marcus, du bist unglaublich!« Marcus zuckte die Achseln in gespieltem Gleichmut. Es war klar, daß die ganze Geschichte an langen Phantasiefäden hing.

Schließlich drehte er sich zu mir und sagte: »Ihr jungen Leute, ihr müßt euch rühren!« Ich haßte ihn wegen seiner kleinen Nagetieraugen. »Giovanni«, sagte er drängend, »Los Angeles ist die Stadt der großen Gelegenheiten!« Er hatte einen paternalistischen Ton: wie zu einem, der nicht so recht weiß, welche Richtung er einschlagen soll. Ich stellte mir vor, wie er am Telefon hing, um mit Jill zu sprechen, während ich im Restaurant meinem Kellnerjob nachging. Alle naselang unterbrach er sich, um mich prüfend anzusehen und zu fragen, ob ich einen bestimmten Ausdruck auch richtig verstanden hätte. Er sprach mit mir, als ob ich nur eine sehr begrenzte Kenntnis des Englischen hätte. Es war eine Technik, die er benutzte, um sich eine Art Podest zu schaffen, von dem herab er mir Ratschläge geben konnte.

So fragte er mich zum Beispiel: »Giovanni, warum versuchst du nicht durchzustoßen mit deinen Fähigkeiten?« Den Ausdruck ›durchstoßen‹ oder ›es schaffen‹ benutzte er ebenso häufig wie ›Geld‹.

Ich sagte, ich hätte mich noch nicht entschieden, auf welchem Gebiet ich's versuchen sollte, ich sei noch dabei herauszufinden, welche Möglichkeiten es für mich gebe. Er schnappte kurz und erklärte mir: »Sieh mal, du darfst nicht glauben, ich hielte mich für arriviert. Du machst dir keine Vorstellung, wieviel Mühe und Energie es mich kostet, daß ich jetzt zehntausend Dollar verdiene. Auch ich *bemühe* mich, es zu schaffen, genau wie die Kellner hier in diesem Restaurant und jeder andere in dieser Stadt. Die Leute kommen hierher von überall aus den Staaten und aus der ganzen Welt und atmen hier diese Scheißluft und sitzen stundenlang jeden Tag im Auto und bemühen sich, es zu schaffen. Du machst dir keine Vorstellung, wie viele Kellner und Taxifahrer und Installateure hier in L. A. ihre Namen und Photos in einer Schauspieleragentur hinterlassen haben! Sie achten gar nicht auf das, was sie gerade tun, weil sie alle in der Vorstellung leben, daß sie's schon irgendwie schaffen und durchstoßen werden.« Er sah immer wieder kurz zu Jill, um ihre Zustimmung einzuholen.

Ich mußte ihm innerlich recht geben. Fast jeder, dem ich hier begegnet war, hatte geheime Pläne und Ambitionen, die er wer weiß wie lange schon hegte. Alle bewegten sich dumpf voran, fast unberührt und nur wenig beschwert von der Wirklichkeit, überzeugt, sie hätten das richtige System gefunden, um durch die Maschen zu schlüpfen. Die Stadt schien alle erdenklichen Formen von Illusionen oder Ambitionen, die sozusagen für die Zukunft aufgespart wurden, anzuziehen und zu nähren. Und es gab ja auch dauernd Beweise für realisierte Phantasien auf den verschiedensten Ebenen. Marcus und Jill und Ron und Tracy und all die anderen lebten in diesem Klima permanenter Erwartung. Andere verpulverten große Mengen Talente, die ihnen am Ende vielleicht etwas einbrachten oder auch nicht, je nachdem.

Als der Kellner das Essen brachte, hatten wir schon so viel getrunken, daß uns der Hunger vergangen war. Jill hatte drei *Margaritas* durch einen langen blauen Trinkhalm gesüffelt. Sie schwatzte drauflos und malte Zeichen in die Luft mit den Fingern. Marcus und ich hatten eine Flasche kalifornischen Riesling geleert. Wir bestrichen alle drei unsere Krebse und Filets mit cremigen Soßen, die wir aus hölzernen Schälchen nahmen, beschmierten uns dabei die Fingerspitzen und machten uns Komplimente.

Nach und nach, während wir aßen und weiter tranken, steckte mich Marcus mit seiner überdrehten Zuversicht an, bis ich mir sehr viel klarsichtiger als gewöhnlich vorkam: fähig, die Situation noch in ihren feinsten Nuancen voll zu begreifen. Und in diesem Zustand extremer Klarsicht schien mir auf einmal, als wäre ich den Erfolgsaussichten sehr nahe, wenn nicht schon kurz vor den echten Chancen. Mir war, als ginge ich gerade durch eine der optimistischsten Phasen meines Lebens, in der sich mir Perspektiven boten wie nie. Ich sprach darüber mit Marcus und Jill. »Na prima!« sagten sie beide und lächelten wie zwei alte Schulkameraden.

Am nächsten Tag begann Jill ihre Arbeit um fünf, während mein Dienst erst um sechs anfing. Um mir die Wartezeit zu vertreiben, ging ich in den botanischen Garten der Uni, legte mich auf den Rasen unter einen Eukalyptusbaum und schlief ein. Der Schatten des Baumes wanderte über den Rasen, so daß ich, um in der Sonne zu bleiben, alle zehn Minuten im Halbschlaf ein Stückchen den Hang runterrutschen mußte. Das war nicht weiter schwierig, nur beschäftigte mich ein bißchen die Frage, wann ich den schmalen Kiesweg erreicht haben würde, der den Rasen unten begrenzte.

Als ich erwachte, war es beinahe sechs: Ich hätte schon dienstbereit in der Küche sein müssen. Ich raffte mich auf und machte mit flauen Beinen ein paar Schritte zwischen den Pflanzen. Lärmende Jungen rasten auf Rollschuhen eine schmale Asphaltstraße hinunter: streckten die Köpfe vor, duckten sich in die Knie, drängten und jagten einander mit einer Beharrlichkeit, daß es kaum zu ertragen war.

Ich nahm die Plastiktüte mit meinen Kellnersachen und stopfte sie in einen Abfalleimer am Wegrand. Es war ein dunkelorangener Plastikeimer, der oben und unten von zwei Metallreifen zusammengehalten wurde. Er war bis zum Rand voll Papierkram und Bierdosen, so daß die Tüte mit meiner Uniform oben liegenblieb und der Deckel nicht zuging. Ich stopfte sie tiefer hinein, aber der Inhalt des Eimers hatte eine elastische Konsistenz und drückte sie gleich wieder hoch. Schließlich gab ich es auf, ließ sie liegen, wie sie lag, und trat ein paar Schritte zurück. Noch aus zehn Meter Abstand sah man das Rot der Jacke durch die weißliche Tüte schimmern.

Ich ging vorsichtig rückwärts, als könnte die Plastiktüte im Mülleimer explodieren und ihre Fragmente ringsum verstreuen. Schaute mich weiter alle paar Schritte um, bis ich den Ausgang erreichte.

Zurück in die Stadt ging ich durch das Campusgelände. An den Wegrändern standen reihenweise Studenten neben Schildern mit den Namen der Kandidaten für die Universitätswahlen. Alle standen leicht vorgebeugt, bereit, die Vorübergehenden anzuhalten; viele wagten auch alberne Sprüche. Ihre Gesten und Mienen waren von einer außerordentlichen Banalität, wie die Art ihrer Kleidung und das ganze Gewirr von Gebäuden und Aktivitäten, das sie umgab und das ihre Anwesenheit an den Wegrändern neben Schildern mit ihren Namen rechtfertigte. Ihr Anblick machte mir einen heftigen Widerwillen.

Ich stellte mir vor, wie Jill reagieren würde, wenn sie mich nicht ins Restaurant kommen sah. Die Vorstellung amüsierte mich und gab mir zugleich ein Gefühl von Schuld. Das Schuldgefühl bohrte in mir mit Drehungen, die ich als lustvoll empfand; es trieb mich zum Restaurant, so daß ich immer schneller ging, um es an seinem Ursprung voll zu genießen.

Dicht an der Mauer entlang schlich ich vor bis zur Höhe der Küche: gespannt und vorsichtig, daß niemand mich sah. Aus der Abzugsöffnung des Ventilators kamen Schwaden von warmer Luft, erfüllt von schweren Tomatensoßengerüchen. In der halboffenen Hintertür sah ich kurz einen Hilfskoch, der an die Wand gelehnt dastand, um Luft zu schnappen. Aber ich huschte so schnell vorbei, daß mir nur ein flüchtiger Eindruck im Kopf haften blieb: sein Profil im Halbschatten.

Ich lief um die Ecke und stoppte vor einem breiten Bogenfenster, das in den Saal ging. Durch die Lamellen der Jalousie konnte man hineinsehen: in das rötliche Licht. Ich sah einen älteren Kellner, einen dicken und plumpen, der breitbeinig dastand mit wippenden Knien, wie es die unbeschäftigten Kellner oft tun, um sich auszuruhen. Zwei andere Kellner plauderten miteinander in einer dunklen Ecke, grinsten und kicherten lautlos. Ich stellte mir die Oberflächlichkeit ihrer Sätze vor; ihre Bereitschaft; plötzlich loszuschnellen, um sich auf die ersten Gäste zu stürzen.

Ich nahm den Bus nach Hause, stieg aber eine Haltestelle zu früh aus und mußte gut eine Stunde zu Fuß laufen, mindestens fünfzig Blocks weit. Als ich ankam, war ich verschwitzt und müde, die Füße taten mir weh und die Augen brannten mir vom Smog. Ich nahm eine Dusche und legte mich dann mit nassen Haaren aufs Sofa, um mir ein Blödelprogramm im Fernsehen anzusehen.

Nach zwanzig Minuten klingelte das Telefon. Ich wußte sofort, daß es Jill war, noch ehe ich ihre Stimme hörte. »Was machst du denn zu Hause?« fragte sie mich. »Ich hab schon gedacht, du wärst unter ein Auto gekommen!« Sie war wütend, aber unsicher über meine Gründe. Ich sagte ihr: »Ich hab meine Kellnerklamotten in einen Abfalleimer geworfen, im botanischen Garten.« Meine Stimme klang schleppend, so wie ich da langgestreckt auf dem Sofa lag, vielleicht nölig und aufreizend. Jill sagte ein paar Sekunden lang nichts. Ich konnte die Restaurantgeräusche im Hintergrund hören, das Stimmengewirr und Tellergeklapper zur Stoßzeit. Dann fragte sie in gepreßtem Ton: »*Was* sagst du da? Machst du Witze?« Ich warf den Hörer auf die Gabel und stellte den Fernseher lauter.

Es gab kein Programm, das gut genug war, um meine Anspannung auszugleichen, und so fing ich an, wild auf der Fernbedienung herumzuschalten, von einem Kanal auf den anderen. Es gelang mir nicht, die Farben gut einzustellen; bei jedem Versuch wurden die Bilder noch irrealer, abstrakte Schemen in Rot und Gelb auf der Mattscheibe.

Das Telefon fing erneut an zu klingeln. Das Schrillen drang durch die heiseren Fernsehgeräusche: zerriß sie, um sich eine Bahn zu öffnen. Ich lief in die Küche, ließ Wasser in einen Kochtopf laufen, trug ihn ins Zimmer und steckte das Telefon rein. Es tönte weiter, gab ein dumpfes Krächzen von sich, das die Wasseroberfläche in kleinen Wellen kräuselte.

Als Jill nach Hause kam, sah ich mir gerade eine Talkshow an: auf dem Sofa liegend, die Füße auf dem niedrigen Tisch. Ich wartete schon auf den Wutschrei, als sie noch den Schlüssel im Schloß umdrehte.

Aber sie war nicht wütend, eher bedrückt. »Was wirst du jetzt machen?« fragte sie mich sofort. »Gehst du zurück nach Italien?« Ihr Ton war so kummervoll, daß ich unwillkürlich auflachen mußte. »Aber nein, ich bleibe hier in Los Angeles.« Ich versuchte, entspannt und natürlich zu sprechen, aber irgendwie, schien mir, klang meine Stimme aufreizend.

Jill warf ihre Handtasche auf den Tisch, beinahe auf meinen linken Fuß. Ging in die Küche, machte den Kühlschrank auf und machte ihn wieder zu, ohne etwas herauszunehmen. Kam ins Zimmer zurück, stemmte die Hände in die Hüften und sagte: »Du mußt deine Verantwortlichkeiten auf dich nehmen. Du kannst nicht alles so laufen lassen. Du bist schließlich fünfundzwanzig und nicht mehr achtzehn!« Ich sagte: »Jaja, ich hab schon kapiert.« Sie ging ans Fenster und sah auf die Straße: stehend, mit verschränkten Armen. Drehte sich immer wieder zu mir und sagte etwas in scharfem Ton, fast schreiend. Sagte, daß ich ihr Leben konditionierte, ohne ihr irgendwelche Perspektiven zu bieten. Sagte, sie hätte auf andere Möglichkeiten verzichtet, als sie beschloß, mit mir zu leben. Sagte, sie hätte Ambitionen wie jeder andere und sie hätte keine Lust, vergeblich zu warten.

Wenn sie in Wut geriet, wurden ihre Gesten vulgär: gewannen eine elementare Direktheit ohne jede Eleganz. Ihre Gesten der Wut glichen denen der Euphorie, die ich an dem Abend mit Marcus neulich beobachtet hatte. Trotzdem kam sie mir in diesem Zustand mehr mit sich selber identisch vor, als wenn sie gefaßt und vernünftig war.

Schließlich fragte sie: »Warum hast du nicht abgenommen, als ich das zweite Mal anrief?« Ich sagte: »Weil das Telefon im Kochtopf ist«, und deutete auf den Kochtopf hinter der Sofaecke an der Wand. Sie stürzte hin und fischte das Telefon aus dem Wasser, ohne etwas Besonderes zu sagen. Hob nur die Augen, um mir zu bedeuten, daß ich etwas Entsetzliches getan hatte. Lief dann rasch in die Küche, kam mit einem filzigen grauen Lappen zurück, kniete sich auf den Boden und begann, das Telefon gründlich abzutrocknen, erst den Hörer und dann den Körper des Apparats. Strich den Lappen behutsam über die Rundungen, ohne allzu fest aufzudrücken, und sah das Telefon an, als wäre es ein kleiner Tierkadaver, ein totes Kätzchen oder Hündchen, ertränkt von einem brutalen Rowdy.

Ich sagte: »Guck doch mal, ob es noch funktioniert.« Sie hielt mir wortlos den Hörer ans Ohr, er war stumm. Ich schlug ihn ein paarmal hart auf den Tisch, und plötzlich funktionierte er wieder. Was aber Jill nicht zu freuen schien; sie riß ihn mir aus der Hand.

Wir stritten noch ungefähr zwanzig Minuten so weiter: ich auf dem Sofa vor dem laufenden Fernseher, sie im Zimmer umhergehend mit einem Glas in der Hand. Ich konnte nicht recht begreifen, wieso ihr mein Rückzug aus dem Restaurant so ernst und tragisch vorkam; ich fragte es sie immer wieder. In diesem Streit ging mir auf, daß wir nur scheinbar kommunizierten: Unsere Argumente erschöpften sich, kaum daß sie vorgebracht waren, ohne den geringsten Meinungswandel bewirken zu können.

Wir gingen erst schlafen, als wir völlig erledigt waren, betäubt von unserem eigenen Lärm und dem des Fernsehers.

Am nächsten Morgen um zehn rief die polnische Sekretärin-und-Verwalterin von *Alfredo's* an. Sie fragte mich, ob es mir besser ginge. Ich sagte, es ginge mir glänzend. Jill gestikulierte durchs Zimmer, um mir zu erklären, daß sie eine Krankheit erfunden hatte, um meine Abwesenheit zu entschuldigen.

Die Sekretärin meinte: »Na prima, Ghiovàni, dann sehen wir uns um fünf.« Ich sagte: »Nein nein, wir sehen uns nicht mehr.« Sie fragte: »Wie bitte?« Sie war in Schwierigkeiten, sie klang fast rührend mit ihrem polnischen Akzent. Ich sagte: »Seien Sie so gut und richten Sie Herrn Michelucci aus, daß er noch immer wie ein Kellner geht und daß er's nie lernen wird, anders zu gehen.« Ich legte auf, während sie noch dabei war, etwas zu sagen.

Jill erschien mit verzerrtem Gesicht in der Tür. Starrte mich ein paar Sekunden lang an, ohne sich zu rühren. Schnappte sich dann die Autoschlüssel von der kleinen Kommode, rannte hinaus und knallte die Wohnungstür zu.

Ich ging in ihr Zimmer und kramte in dem Schuhkarton mit den alten Briefen und Photographien, um das Bild, das ich mir von ihr gemacht hatte, mit ein paar Einzelheiten abzurunden.

In den nächsten Tagen besuchte ich der Reihe nach alle Buchhandlungen in Westwood und Beverly Hills, um zu fragen, ob sie einen Verkäufer brauchten, aber wie es schien, waren sie alle gerade dabei, ihr Personal zu verringern. Ich versuchte es in den Kunstgalerien, den Eisdielen und den Snackbars. Alles, was sie mir anbieten konnten, waren vorübergehende Halbtagsjobs für achtzig Dollar die Woche.

Tagsüber wurde es jetzt schon sehr heiß, die Luft war gelblich und dick. Die Aircondition in unserer Wohnung funktionierte sehr schlecht, sie erzeugte mehr Lärm als Kühlung. Der Apparat war ganz verstopft mit einem klebrigen grauschwarzen Staub, der mir jedesmal an den Fingern haften blieb, wenn ich das Drahtgitter abnahm, um zu sehen, was mit dem Ding los war. Die Nächte waren glücklicherweise kühl und feucht wie immer im kalifornischen Sommer. Jill war entweder gereizt oder stumm, je nachdem. Unsere Kommunikation beschränkte sich auf das unverzichtbare Minimum zwischen zwei zusammenlebenden Menschen.

Ich suchte mir aus dem Telefonbuch die Nummern von vier bis fünf Fremdsprachenschulen heraus und telefonierte mit Sekretärinnen, die mir sagten, ich sollte einen schriftlichen Lebenslauf schicken. Ich machte fünf Kopien einer falschen Liste von Anstellungen als Sprachlehrer für Italienisch, schrieb von Jills Steuerkarte die Nummer ab und erklärte, daß ich legal in den Vereinigten Staaten lebte. Es machte mir keine Mühe, ich erledigte all diese Operationen ganz automatisch.

Enorm viel Zeit verlor ich dagegen beim Einkaufen im Supermarkt. Mir schien, daß wenigstens diese Tätigkeit noch eine Art Kohärenz hatte: die Wahlakte waren begrenzt und zielgerichtet. Ich verbrachte Dutzende von Minuten zwischen den Regalen, um die verschiedenen Arten von Zwieback zu vergleichen, die Käsesorten in ihren Plastikpackungen zu betrachten oder mir den Geschmack eines Weins vorzustellen. Die Anordnung der Waren, ihre Vielfalt, die bloße Quantität der aufgestapelten Packungen gaben mir ein Gefühl von Wohlstand.

Ich kaufte mir einen Wagen aus zweiter Hand, mit fast dem ganzen Geld, das ich von der Arbeit im Restaurant gespart hatte: kaufte mir einen schwarzen Ford von einem alten Herrn in Santa Monica, der mir sagte, daß er ihn loswerden wollte, weil das Benzin zu teuer geworden sei. Es war ein Modell aus den letzten Jahren und gut erhalten, mit neuen Reifen.

Als ich ihn Jill am nächsten Morgen aus dem Schlafzimmerfenster zeigte, fragte sie mich, ob ich Witze machte; ich sei wohl verrückt geworden, so einen großen Wagen zu kaufen: jetzt, wo alle versuchten, sich davon zu befreien wegen der Ölkrise. Auch vom Fenster aus gefiel er mir gut, wie er da auf dem Parkplatz stand: doppelt so lang wie der VW von Jill.

Mit dem Wagen fing ich an, die Stadt zu erkunden. Ich machte mir plötzlich bewußt, daß ich bisher nur Fragmente von ihr wahrgenommen hatte: isolierte Atolle im Meer der Häuser und Straßen. Allmählich wurden mir die Relationen zwischen den einzelnen Punkten klar. Oft fuhr ich den ganzen Tag lang umher. Es kam mir unglaublich vor, daß ich mich monatelang mit dem bißchen begnügt hatte, was ich auf meinen langen Busfahrten sehen konnte oder bei den Strandausflügen mit Jill.

Ich fuhr stundenlang ohne auszusteigen, aber nicht planlos. Ich kreuzte durch die Straßen von Beverly Hills, durch die mit strotzendem Grün überwucherten Parkalleen von Bel Air. Ich fuhr in die Sackgassen hinein bis ans Ende, drehte auf den Rondells oder fuhr im Rückwärtsgang wieder hinaus.

Ich kam an den prächtigsten Villen vorbei, eingehüllt in das kaum hörbare Surren des schwarzen Ford. Bremste vor den schmiedeeisernen Gittertoren, bis ich fast zum Stehen kam. Umkreiste die Gärten und Parks, um eine Abfolge von Perspektiven zu genießen. Wo ein Tor offenstand, fuhr ich soweit wie möglich hinein und sog in mich auf, was mein Blick erfaßte: den Gesamteindruck dieser Villen und ihre Einzelheiten, die Konsistenz der Mauern, die Dichte der Hecken. Manchmal war ich beeindruckt von der Ordnung der Gärten, manchmal von den Perspektiven der Alleen oder von den chromblitzenden Rolls Royce, die vor den Garagen standen. Es waren nicht die Villen als solche, die mich anzogen, eher ihre Funktion als Ort und passender Rahmen für die Aktivitäten der Erfolgreichen.

Ich konfrontierte die Bilder, die ich aus Magazinen und aus dem Fernsehen kannte, mit denen, die ich bei meinen täglichen Rundfahrten aufnahm, bis ich eine Gesamtansicht mit verschwimmenden Rändern bekam, die immer mehr ins Zentrum meiner Gedanken rückte.

Mein Alltagsleben erschien mir wie eine Art Milchglasscheibe, durch die ich eine endlose Reihe von unausgedrückten Möglichkeiten beobachten konnte. Überall sah ich Bilder von mir selbst in Los Angeles: ich in verschiedenen Rollen, aber stets auf der anderen Seite der Hecken und Gartentore, die ich jeden Tag ansehen fuhr. Und immer wieder legten sich diese Bilder über Bilder meines realen Lebens: ich beim Versuch, die Aircondition zu reparieren; ich beim Frühstücken, durchs Schlafzimmerfenster auf den Parkplatz hinunterschauend. In diesen Momenten kam mir ein sonderbarer Gedanke: die Vorstellung, daß ich gleichzeitig auch in den Villen von Bel Air lebte und den Aktivitäten nachging, die man dort pflegte; rotierend in einer nahen und transparenten, aber völlig abgedichteten Sphäre. Ich schwamm in meiner Sphäre, zutiefst überzeugt, daß sich früher oder später ein Berührungspunkt mit jener anderen ergeben, ein Riß auftun würde, durch den ich mit ihr in Kommunikation treten könnte.

Zehn Tage nachdem ich meine Bewerbungsbriefe abgeschickt hatte, rief mich die Sekretärin einer Fremdsprachenschule in Santa Monica an und sagte, Mrs. Schleiber, die Direktorin der Schule, sei an einem Gespräch mit mir interessiert; sie erwarte mich am nächsten Morgen um neun.

Um neun fand ich die Schule, nach längerem Suchen. Sie hatte ein Schaufenster wie ein Laden und befand sich in einem flachen, nur einstöckigen Gebäude. Es war eine Art kleiner Supermarkt von Schule, eingerichtet zur maximalen Nutzung des verfügbaren Raums. Die Sekretärin, klein und zierlich, saß hinter einer Trennscheibe gleich neben dem Eingang.

Die Direktorin, Mrs. Schleiber, war eine große, jugendlich wirkende Frau mit einem blonden Pferdeschwanz und kleinen blauen Augen. Sie kam aus ihrem Büro und sah mich zwei oder drei Minuten lang prüfend an. Stellte mir ein paar Fragen auf italienisch, um zu hören, wie ich sprach, und musterte mich dabei weiter, wie man ein Pferd mustert, ehe man sich entscheidet, ob man es kaufen will oder nicht. Ich fragte, ob sie noch andere Referenzen bräuchte. Sie prüfte mich weiter mit ihren blauen mißtrauischen Augen und sagte schließlich nein, mehr Referenzen seien nicht nötig, ihr scheine, ich sei wohl in Ordnung. Sie hatte einen leichten deutschen Akzent, hauptsächlich eine etwas rigide Art, die einzelnen Wörter auszusprechen, sie schroff und abgehackt zwischen den Zähnen hervorzustoßen.

Viel sei es nicht, was sie mir am Ende jeder Woche bezahlen könne, sagte sie dann und fügte hinzu: »Im übrigen haben Sie keine Arbeitserlaubnis.« Ich widersprach ihr nicht, denn sie hatte es nicht als Vorwurf gesagt, sondern im Ton einer schlichten Feststellung. Ich unterzeichnete ein Formular, und sie schrieb meinen Namen in eine Reihe von Kästchen, die sich auf die verschiedenen Tage der Woche bezogen. Dann erklärte sie mir, daß meine zwei ersten Schülerinnen ein Paar von Mutter und Tochter seien, die einen Intensivkurs zur Vorbereitung auf eine Italienreise machen wollten. Ich stellte mir Mutter und Tochter vor: auf zwei oder drei verschiedene Weisen.

Anschließend führte die Sekretärin mich kurz durch die Schule, die aus einer Reihe von winzigen kubusförmigen Zellen bestand, rechts und links an einem schmalen Korridor mit zwei Ausgängen. Während wir durch den Korridor gingen, hörten wir aus den Zellen allerlei Stimmen in verschiedenen Sprachen: Stimmen der Lehrer im Ton gespielter Geduld über zögernden Stimmen der Schüler.

Mutter und Tochter, die Italienisch lernen wollten für ihre Reise, waren zum Grausen. Als ich sie das erste Mal sah, hockten sie auf den Stufen des Ausgangs zum Parkplatz und tranken Kaffee aus einem Münzautomaten. Ihre beiden massiven Gestalten bildeten eine einzige voluminöse Figur: wie eine hyperrealistische Komposition.

Die Mutter, die feist und kraushaarig war, trug ein Paar Shorts und Plastiksandalen. Sie hatte große braune Kuhaugen, in denen ab und zu eine elementare Schläue aufblitzte. Die ungefähr sechzehnjährige Tochter trug ebenfalls Shorts, aber ihre dicken Waden waren umschnürt von den Wickelbändern römischer Sklavensandalen, in denen sie die Füße platt auf den Boden setzte wie in Turnschuhen.

Die Mutter begrüßte mich sitzend mit zweifelnder Miene, in der Hand ihren Kaffee in einem Plastikbecher. Die Tochter erhob sich, um mir die Hand zu drücken. Mir schien, daß sie einen ziemlich starken Sprachfehler hatte, der sie bei den Zischlauten lispeln und über die T-Laute stolpern ließ; aber als sie den Mund dann weiter aufmachte, sah ich, daß sie eine Zahnspange trug.

Ich führte Mutter und Tochter in die Zelle, die mir zugeteilt worden war, und schloß die Tür. Wir setzten uns an einen winzigen Tisch. Auf dem Boden lag ein roter Filzteppich wie in einem drittklassigen Motel. An den Wänden hingen Schaubilder, die wohl den Lehrern als Unterrichtsmaterial dienen sollten. Die Hitze des Tages lastete auf dem breiten flachen Gebäude, drang ein und verdichtete sich in den Zellen bis zu erdrückender Schwüle. Die Schwüle und der Platzmangel machten mir die Nähe von Mutter und Tochter fast unerträglich.

Ich begann, auf die wenigen Gegenstände im Raum zu zeigen und die Namen langsam, jede Silbe skandierend, auf italienisch zu sagen. Mutter und Tochter antworteten mechanisch: eifrig bemüht, sich nichts entgehen zu lassen. Strengten sich an, die Laute nachzusprechen, noch ehe sie ihre Bedeutung verstanden hatten. Rollten die Zunge, drückten sie innen gegen die Backen, bliesen Luft durch die Lippen, produzierten Gurgel- und Blubbergeräusche. Nichts war imstande, auf ihren glatten Gesichtern eine Spur von Interesse hervorzurufen. Sie sahen mich an und sahen einander an, als wollten sie die Richtigkeit meiner Worte bezweifeln.

Mutter und Tochter duldeten nicht, daß ich mehr als ein paar Minuten mit einem einzelnen Ausdruck verlor, und versuchten die ganze Zeit, mich weiterzutreiben. Nach anderthalb Stunden hatte ich alle Namen von Gegenständen, die mir in den Sinn kamen, aufgebraucht. Ich begann, einfache Sätze zu bilden. Sie sprachen die Sätze nach und glotzten mich an wie zwei dumpfe Raubtiere. Obwohl jeder von uns an einer der drei freien Seiten des Tischchens saß, gelang es den beiden erstaunlich gut, ihre Zweisamkeit als vereinte Doppelfigur zu bewahren. Sie stützten und bestärkten einander, rückten zusammen und fixierten mich mit parallelen Blicken, um zu sehen, ob ich irgendwann einen Fehler machte.

Als die Zeit um war, deutete ich auf die Uhr an der Wand. Beide hoben sofort ihre Armbanduhren, um zu vergleichen. Ich sah, daß die Uhr der Mutter im Zentrum des Zifferblatts eine winzige Mickymaus hatte, die mit gelb behandschuhten Händchen die Stunden anzeigte.

Ich fragte die Mutter, wohin es denn gehen sollte in Italien: stand an der Tür, so gut es ging in der Haltung eines Sprachlehrers, der mit seinen Schülern plaudert. Sie sagte, die Tochter werde allein fahren; sie lerne die Sprachen nur so zum Zeitvertreib, ohne besonderen Grund. Die Tochter lachte verlegen. Die Mutter sah sie unverwandt an: besorgt, mit trüben Augen, offenbar in Gedanken an die bevorstehende Reise, die möglichen Begegnungen.

Ich ging durch den Korridor zum Vorderausgang und schaute kurz in die offenen Zellen, um zu sehen, ob es irgendwo angenehmere Schüler als meine gab. Aber ich ging zu schnell vorbei und erhaschte nur ein paar flüchtige Bilder von Leuten, die sich gerade erhoben.

Jill zeigte sich sehr überrascht, als ich ihr sagte, daß ich als Sprachlehrer angestellt worden war. »Phantastisch«, sagte sie in zweideutigem Ton, so daß mir nicht klar wurde, ob sie zufrieden war oder verärgert, weil ich nicht vorher mit ihr darüber gesprochen hatte.

Angesichts solcher Situationen hatte sie ein besonderes Verhalten: verlangsamte Gesten und festere Blicke. Sie nahm einen Hocker, setzte sich zwischen mich und den Fernseher und knipste ihn aus, ohne hinzusehen: streckte nur eine Hand nach hinten und drückte den Knopf, so daß die Bilder und Töne abrupt erloschen. Ich saß vor ihr auf dem Sofa wie ein Idiot.

Sie stellte mir ein paar Fragen über die Schule; wollte wissen, wieviel ich pro Stunde verdiente. Ich sagte fünf Dollar. Sie bekam sofort einen mütterlichen Ton, streckte mir eine Hand entgegen, um sich volle Aufmerksamkeit zu verschaffen, und sagte: »Jetzt hör mal gut zu, die Situation ist folgendermaßen...« So sprach sie immer, wenn sie mit mir über Geld oder Autos redete: wie zu einem unerfahrenen Kind, das noch nicht allein zurechtkommen kann und präzise Anleitung braucht. Sie erklärte mir, was ich verdienen könnte, wenn ich meine Karten gut ausgespielt hätte, und beschrieb mir genau, in welchem Ton und mit welchen Worten ich unbedingt sofort eine Erhöhung verlangen sollte.

Davon abgesehen, schien mir, war sie am Ende dann doch zufrieden.

Der Intensivkurs mit Mutter und Tochter umfaßte drei Wochen zu je fünf Doppelstunden. Fast jeden Tag stand ich frühmorgens auf und fuhr in die Supermarkt-Schule nach Santa Monica.

In der dritten oder vierten Sitzung begann die Mutter mit einer Diät, die ihr der Arzt empfohlen hatte. Sie versuchte, mir in einem krausen Italienisch davon zu erzählen: unsicher über fast jedes einzelne Wort. Sie hatte sich einen Zellophanbeutel voller frischem Gemüse mitgebracht. Das Prinzip der Diät bestand darin, den Magen nie unbeschäftigt zu lassen. Nach einer halben Stunde Unterricht fing sie an, Selleriespitzen und Karotten hervorzuziehen und sie langsam eine nach der anderen aufzuknabbern, während ich etwas erklärte oder Fragen stellte.

Die Tochter dagegen behauptete, sie esse so gut wie nie,

was ich angesichts ihrer Leibesfülle nicht so recht glauben konnte. Sie sagte, sie lebe nur von ein paar Gläsern Milch am Tag und einer Handvoll getrockneter Früchte. Die Mutter bestätigte diese Behauptungen jedesmal voller Stolz, als wäre die Haltung der Tochter irgendwie zu bewundern.

Im übrigen galt ihre ganze Aufmerksamkeit allein und ausschließlich der Menge an Informationen, die sie anhäufen und nach Hause mitnehmen konnten. Mehrmals betonten sie, daß die Schule sehr kostspielig sei, jede Minute betrachteten sie als eine nicht zu vergeudende Investition. Jedes Gesprächsthema, das ich auftreiben konnte, erledigten sie mit unglaublicher Schnelligkeit, fraßen es kahl wie zwei Heuschrecken einen Zuckermaisstengel: rissen die Sätze in Stücke, nagten die neuen Wörter ab und schoben die anderen mit einem ungeduldigen »Kenn ich schon, kenn ich schon!« rasch beiseite.

Zur nächsten Stunde brachte ich eine alte italienische Zeitung mit, die auf dem Boden eines Koffers liegengeblieben war. Mutter und Tochter beäugten mißtrauisch das vergilbte Papier, die zerknitterten, eingerissenen Seiten. Machten sich gierig darüber her, wühlten die unbekannten Wörter zwischen den Zeilen heraus und hatten die Zeitung im Handumdrehen kahlgefressen.

Ich ging zu Mrs. Schleiber, um mit ihr über die beiden unersättlichen Schülerinnen zu sprechen; fragte sie, ob es nicht zufällig eine Methode gäbe, nach der man da vorgehen könnte. Sie sagte: »Das überlassen wir Ihnen.« Fügte dann aber hinzu, die beiden seien die schlimmsten Kunden der Schule; mit der Mutter hätte sie sich, was den Preis der Stunden betreffe, beinahe richtig gestritten.

Schließlich fand ich in der winzigen Bibliothek der Schule, zwischen Broschüren der Bank of America und alten Nummern des *National Geographic*, ein kleines Handbuch des Italienischen. Es war eine Sammlung von elementaren Sätzen, zusammengestellt für Touristen und eingeteilt in Kapitel über typische Situationen wie »Im Restaurant« oder »In der Eisenbahn«. Die Sätze entwickelten sich in Verzweigungen über weitere Möglichkeiten nach dem Muster »Ich hätte gern ein Zimmer mit einem Bett, mit zwei Betten, mit drei Betten; im ersten Stockwerk, im zweiten, im dritten; mit Bad, ohne Bad; zur Straße hinaus, nach hinten« usw.

So verbrachte ich nun die restlichen Stunden damit, daß ich Mutter und Tochter die Floskeln in typischen Situationen auswendiglernen ließ. Dabei übernahm ich selber den Part des Hoteliers, des Kellners oder des Taxifahrers, und rezitierte ihn mit fast karikaturhaften Überbetonungen, die zwischen den Wänden der Zelle widerhallten und sicher die Insassen in den Nachbarzellen oft auf die Palme brachten.

Allmählich wurden mir Mutter und Tochter zu einer wiederkehrenden Spukvision, die mich sogar noch im Traum verfolgte. Es kam vor, daß ich ihre hyperrealistischen Gestalten in den verschiedensten Situationen vor mir sah, wie sie mit der einen Hand auf ihre Armbanduhr zeigten und mit der anderen auf Gegenstände, deren Namen sie wissen wollten.

Eines Nachts träumte ich, daß sie am Fußende meines Bettes standen, wutschnaubend und mit den Armen fuchtelnd, weil ich nicht rechtzeitig aufgestanden war. Tatsächlich kam ich am nächsten Morgen zu spät in die Schule und fand die beiden auf den Stufen des Ausgangs zum Parkplatz hocken, die Mienen voll stummer Mißbilligung.

Mit dem Geld für die erste Woche meiner Tätigkeit in der Schule ging ich in ein Photogeschäft und kaufte mir fünf oder sechs Schwarzweißfilme. Zu Hause putzte ich eine ganze Stunde lang meine Nikon mit einem Wildlederlappen und einem Handblasebalg, um auch die feinsten Staubteilchen zu entfernen. Am Nachmittag setzte ich mich ins Auto und fuhr in die Stadt, um zu photographieren.

Ich kreuzte langsam durch das Villenviertel von Beverly Hills. Stützte den Ellbogen auf die Fensterkante und hielt die Kamera schußbereit in der linken Hand. Wenn ich jemanden sah, der mich interessierte, stoppte ich und nahm ihn von weitem aufs Korn. Ich hatte eine 1000 mm, ein schweres Ding: Ich mußte es mit zwei Händen halten und mich in die Rücklehne stemmen, um nicht zu wackeln.

Der Photohändler, der mir die Kamera in Italien verkauft hatte, hatte gemeint, es wäre absurd, sie zum Photographieren von Leuten zu benutzen; sie tauge, um Löwen im Busch aufzunehmen oder die Krater auf dem Mond. Ich hatte erwidert, sie sei mir gerade recht, ich müßte auch so noch zu nahe heran.

Es war nicht unangenehm, sie in Händen zu halten: wie eine kleine Kanone, braun getönt mit blau schimmernden Reflexen auf der gewölbten Oberfläche der Linse. Ich stützte den Ellbogen auf die Fensterkante, stemmte mich in den Sitz und richtete sie auf jemanden, der einen Block weit entfernt war. Drückte mehrmals rasch nacheinander auf den Auslöser, um die verschiedenen Phasen einer Bewegung festzuhalten.

Anfangs ging mir noch nicht gleich auf, wie sehr manche Villen in Wirklichkeit kleine Szenarien waren: Bühnenbilder, bewußt hergerichtet, um den Passanten in jeder Einzelheit sichtbar zu sein. Die Hecken und Gittertore waren lächerlich niedrig, die Rasen erstreckten sich flach, um freien Einblick auf alles zu geben. Die Besitzer hielten sich länger als nötig in ihren Gärten auf, schauten zur Straße hinaus oder standen in Pose vor ihrer Tür. Ich merkte nicht gleich, daß ich sozusagen in einer Hühnerfarm auf die Jagd ging, mit Flinte und Fangnetz und lautem Geschrei. Ich machte Hunderte von unbrauchbaren Photos. Als ich die Abzüge ansah, kam ich mir vor wie ein Idiot. Ich hätte ebensogut direkt zu den Leuten hingehen können, in der Hand eine Instamatic, und sie fragen, ob ich sie bitte knipsen dürfte.

So begann ich, vor besser abgeschirmten Villen in Stellung zu gehen und in mobileren Situationen zu jagen. Das kostete viel mehr Zeit und manches vergebliche Warten. Aber dann kam es vor, daß ein Schauspieler und eine Schauspielerin, die eine Zeitlang als Liebespaar zusammengelebt hatten, sich per Zufall vor einem Möbelgeschäft begegneten und sich für einen Moment verlegen ansahen, wehrlos. Oder ein älterer Filmstar wollte seinen Hund dazu bringen, aus dem Garten ins Haus zurückzukommen, und sah sich gezwungen, aufgeregt nach ihm zu rufen, mit fuchtelnden Armen. Diese Momente waren es, diese flüchtigen Gleichgewichtsstörungen, dieses plötzliche leichte Erbeben einer sonst glatten Oberfläche, was mich anzog. Von hundert Photos gehörten vielleicht zwei oder drei zu dieser Kategorie, aber das waren die einzigen, die ich behielt.

Jill konnte nicht begreifen, was mich an diesen Bildern so interessierte. Sie begriff es immer weniger, je interessantere mir allmählich gelangen. Jedesmal, wenn sie mich dabei fand, wie ich die gerade aus dem Geschäft abgeholten Photos mit der Lupe betrachtete, kam sie neugierig an, um zu gucken. Aber ihre Neugier erlosch sofort, wenn sie die

Bilder sah; sie stützte eine Hand auf den Tisch und fragte: »Was ist denn das?« Sie war überrascht, daß mich ein Detail eines Autos, eine Einzelheit an einem Kleid, ein Bruchstück von einer Geste so interessieren konnte. Sie sah mich verwundert an.

Zwei Tage bevor der Intensivkurs mit Mutter und Tochter zu Ende ging, rief mich die Sekretärin einer anderen Fremdsprachenschule an.

Die Suprème Language School liegt im Zentrum von Beverly Hills, im siebten Stock eines hohen Gebäudes. Der Fahrstuhl führt direkt in den Vorraum. An den Wänden des Vorraums hängen Photos von berühmten Filmstars, Regisseuren und Sängern. Alle Photos sind signiert und haben kurze Widmungen wie: »Zum Dank für Jacques, der mich gelehrt hat, *Je t'aime* zu sagen.«

An dem Morgen, als ich mich vorstellen sollte, ging ich im Vorraum umher, die Hände auf dem Rücken verschränkt, und sah mir die Photos an. Die Sekretärin saß an einem Tisch und telefonierte auf portugiesisch mit jemandem, den sie »Eure Exzellenz« nannte. Der Teppich war fünf Zentimeter dick, bei jedem Schritt versanken meine Fersen in der flauschigen Tiefe. Die Lichter waren gedämpft, gefiltert durch schwere Vorhänge an den Fenstern und goldgelbe Glaskugeln auf den Stehlampen. An der Wand eines zum Korridor hin offenen Raumes sah ich einen imitierten Gobelin. In der Luft lag ein scharfer Jasmingeruch, der aus den Wänden oder aus dem Boden zu kommen schien. Ich bemühte mich ohne besonderen Erfolg, den Rhythmus meines Atems zu verlangsamen. Ich fürchtete, jeden Augenblick würde herauskommen, daß man mich irrtümlich herbestellt hatte; ich bewegte mich über den Teppich wie über vermintes Gelände.

Kaum hatte die Sekretärin ihr portugiesisches Telefonat beendet, winkte sie mich mit einer feinen Handbewegung an ihren Tisch. Begrüßte mich und reichte mir ein Formular, das ich auf beiden Seiten ausfüllen sollte. Ich wiederholte in knapper Form die falschen Referenzen, die ich in meinem Bewerbungsbrief angegeben hatte, setzte Namen und Daten ein, strich Nichtzutreffendes und machte Kreuzchen in Kästchen. Als ich fertig war, nahm mir die Sekretärin das Formular aus der Hand. Sie war nicht häßlich, aber sie trug ein malvenfarbenes Kostüm und eine Bluse mit einem seltsamen runden Ausschnitt; ihr Blick hatte etwas Unangenehmes. Sie sagte: »Warten Sie bitte einen Moment« und ging mit wiegenden Schritten auf dünnen Absätzen in ein Zimmer am Ende des Korridors.

Ich saß und starrte ins Leere, die Hände tief in den Taschen, als die Sekretärin zurückkam. »Da«, sagte sie und wies in den Korridor. Im Korridor stand ein kleiner graumelierter Herr in einem hellgrauen Kammgarnanzug. Die Hosen waren zu lang und fielen ihm faltig über die Schuhe. Er hatte kleine Augen, die ziemlich nah beieinander standen, aber sehr wachsam blickten. Er hatte eine steife Art dazustehen, die mit dem Stil seiner Kleidung kontrastierte.

Der kleine Herr kam mit raschen kurzen Schritten auf mich zu, streckte mir die Hand entgegen und sagte: »Sehr erfreut, Jacques de Boulogne.« Ich sagte: »Sehr erfreut, Giovanni Maimeri.« Er fragte: »Sind Sie zufällig mit dem Musiker verwandt?« Schob aber die Frage mit einer raschen Geste beiseite, bevor ich zurückfragen konnte, mit welchem Musiker. Drehte sich auf den Hacken um und führte mich durch den Korridor: einen Arm vorgestreckt, um mir die Richtung zu weisen. An der Tür zu seinem Büro stand in vergoldeten Buchstaben ›*Suprême Language School. President Jacques de Boulogne*‹.

Das Büro war mehr oder weniger wie der Vorraum eingerichtet; an der Wand neben dem Fenster hing die Imitation einer antiken Weltkarte. Wir setzten uns an einen Nußbaumschreibtisch, er dahinter und ich davor. »Herr Maimeri, Ihr Lebenslauf ist sehr reichhaltig«, sagte er. »Es geht«, sagte ich. Er sah auf den Schreibtisch. Nach einer Minute beugte er sich zu mir vor und sagte in gemessenem Ton: »Sie haben gewiß die Photographien im Vorraum gesehen.« Ich nickte. »Das sind unsere Kunden«, erklärte er mir. »Deswegen sind wir sehr aufmerksam in der Wahl unserer Lehrkräfte.«

Er hatte eine gepflegte, gut ausgebildete Stimme, sprach rasch und korrekt, aber sein französischer Akzent klang in winzigen Tonverzerrungen oder Ausrutschern durch, die schließlich alle paar Worte oder Wortgruppen wiederkehrten. Er wirkte wie einer, der sich auf Schlittschuhen aufrechtzuhalten versucht, aber steif und staksig auf den Kufen steht: alle naselang in Gefahr, an den Knöcheln einzuknicken, was er damit kompensiert, daß er die Steifheit seiner Haltung noch mehr verstärkt.

Nach einer Reihe von Floskeln über die Qualität seiner Schule und die Schönheit der italienischen Sprache geriet er ins Stocken. Er hatte sich so sehr in Allgemeinheiten eingesponnen, daß er wie gelähmt dasaß und nicht mehr wußte, wie er zu konkreten Themen gelangen sollte. Mit enormer Anstrengung produzierte er ein paar befreiende »Äh, also«, beugte sich dann wieder mit einem Ruck zu mir vor und sagte: »Herr Maimeri, unsere Schule ist wirklich die beste in ganz Los Angeles.« Ich sagte »Gewiß, gewiß« und fragte mich, wann wir wohl dazu kommen würden, über meine Bezahlung zu sprechen.

Schließlich stieß er in einem einzigen Zuge hervor: »Herr Maimeri, gewöhnlich geben wir unseren Lehrkräften für die Stunde sechs Dollar.« Ich sagte sofort: »Sehr gut, einverstanden.« Er zuckte hoch und starrte mich an, überrascht. Dann lächelte er, erleichtert, fast wie ein Kind, und sagte: »Herr Maimeri, ich bin froh, Sie in unserer Schule zu haben!« Im raschen Wechsel seiner Gefühle war ihm irgendwie die Kontrolle über die Aussprache etwas entglitten: Der Ton ging auf, und in den Lücken zwischen den Wörtern glucksten französische Laute.

Die Sekretärin führte mich in ein kleines Zimmer neben dem Vorraum und erklärte mir die Methode der Schule. Sie wunderte sich ein bißchen über mein Englisch und über die betont zwanglose Haltung, die ich eingenommen hatte.

Die Methode war äußerst simpel: Es ging darum, den Schülern eine gewisse Anzahl von Wörtern einzubläuen, und zwar mit Hilfe einer Konditionierungstechnik, die von der Sekretärin als »der Bohrer« bezeichnet wurde. Zur Erklärung öffnete sie ein Ringbuch voller Zeichnungen, die elementare Gegenstände und Handlungen darstellten. Ich mußte die Rolle des Schülers spielen. Die Sekretärin zeigte auf das Bild einer Feder und sagte: *»Questa è una penna.«* Ich mußte ihr nachsprechen: *»Questa è una penna.«* Dann fragte sie: *»Cos'è questa?«*, und ich mußte erneut antworten: *»Questa è una penna.«* Sie musterte mich quer über den Tisch und fragte, immer noch auf die Feder zeigend, wobei sie die Stimme an den Formen der Wörter entlang modulierte und diese zu sinnlosen Abfolgen von Vokalen und Konsonanten verzerrte: *»È un muro questo?«* Ich sagte: *»No, è una penna.«* Woraufhin sie eine tadelnde Geste machte und sagte: »Nein, Sie dürfen nur sagen: *Questo non è un muro.* Daß es eine Feder ist, dürfen Sie nur sagen, wenn ich Sie frage, was es ist.«

Ich sah auf den kreisrunden Ausschnitt ihrer Bluse, um

nicht von der Albernheit ihrer Darlegung überwältigt zu werden. Ich betrachtete ihn aus den Augenwinkeln, studierte die Art, wie er mit einem losen Bändel zusammengehalten wurde; versuchte sogar, ihn im Geiste zu korrigieren: ihn etwas höher zu ziehen, damit er den Ansatz des Halses bedeckte. Sie merkte, daß ich sie ansah, und fühlte sich wohl geschmeichelt: lächelte mich ein paarmal schief an und sagte, ich solle auf die Techniken der Methode achten. Mir schien, daß sie bemüht war, die Erklärung zu verkomplizieren, um mich in dem Zimmerchen festzuhalten und die Situation so lange wie möglich auszudehnen. Aber ich war mir nicht sicher, denn immer wieder musterte sie mich prüfend wie eine strenge Lehrerin.

Als wir fertig waren, überreichte sie mir das Ringbuch und sagte: »Also dann sehen wir uns übermorgen Punkt zwölf Uhr mittags.« Mir ging durch den Kopf, daß ich noch nicht erfahren hatte, wen ich unterrichten sollte. Aber ich wollte nicht neugierig oder indiskret erscheinen und sagte nur: »Gut, vielen Dank.«

Ich war schon im Gehen, als sie mich fragte: »Sie wissen doch, wer Ihre Schülerin ist, oder?« Ich sagte nein. Sie trat etwas näher und eröffnete mir im gleichen gemessenen, feierlich-halblauten Ton wie vorher De Boulogne, als er in seinem Büro auf »unsere Kunden« angespielt hatte: »Es ist Mrs. Marsha Mellows.«

Ich muß gestehen, ich hatte gedacht, ich hätte meine Reaktionen besser unter Kontrolle. Ich war halbwegs gefaßt auf die Möglichkeit, einen bekannten Filmstar oder Sänger zu unterrichten. Aber als die Sekretärin den Namen Marsha Mellows aussprach, war ich einen Moment lang wie betäubt: Eine seltsame Welle von Eindrücken, dicht vermischt wie Gasmoleküle, schoß mir vom Magen hoch in den Kopf.

Natürlich dauerte das nur einen Sekundenbruchteil. Der Eindruck stabilisierte sich gleich wieder auf einer weniger hohen Frequenz. Aber ich machte mir klar, daß ich mich verraten hatte, sei's durch eine plötzliche Weitung der Augen, sei's durch eine momentane Erstarrung der Züge, die mir über das Gesicht ging, als die Sekretärin den Namen aussprach. Ich stand zu drei Vierteln der Fahrstuhltür zugewandt, den Zeigefinger der rechten Hand ausgestreckt, um auf den Knopf zu drücken, in der linken das Ringbuch. In dieser Stellung traf mich der Satz der Sekretärin: Ich geriet unwillkürlich ins Wanken und beugte mich ihr ein wenig entgegen mit einer Kopfbewegung, die der Spur ihrer Worte folgte. Sie war zu erfahren, um nicht in diesem Sekundenbruchteil zu erfassen, was ich empfand. Sie sah mich an und lächelte fast unmerklich.

Ich dankte ihr und verabschiedete mich, so zwanglos ich konnte. Ich trat in den Fahrstuhl. Er war gesteckt voll mit Angestellten aus den oberen Stockwerken, die zur Frühstückspause hinunter wollten.

Ich fuhr eine Weile ziellos durch Beverly Hills, immer dieselben Runden durch immer dieselben Einbahnstraßen. Die offenen Wagenfenster ließen Schwaden von heißer und stickiger Luft herein. Ich fragte mich, ob Marsha Mellows vielleicht jetzt gerade in einem der Juwelierläden war, umschwirrt von aufmerksamen Verkäufern. Ich stellte mir vor, wie sie den Kopf über eine Vitrine beugte, um eine Halskette zu betrachten.

Mir schien, als kapierte ich plötzlich mindestens einen Teil der Verkehrsbewegungen, der Gespräche an den Bartresen und vor den Läden. Ich machte mir klar, daß ich bis zu diesem Moment alles nur von außen beobachtet hatte, wie jemand ein Aquarium betrachten und von den Formen und Farben der Fische beeindruckt sein kann, ohne deswegen eine Ahnung von den Motivationen zu haben, die sie dazu bringen, auf der anderen Seite der Scheibe umherzuschwimmen.

Ich überlegte, wie oft ich schon das Gesicht von Marsha Mellows auf den Titelseiten von Magazinen gesehen hatte. Ihre Photos kamen mir in den Sinn, wie sie im Garten ihrer Villa stand oder geschminkt vor der Kamera. Ich versuchte, mich an Szenenfolgen ihrer letzten Filme zu erinnern, aber mir kamen nur immer wieder dieselben Großaufnahmen von ihr in den Sinn, und in diesen Großaufnahmen sah ich sie ihre Lippen bewegen und immerzu sagen: »Ich bin Marsha Mellows.« Ich stellte mir nicht den Klang ihrer Worte vor: Ich stellte mir vor, daß ich ihr die Worte von den Lippen ablas, während sie ausgesprochen wurden. »Marsha Mellows« – die Silben verloren ihre Natur als Name einer Person und wurden zu einem Substantiv, wie »Apfel« oder »Eiscreme«.

Mir ging durch den Kopf, daß ich einmal in Italien eine Radiosendung über sie gehört hatte. Ich war gerade beim Frühstücken gewesen, stellte das Radio an und erkannte die Stimme eines ehemaligen Schulkameraden, der von Marsha Mellows sprach. Er hatte noch immer den gleichen blöden und nöligen Ton wie damals, als ich ihn kannte, nur noch verdickt durch die Tatsache, daß er im Radio sprach: durchsetzt mit routiniert-ironischen Obertönen. Die Sendung war ein spezielles Feature über Marsha Mellows anläßlich der italienischen Uraufführung ihres neuesten Films. Mein ehemaliger Schulkamerad sprach über sie, als hätte er sie schon immer gekannt. Beschrieb langatmig Einzelheiten ihrer Erscheinung und ihrer Art, sich zu bewegen; verglich ihr Spiel im letzten Film mit dem in früheren Rollen; kreiste um ihren Namen mit Adjektiven aus der Filmkritikersprache; erlaubte sich, sie einfach nur

Marsha zu nennen, und biederte sich bei den Zuhörern an.

Ich wartete vor einer Ampel am Wilshire Boulevard und dachte dabei an meinen ehemaligen Schulkameraden, der Marsha Mellows am Schneidetisch unter die Lupe nahm, um ihre Ausdrücke einzeln, Bild für Bild zu analysieren. Ich dachte auch an die vielen Male, in denen ich Marsha Mellows von irgendeiner gräßlichen italienischen Schauspielerin hatte synchronisiert hören müssen: übertönt in den Wortspielen und in den feinen Sprüngen der Stimme. Ich folgte dann jedesmal ihren Lippenbewegungen, um mir die richtigen Töne vorzustellen. Es war so heiß, daß mir das Hemd am Rücken klebte.

Gern hätte ich Jill die Neuigkeit beiläufig mitgeteilt, aber ich war nicht imstande, den richtigen Augenblick abzuwarten. Ich hatte mir zwei oder drei verschiedene Tonlagen vorgestellt, um es ihr zu sagen, als wäre es nichts Besonderes für mich, bloß eine Kuriosität. Ich hatte mir vorgestellt, auf dem Sofa zu sitzen und es ihr achtlos zu sagen, ohne recht aufzuschauen. Statt dessen war sie im Bad, um zu duschen, und kam und kam nicht heraus, und schließlich mußte ich hingehen und an die Tür schlagen. Da erst kam sie heraus, in ein sandgelbes Badetuch eingehüllt, verärgert über mein Drängen.

»Ich gebe Marsha Mellows Italienisch-Unterricht«, sprudelte ich hervor, aber die Worte kamen so überstürzt heraus, daß sie sich verhedderten. Auch mein Gesichtsausdruck war nicht richtig, ich hatte eine Art kleines nervöses Lachen in den Mundwinkeln. »Was?« fragte Jill. Ich wurde wütend und schrie: »Herrgott, ich gebe *Marsha Mellows* Italienisch-Unterricht!!« Sie guckte baff. Ich sagte ein paarmal »Wirklich! Bestimmt!«, bis sie einen

Schritt zurücktrat und leise »Mannomann!« sagte. Sie hüpfte ein bißchen im Kreis und wiederholte dauernd, sie könnte es gar nicht glauben.

Wir tranken zur Feier ein Bier aus zwei Gläsern in Form von Tiroler Bergschuhen, die Jill vor Jahren von irgendwem mal geschenkt bekommen hatte.

Am nächsten Tag ging ich zu Nieman-Marcus, um mir einen seidenen Schal und ein weißes Hemd zu kaufen. Eine Verkäuferin in der Abteilung Herrenartikel beobachtete mich intensiv und folgte mir immerzu mit dem Blick. Als ich an ihren Verkaufstisch trat, fragte sie mich, ob ich zufällig ein bestimmter englischer Popstar sei, dessen Name mir jetzt nicht mehr einfällt. Ich sagte ja. Sie tuschelte mit einer anderen Verkäuferin, und beide beäugten mich weiter von hinter dem Tisch hervor, bis ich die Rolltreppe in die erste Etage nahm.

Zu Hause probierte ich gleich das neue Hemd und den Schal an, zusammen mit meinem weißen Anzug. Im großen Badspiegel machte ich eine gute Figur. Ich stutzte mir leicht die Haare mit einer halbwegs brauchbaren Schere, die Jill zum Schneiden von Stoffen benutzte.

In der Nacht schlief ich nicht sehr gut. Die meiste Zeit überlegte ich mir, in welchen Haltungen, mit welchen Blicken und Sätzen man sich vorstellen konnte.

Als ich aufwachte, war es schon spät. Ich fühlte mich unausgeschlafen. Verbrachte mindestens zwanzig Minuten damit, mich zu rasieren, und glaubte zu frösteln, als liefen mir kalte Schauer über den Rücken. Ich mußte immerzu gähnen.

Das Frühstück nahm ich mit Jill, obwohl ich kaum Hunger hatte. Sie beobachtete mich mit fast übertriebener

Sorge, fragte mich alle naselang: »Bist du aufgeregt, Giovanni?« Ich fühlte mich blöde angesichts ihres Verhaltens und ranzte sie an: »Ach, laß mich in Ruhe!« Sie sagte: »Okay, okay.« Es ging mir auf die Nerven, wie sie den Honig in ihrer Schale mit Milch und Cornflakes verrührte, wie sie den Teelöffel unentwegt drehte und gegen den Schalenrand klappern ließ, bezaubert von dem hellen rhythmischen Klang, der dabei entstand.

Als ich ging, verabschiedete sie mich an der Tür mit Blicken, als wollte sie sagen: »Nur Mut, es wird schon werden!« Als ich draußen war, kam sie ans Fenster, um mich abfahren zu sehen, warf mir weiter aufmunternde Blicke zu und winkte mir nach, bis ich weg war.

In Beverly Hills kam ich vierzig Minuten zu früh an. Ich parkte den Wagen in einer Kaufhausgarage und machte mich auf den Weg.

Mir klopfte das Herz im Hals mit einer raschen Folge von Schlägen, die ich wie regelmäßige kleine Stiche empfand. Ich ging über eine Straße und hatte den Eindruck, als wären meine Bewegungen nicht sehr gut koordiniert. Ich betrachtete mich im Schaufenster eines Antiquitätenladens, und mein Spiegelbild machte mich wieder ein bißchen sicherer. Ich atmete einige Male tief durch, aber ohne die Luft zu pressen: aus Angst, es könnte die Situation noch verschlimmern.

Ich besaß keine Uhr, und so hielt ich zwei alte Damen an, um sie zu fragen, wie spät es war. Die beiden sahen mich mißtrauisch an, wie es vorkommt, wenn man Leute auf offener Straße anspricht; ihre Uhren stimmten nicht überein. Da ging ich vor bis ans Ende einer Straße, von wo aus man eine große leuchtende Anzeigentafel auf dem Dach eines Bankgebäudes sehen konnte. Die Tafel zeigte die Temperatur und die Zeit an: fünfunddreißig Grad Celsius und zwanzig Minuten vor zwölf. Ich machte mich auf den Weg zur Schule.

Nach ein paar Kreuzungen war mir auf einmal, als hätte ich überhaupt kein Zeitgefühl mehr. Ich wußte nicht mehr, wie lange ich schon unterwegs war, und dachte, es wäre vielleicht schon zu spät. Ich fing an zu laufen, ich rannte den Rodeo Drive hinunter, dicht neben dem dumpfen Brausen der großen Autos; alle paar Meter stieß ich fast mit Passanten zusammen, die aus den Läden kamen oder hineinwollten. Dann lief ich an einem Juwelierladen vorbei und sah im Schaufenster eine Uhr, die Viertel vor zwölf anzeigte.

Ich atmete auf, ging ohne Hast weiter und sah in die Schaufenster. Aber nach einer weiteren Kreuzung kam mir das Zeitgefühl wieder abhanden, ich hatte nicht mehr die geringste Ahnung, wie viele Minuten vergangen waren, seit ich die Uhr gesehen hatte. Ich dachte, es könnte vielleicht schon zwanzig nach zwölf sein, oder womöglich schon eins. Ich fing wieder an, wie ein Verrückter zu rennen, schwitzend und voller Panik wie ein gehetztes Tier.

Endlich stürzte ich durch die Glastür in die große marmorverkleidete Halle. Die Wanduhr über der Pförtnerloge zeigte sechs Minuten vor zwölf. Ich hatte nicht die geringste Lust, Marsha Mellows so keuchend und aufgelöst zu begegnen, falls sie schon da war. Ich nahm den Fahrstuhl mit dem Gedanken, fünf Minuten darin zu verbringen und mich vor dem Spiegel herzurichten. Aber in den unteren Stockwerken stiegen Rudel von Angestellten zu, die an der Bar auf der Dachterrasse einen Drink nehmen wollten: stellten sich vor den Spiegel, die Hände im Rücken verschränkt, und blickten nach oben. Ich versuchte so gut es ging, mir die Haare zu ordnen, den Schal, aber ich hatte nicht genug Platz, um mich richtig zu sehen. Ich mußte bis zum obersten Stock mitfahren und dann wieder langsam hinunter, was eine Ewigkeit dauerte, denn jetzt wollten andere Angestellte, die ihren Drink schon genommen hatten, wieder in ihre Büros.

Schließlich trat ich in den Vorraum der Schule, und sofort kam mir die Sekretärin entgegen, nervös. Sie blickte mich tadelnd an wegen der Verspätung, aber nur kurz. Führte mich unverzüglich in eine abgeteilte Ecke des Raumes und sagte: »Bitte, Mr. Maimeri.« Auf einem Sessel saß De Boulogne neben Marsha Mellows. Beide hoben die Köpfe und sahen mich an.

De Boulogne erhob sich mit einem Ruck und blieb wartend vor Marsha Mellows stehen, bis auch sie aufstand. Führte sie mit einer Handbewegung zu mir und sagte: »Mrs. Mellows, Mr. Maimeri.«

Ich sah die Situation wie durch einen Filter: durch eine geriffelte Mattglasscheibe. Marsha Mellows gab mir die Hand. Ich drückte sie, ohne viel von ihrer Konsistenz zu spüren. Ich sagte auf italienisch *»Molto piacere«* und versuchte dabei, die Konturen der Worte klingen zu lassen. Sie sah mich einen Moment lang an, drehte sich zu De Boulogne, der sie breit anstrahlte, drehte sich dann erneut zu mir und sagte: *»Ciao.«* Blickte noch einmal kurz zu De Boulogne, um zu sehen, ob sie den richtigen Ausdruck benutzt hatte. »Sie sprechen ja schon ganz vorzüglich!« meinte er und strahlte sie weiter an wie ein Idiot, die Mundwinkel breit hochgezogen fast bis zu den Augenwinkeln.

Ich betrachtete Marsha Mellows aus dreißig Zentimeter Entfernung, und mir schien, als ob ich nur Photos von ihr sah, angeordnet zu einer Sequenz, so daß der Eindruck einer Bewegung entstand. Ich betrachtete diese Photos, die sie von vorn und von der Seite und im Profil zeigten, und mir schien, als ob ich sie alle gut kannte. Mir schien, als könnte ich jede einzelne ihrer Gesten und Mienen antizipieren, begleiten und abschließen. Ich sah nicht sehr klar.

De Boulogne wartete ein paar Minuten und führte uns dann durch den Flur. Ich ging fast in Tuchfühlung mit Marsha Mellows, ohne die Situation recht zu begreifen. De Boulogne riß eine der Türen auf und komplimentierte uns beide nacheinander hinein. Als wir drin waren, zog er sich in den Flur zurück, verbeugte sich knapp und sagte: »Viel Erfolg, Madame!«

Der Raum enthielt einen großen ovalen Tannenholztisch mit acht rotgepolsterten Stühlen. Ein breites Fenster öffnete sich zu der tief unten liegenden Straße, abgeschirmt von einer weißen Tüllgardine mit gelben Streifen. Ich rückte einen Stuhl für Marsha Mellows zurecht, an einer der Schmalseiten des Ovals. Sie setzte sich und sah vor sich hin; legte ihre Handtasche und ein kleines Heft auf den Tisch.

Gekleidet war sie in ein taubengraues Kostüm mit Jacke und Hosen; ein schmaler Krokodilledergürtel betonte die Taille. Unter der Jacke trug sie eine seidene Bluse mit Reitermotiven, die sich auf ihrem Busen leicht spannten. Ihr Haar war glatt nach hinten gebürstet und mit einem gelben Band zusammengehalten, so daß ihre Stirn und ihr Profil freilagen. Ihre Brauen waren schmal: zwei kleine regelmäßige Bögen aus hellen Härchen. Ihre Augen waren vom gleichen Hellblau wie die meinen, vielleicht eine Spur dunkler. Alle diese Einzelheiten traten nacheinander hervor und kamen mir zu Bewußtsein, je besser es mir gelang, sie selber zu sehen und nicht nur die Photos, die ich von ihr im Kopf hatte.

Sie wirkte verlegen; schlug immer wieder die Augen nieder, um sich nicht zu viele Blößen zu geben. Mir war, als hätte ich kürzlich gelesen, sie sei gerade erst vor zehn Tagen sechsunddreißig geworden; jedenfalls sah sie nicht älter aus. Sie hatte einen frischen Teint, eine helle und glatte Haut. Um sich zwanglos zu geben, deutete sie auf das Heftchen, das vor ihr auf dem Tisch lag: deutete auf den geblümten Umschlag und sagte: »Das hab ich 1971 in Venedig gekauft, als ich dort war, um *Creamtrain* zu drehen. Ich hab es acht Jahre lang in einer Schublade aufbewahrt, weil ich nicht wußte, was ich reinschreiben sollte. Ist doch ein toller Zufall, nicht wahr, daß ich es jetzt für meine Italienisch-Lektionen benutze?«

Das wirklich Tolle an diesem Zufall war: *Creamtrain* war der erste Film mit Marsha Mellows gewesen, den ich in meinem Leben gesehen hatte! Es verschlug mir beinahe den Atem, als ich daran dachte.

Während sie redete, malte sie mit dem rechten Zeigefinger kleine Figuren auf den Umschlag des Heftchens. Ihr Zeigefinger war dünn und nervös. Alle paar Sätze hob sie die Augen, um zu sehen, wie ich reagierte. Ich betrachtete sie aus anderthalb Metern Entfernung, zurückgelehnt in meinem Stuhl, die rechte Hand unter das Kinn gestützt, die linke in der Hosentasche. Bemühte mich, einen entspannten Gesichtsausdruck zu behalten, eine organische Mischung aus Interesse und leichtem Amüsement. Ließ abwechselnd mal das eine und mal das andere Element etwas mehr hervortreten, je nachdem, was sie mir gerade erzählte.

Nach etwa zehn Minuten sagte ich: »Gut, beginnen wir jetzt mit dem Unterricht.« Marsha Mellows sah mich an, legte die Hände auf den Tisch und faltete sie zusammen. Ich sagte auf italienisch: *»Buon giorno, signora. Come sta?«* Sie sah mich an, ohne zu verstehen. Errötete leicht: nur so, daß gerade ein Anflug von Farbe auf ihre Wangen kam. Suchte nach einer Antwort, konnte sich aber nicht entscheiden, das auszusprechen, was ihr durch den Kopf ging. Schließlich sagte sie: *»No capisce.«* Eine Spur von Panik flackerte in ihren Augen; man sah, daß es ihr kein Vergnügen machte, sich in einer unvorteilhaften Situation zu befinden. Sie rutschte auf ihrem Stuhl hin und her, wechselte zwei- oder dreimal die Sitzposition; gab sich dann einen Ruck und sagte rasch: »Würden Sie mir das bitte erklären?« Ich erklärte es ihr. Sie lachte und sagte: *»Come sta! Come sta!«*

Ihr Verhalten war unsicher, spröde; als müßte sie darauf acht geben, daß ihre Ausdrücke sich in ein vorgegebenes Schema einfügten, ohne dabei viel Spielraum zu haben. Vielleicht besaß sie eine Art Maßstab für ihre Reaktionen, ihre Stimmlagen: eine Millimeterskala. Wenn sie Atem holte oder die Augen drehte, erinnerte sie mich an Bilder aus ihren Filmen. Aber die Bilder traten jetzt klarer hervor, dreidimensionaler als bei unserer ersten Begegnung im Vorraum, eine Spur natürlicher als in Natur.

Ich schlug das Ringbuch auf; deutete auf die Strichzeichnungen eines Hauses; beugte mich mit dem Oberkörper über den Tisch, um ihr die Illustration aus der Nähe zu zeigen, und sagte skandierend: *»Que-sta è u-na ca-sa.«* Marsha Mellows wiederholte mit einer dünnen und zögernden Stimme, die den Satz zu einer eher traurigen Feststellung machte: *»Questa è una casa.«* Ich fragte sie: *»È una casa questa?«* Sie sah mich verständnislos an und wiederholte erneut: *»Questa è una casa.«* Sie begriff nicht, worauf ich hinauswollte. Ich erklärte ihr: »Sie müssen sagen: *»Sí, questa è una casa.«*

Ich sah sie an und merkte, daß ihre Aufmerksamkeit bei diesem Spiel mit Wiederholungen rasch erlahmte. Ich sagte: »Tut mir leid, die Methode ist ein bißchen blöd.«

Sie stieß ein kurzes helles Lachen hervor: aus halbgeöffneten Lippen, zwischen wohlgeformten und sehr weißen Zähnen.

Ich versuchte, mir eine ruhige Haltung als nüchterner und erfahrener Sprachlehrer zu bewahren, aber ich wußte nicht recht, was ich tun sollte. Schließlich bat ich sie, mir einfach irgendwas zu erzählen, was ihr gerade einfiel.

Sie erzählte mir von ihrer ersten Reise nach Venedig, die sie mit ihrem Mann gemacht hatte. Sie sprach und machte dazu eine Reihe von kleinen Handbewegungen: faßte sich an die Stirn, um sich einen Namen ins Gedächtnis zu rufen, trommelte mit den Fingerspitzen auf die polierte Tischplatte. Alle naselang griff ich ein, um ihr einen italienischen Ausdruck vorzusprechen; suchte nach Lücken in ihren Sätzen, um Belehrungen einzuschieben.

Kaum war sie fertig, begann ich ihre Erzählungen zu rekonstruieren: mit vereinfachten, platten Sätzen, die nur oberflächlich dem entsprachen, was sie gesagt hatte. Ich skandierte: *»So-no an-da-ta a Ve-ne-zia con mi-o ma-ri-to.«* Sie saß mit gekreuzten Armen auf ihrem Stuhl und wiederholte, was ich ihr vorsprach. Es gelang ihr mühelos, die italienischen Laute zu imitieren, sie machte es rasch, fast ohne zu überlegen. Wenn sie einen Satz beendet hatte, sah sie mich an. So machten wir lange weiter.

Von oben aus einer der Wände kamen andauernd seltsame dumpfe Geräusche, die wie das Fauchen von Dampf in einer Rohrleitung klangen. Sie kamen so regelmäßig, daß ich nicht recht begriff, ob es Signale waren, um die Unterrichtszeit in Viertelstundenabschnitte einzuteilen, oder Störungen im Belüftungssystem. Ich ging hinaus in den Flur, um nachzusehen, aber im Flur war nichts; nur ein Aquarium, das nahe bei unserer Tür vor sich hinblubberte.

Ich saß lässig auf meinem Stuhl: lehnte mich weit zurück

und kippelte auf den Hinterbeinen, bis ich fast aus dem Gleichgewicht kam. Je schräger ich lag, desto geringer wurde mein Unbehagen. Die Beine streckte ich lang vor mich unter den Tisch; die Hände behielt ich, solange ich ihr nichts zeigen mußte, tief in den Taschen. Beim Reden versuchte ich, kleine ironische Blitze in meinen Augen aufleuchten zu lassen. Ich wollte so unpedantisch wie möglich erscheinen.

Als wir eine Pause machten, erzählte ich Marsha Mellows: »Bis vor zwei Tagen hab ich ein ganz gräßliches Paar unterrichtet: Mutter und Tochter, beide fett und arrogant.« Sie lachte zum zweiten Mal auf, aber es war ein sehr kurzes Lachen, kaum eine Sekunde lang, dann unterbrochen durch eine rasch an die Lippen geführte Hand. Das amüsierte Aufleuchten in ihren Augen erlosch sofort unter einer falschen Unschuldsmiene. In diesem Moment kam sie mir völlig unnahbar vor, was ich auch tun oder sagen würde.

Sie fragte mich: »Wie sagt man ›fett und arrogant‹ auf italienisch?« Ich sagte: *»Grasso e arrogante.«* Sie lachte erneut, aber diesmal anders: leicht vorgebeugt, wie von einem Hustenanfall überrascht. Der kleine Erfolg schoß mir in den Kopf und von da aus kreisend ins Blut: mit kurzen, dicht aufeinander folgenden Schüben von Euphorie.

Ich diktierte ihr eine kurze Liste italienischer Wörter und schaute ihr zu, wie sie die Seiten des Heftchens in einer steilen Handschrift mit einem blauen Tintenstift vollschrieb. Mich beeindruckte die Bewegung ihres rechten Arms: die Vibration, die sie in der Luft erzeugte, und die mehr innere Vibration unter der Seide ihrer mit Reitermotiven bedruckten Bluse. Mich beeindruckte der Gedanke, am Ursprung dieser Bewegung zu sein; anderthalb Meter von ihr entfernt zu sein und trotzdem die Spitze ihres Tintenstifts lenken zu können. Ein feines Parfum verbreitete sich bei jeder ihrer Bewegungen durch den Raum. Ich ließ sie lange Wörter schreiben, um dieses Parfum besser inhalieren zu können.

Dann schaute ich kurz auf die Uhr und sah, daß die Unterrichtsstunde beendet war. Es war sogar schon fünf Minuten über die Zeit. Ich machte sie darauf aufmerksam. Sie hob ruckartig wie von einer Wespe gestochen den Arm und sagte: »Na so was!« Packte den Stift und das Heftchen eilig in ihre Handtasche, klappte sie zu und wurde in wenigen Augenblicken wieder viel selbstsicherer. Stand auf und sagte: »Danke, Giovanni.« Ich stand ebenfalls auf und begleitete sie in den Flur. Mir fiel kein geistreicher Satz ein, um den Unterricht zu beenden. Ich begleitete sie in den Flur, ohne etwas zu sagen.

Im Vorraum stand ein langer Kerl in Chauffeursuniform und plauderte mit der Sekretärin, eine Hand auf den Schreibtisch gestützt. Kaum erblickte er Marsha Mellows, hörte er auf zu plaudern und stellte sich gerade, die Chauffeursmütze in der Hand. Behielt aber auf den Lippen ein feines Lächeln, um der Sekretärin zu zeigen, daß er sich nicht befangen fühlte. Er holte den Fahrstuhl herbei und hielt Marsha Mellows die Tür auf. Sie trat hinein und sagte »Auf Wiedersehen«, als sie schon beinahe hinter der Tür verschwunden war. »Auf Wiedersehen«, antworteten die Sekretärin und ich fast gleichzeitig.

Ich blieb noch ein paar Minuten im Vorraum, ohne besonderen Grund. Die Sekretärin nahm ein Croissant aus der Schreibtischschublade und fing an, es zu essen. Ich sagte: »Okay, also dann bis später.« Sie machte mich darauf aufmerksam, daß ich die Karteikarte noch nicht ausgefüllt hatte; zeigte mir einen in der Wand eingelassenen Aktenschrank aus dem gleichen Holz wie der Schreibtisch. Ich suchte in der Kartei, die alphabetisch geordnet war;

unter M stand »Mellows, Marsha« wie irgendeine beliebige Schülerin. Ich zog die Karte heraus und schrieb die Daten in die vorgesehene Spalte. Mein Filzstift war eine Spur zu dick.

Während ich schrieb, fragte mich die Sekretärin: »Aus welchem Teil von Italien kommen Sie eigentlich?« Ich drehte den Kopf zu ihr, aber sie aß ihr Croissant und blickte ins Leere. »Aus Mailand«, sagte ich. »O wie herrlich! Italien!« rief sie entzückt. »All diese phantastischen Brunnen!« Ich sagte ihr, daß es in Mailand kaum Brunnen gibt, daß die Stadt im Gegenteil eine der häßlichsten in der Welt ist und daß ich deswegen nicht mehr dort lebte. Sie schaute kurz auf, als wollte sie sagen »Ach ja?«, ohne daß meine Antwort irgendeine Veränderung in den Bildern bewirkte, die ihr durch den Kopf gingen. Zwei Minuten später fuhr ich im Fahrstuhl hinunter und dachte, wie unsympathisch sie war, ohne häßlich oder besonders übel zu sein.

Draußen war es inzwischen noch heißer geworden, die Luft war noch dicker und stickiger als am Vormittag. Die Konturen der Autos zerliefen flimmernd im Raum, huschten am Bordstein vorbei als poröse, rötlich gleißende Massen. Ich ging ein paar Minuten lang wie geblendet, dicht an den Schaufensterscheiben entlang.

Dann trat ich in einen Laden, um mir eine Sonnenbrille zu kaufen. Im Fenster standen zwei, drei Modepuppen aus weißem Polystyrol, bekleidet mit bunten Hawaiihemden. Drinnen betrachteten sich ein paar junge Verkäuferinnen gegenseitig und wippten im Rhythmus eines repetitiven Schlagers. Ich probierte drei oder vier verschiedene Brillen gegen das Licht. Sah durchs Schaufenster auf die Straße hinaus und meinte plötzlich, im Fond eines himmelblauen Rolls Royce, der gerade vorbeifuhr, Marsha Mellows zu sehen.

Ich war mir nicht sicher, ich sah nur das blonde, glatt zurückgebürstete Haar und eine Hand, die das Gesicht auf der Seite zum Fenster bedeckte. Ich dachte, wenn ich jetzt rauslaufen würde, um ihr zuzuwinken, würde sie mich nicht erkennen. Von weitem würde ich bloß einer sein, der ihr zuwinkte, und sie würde nur das bemerken. Der Chauffeur würde eilig weiterfahren. Es war nur so ein Gedanke, der mich im übrigen nicht sehr lange beschäftigte; ich hätte sowieso nicht gewußt, was ich ihr sagen sollte.

Ich kaufte die dunkelste Sonnenbrille, die ich auftreiben konnte: eine mit schwarzen Gläsern, die mich im dämmrigen Licht des Ladens fast blind machten. Als ich dann auf die Straße hinaustrat, schien mir, daß ich jetzt alles ein bißchen klarer sah. Die dunklen Gläser verursachten mir zwar ein leichtes Schwindelgefühl, aber das ist mir bisher mit allen Sonnenbrillen passiert, auch mit den hellsten.

Als ich nach Hause kam, war Jill nicht da. Ich wußte nicht recht, was ich tun sollte, lief eine Weile unschlüssig in der Wohnung umher. Ging dann in die Küche, machte mir ein Käsesandwich zurecht und schob es in den Infrarotgrill, den uns Jills Mutter vor ein paar Tagen geschenkt hatte. Während das Sandwich warm wurde, schlug ich ein paarmal mit der Faust auf die Aircondition, ohne besonderen Erfolg. Es war so heiß und schwül, daß ich mich ganz verklebt fühlte. Ich holte das Sandwich aus dem Grill, stellte den Fernseher an und drückte wahllos auf den Knöpfen herum. Legte mich dann aufs Sofa und biß in das Sandwich, das auf die Kissen krümelte.

In diesem Moment kam Jill mit zwei Einkaufstüten herein, trat vor mich hin und sagte: »Du hättest ruhig auf mich warten können.« Sie hatte ein Päckchen tiefgekühlte Langustenschwänze gekauft, um den ersten Tag meiner neuen

Arbeit mit mir zu feiern, zog das Päckchen aus einer der Tüten und zeigte es mir. Das Krebsfleisch schimmerte durch die Plastikhülle: rötlich, mit kleinen Eiskristallen bedeckt. Sie maulte, es sei nicht nett von mir, daß ich nicht auf sie gewartet hätte. Ich sagte, es tue mir leid.

Wir aßen die Langustenschwänze, als ich mir den ersten Hunger schon mit dem Sandwich gestillt hatte. Jill war sauer, auch weil ich nicht viel von der Unterrichtsstunde mit Marsha Mellows erzählte. Dauernd stellte sie mir dumme Fragen: wie sie denn physisch so wäre und was sie gesagt und getan hätte. Schließlich stand sie ärgerlich auf und ging ins Schlafzimmer, um sich hinzulegen.

Nach einer Weile ging ich hinterher und holte mir, während sie schlief, das Mäppchen mit meinen letzten Photos. In der Küche legte ich sie auf den Tisch, eins neben das andere. Von weitem sahen sie aus, als bildeten sie eine einzige uniforme Schwarzweißfigur. Ich holte die Lupe, die Jill immer neben dem Telefonbuch griffbereit hielt, und betrachtete sie aus der Nähe.

Da war ein Detail der Seitenansicht eines weißen Cadillac, der vor einem italienischen Modegeschäft am Bordstein parkte: Durch die Scheibe eines der Seitenfenster sah man das Gesicht eines älteren Herrn. Ich hielt die Lupe zwei Zentimeter über das Photo und konnte die Linie der Brauen verfolgen, die Tränensäcke eines zufriedenen und vor Wohlstand strotzenden Menschen, die Augen mit ihrem zerstreuten Blick, verloren in selbstbezogenen Bildern.

Ich entdeckte noch mehr von der Art: Details von Handgelenken, von Knöcheln und schmalen Schuhen. Je näher ich das Auge an die Lupe hielt, desto mehr Bedeutung gewannen die Einzelheiten. Ich überlegte, was sie miteinander verband wie Perlen auf einer Kette.

Bevor Jill wieder aufwachte, fuhr ich los, um weitere Photos zu machen. Ich kam an eine Kreuzung und brachte das Teleobjektiv in Schußposition: halb verborgen vom Türrahmen und von den Reflexen auf der Frontscheibe.

Am Sonntagmorgen telefonierte Jill mit Marcus, um sich Inspirationen zu holen. Mit dem Kopf auf dem Kissen sah ich ihr zu, wie sie sprach: am unteren Bettrand sitzend, eine Hand seitlich aufgestützt, in der anderen den Hörer. Sie drehte sich halb zu mir um, damit ich ihr Mienenspiel sehen konnte.

Aus zwei Metern Abstand hörte ich Marcus reden, mit fiepsiger Stimme, die durch den Apparat noch hektischer klang. Was er sagte, konnte ich nicht verstehen, nur alle naselang einen gedehnten Ton, der sich zwischen das wirre Gequäke schob: eine Art *»Äääh-hmm«*. Nach diesen Unterbrechungen setzte der Rhythmus wieder voll ein, punktiert von stakkatoartigen Ausrufen oder Beteuerungen wie *»Ah-ah-ah-ah«* oder *»Ja-ja-ja-ja«*, die sich klirrend auf der Membrane des Hörers brachen.

Jill machte zustimmende Bemerkungen oder hörte ihm schweigend zu. Kommentierte das, was er sagte, mit kurzen Blicken nach oben oder seitlich zu mir. Zog alle naselang hörbar die Luft ein oder fragte etwas oder schüttelte sich das Haar in den Nacken. Schließlich drehte sie sich in voller Breite zu mir, mit einer Drehung des Oberkörpers um sechzig Grad gegenüber der Unterleibsachse, deckte eine Hand über den Hörer und sagte leise: »Er ist total außer sich. Du müßtest mal hören, was er da redet!«

Nach ein paar Minuten fing sie an, ihn zu beruhigen. Unterbrach ihn mit Floskeln wie »Du wirst schon sehen, es wird sich alles wieder einrenken« oder »Du mußt dir nicht soviel Gedanken machen«. Drückte dabei das Kinn an den Hals und versuchte, sich auf den Busen zu sehen. Als er wieder zu reden anfing, begnügte sie sich mit kurzen Anwesenheitssignalen in regelmäßigen Abständen: mit einer Reihe von ganz automatischen »Sicher, sicher«. Im übrigen blieb sie mir zugewandt und deutete auf ihre rechte Brust.

Als sie aufgelegt hatte, rollte sie über das Bett zu mir. Ich fragte sie, was Marcus gesagt hatte. Sie klagte über einen leichten Sonnenbrand auf der Brust; schlug ihren Bademantel halb auseinander und sagte: »Guck mal, ich hab mich ein bißchen verbrannt.« Da war nur ein Anflug von Rötung, zwei Zentimeter über der rechten Brustwarze. Ich fragte noch mal: »Was hat denn Marcus gesagt?« Sie antwortete rasch: »Ach, er ist deprimiert, weil er sich nach seiner Frau sehnt, die ihn verlassen hat, und weil sein Geschäft wieder mal nicht so geht, wie es soll.« Ich sagte: »Ich wußte gar nicht, daß er verheiratet war.« Sie sagte: »Guck doch mal!« Schlug den Bademantel ganz auseinander und beugte sich über mich, so daß ihre rechte Brust direkt über meinem Mund hing. Ich fragte sie: »Was ist denn seine Frau für eine?« Sie rollte sich auf die Seite, stieg aus dem Bett und lief aus dem Zimmer. Rief von der Badtür her: »Für mich interessierst du dich einen Dreck!« Ich widersprach ihr heftig.

Nachmittags zogen wir los, um Jills Eltern in Pasadena zu besuchen. Als wir aus dem Haus traten, war die Luft glühend; Jills VW auf dem Parkplatz hatte sich aufgeheizt wie ein Ofen. Die prallen Reifen schlitterten auf dem Asphalt. Wir nahmen den Freeway und fuhren schnell, aber es nützte nicht viel, das Verdeck aufzuklappen und die Fenster runterzukurbeln: Wir fuhren in einem Tunnel von heißem Gas.

Nach einer halben Stunde gelangten wir in das stille grüne Villenviertel von Pasadena. Jill stoppte vor einem ziemlich großen weißen Holzhaus. Ein älterer Herr in knielangen Hosen sprengte den Rasen. Er trug ein Schlapphütchen auf dem Kopf und ein T-Shirt mit einer Reklameaufschrift. Jill rief »Hallo, Pa!«, noch bevor sie aus dem Wagen stieg. Er winkte ihr mit der freien Hand, ohne den Kopf zu heben.

Sie lief ihm hüpfend über den Rasen entgegen, schlang die Arme um seinen Hals und küßte ihn auf die Wange. Er gab ihr zwei bis drei Klapse auf den Rücken, nicht sehr kräftig und nicht sehr aufmerksam. Er war ein großer knochiger Mann mit bärenhaften Bewegungen. Jill kam zurückgelaufen, holte mich aus dem VW und sagte: »Komm meinen Vater kennenlernen!« Ich folgte ihr über den Rasen.

Als ich vor ihrem Vater stand, nahm ich die Sonnenbrille ab, streckte die rechte Hand aus und sagte: »Guten Tag.« Er nahm den Wasserschlauch in die Linke, hob die Rechte abwehrend hoch und sagte: »Nein, sieh mal, ich hab ganz dreckige Hände.« Mir schien die Hand nicht besonders dreckig zu sein, höchstens naß. Ich sagte »Macht nichts« und hielt die Hand weiter ausgestreckt. Aber er fühlte sich offenbar schon von dem Händedruck dispensiert und kratzte sich nur im Nacken. Ich sah ihm ins Gesicht beziehungsweise in den Teil des Gesichts, der nicht von dem kleinen Schlapphut bedeckt war. Er hatte die gleichen Züge wie Jill, nur gröber, tiefer eingeschnitten.

Jill betrachtete uns, wie wir einander ansahen, und versuchte herauszukriegen, wie wir uns fanden. Hing sich dann wieder an seinen Hals und machte ihm ein paar Komplimente über den Garten. Er stellte den Wasserhahn ab und rollte den Schlauch zusammen. Trocknete sich die

Hände an der Hose ab und sagte: »Gehen wir deine Mutter begrüßen.« Er ging voran über einen gepflasterten Weg, am Haus vorbei und durch eine Zauntür aus Rohrgeflecht, die in den hinteren Garten führte. An der Zauntür drehte er sich zu mir und sagte: »Nenn mich einfach Don, ja?« Ich sagte okay.

Jills Mutter lag auf einem weißen Liegestuhl am Rand des Swimmingpools: eine flache und sonnengebräunte Gestalt, das Gesicht verdeckt von einer Sonnenbrille. Kaum sah sie uns eintreten, setzte sie sich ruckartig auf, griff sich ein kleines grünes Handtuch vom Boden und legte es sich um die Schultern. Dann rief sie: »Wie schön, daß ihr gekommen seid! Ist das nicht ein herrlicher Tag?«

Jill ging rasch zu ihr hin, um ihr einen Kuß auf die Wange zu geben. Zögerte kurz, bevor sie die Lippen andrückte, auf der Suche nach einer Stelle, wo keine Sonnencreme war. Dann ging ich meinerseits hin, um sie zu begrüßen: die Hände diesmal im Rücken verschränkt, um nicht die Szene mit dem Vater zu wiederholen. Ich machte eine kleine Verbeugung und lächelte.

Fast im gleichen Moment fing die Mutter zu schreien an: »Los, zieht euch schnell Badezeug an und macht einen Sprung ins Becken!« Zeigte dabei ins Wasser, das glitzernde Lichtmuster reflektierte. Ich hatte gar keine Lust zu schwimmen, aber es war klar, daß die Mutter beleidigt sein würde, wenn ich sitzen blieb. Jill begleitete mich ins Haus, zog eine Schublade auf und gab mir eine Badehose von ihrem Vater: ein Riesending, viel zu groß für mich, aus einem häßlichen imprägnierten Kunststoff. Als ich damit aus dem Haus trat, schrie mir der Vater entgegen: »Giovanni, willst du ein Bier?« Wobei er die Hände wie einen Schalltrichter vor den Mund hielt, obwohl die Entfernung gering war.

Ich schwamm ein paarmal durchs Becken, während Jill mit ihrer Mutter redete und der Vater einen Rasensprenger in Ordnung zu bringen versuchte, der den hinteren Garten berieseln sollte. Er kniete vor dem Gerät, in seiner gestreiften Hose, den kleinen Hut auf dem Kopf, und bearbeitete es mit Hammerschlägen. Trotzdem gelang es ihm, sich mit kurzen Sätzen oder einzelnen Wörtern in das Gespräch zwischen Mutter und Tochter einzumischen. Er keuchte ein bißchen vor Anstrengung, das Gerät festzuhalten und zu hämmern, während er sprach.

Ich hatte keine besondere Lust, aus dem Wasser zu steigen, und so schwamm ich weiter im Becken umher. Alle naselang fragte der Vater mich, ohne sein Hämmern zu unterbrechen, ob das Wasser auch warm genug sei. »Aber ja«, rief ich und versuchte, so lange wie möglich zu tauchen, um nicht reden zu müssen. Schließlich stieg ich dann doch aus dem Wasser, ich konnte ja nicht bis zum Abend drinbleiben. Ich mußte mich neben Jill setzen, um mitanzuhören, was ihre Mutter erzählte.

Sie legte uns dar, wieviel sie im vorigen Jahr mit ihrer Marketing-Agentur verdient hatte. Zählte Summen und Daten auf, nannte die Namen der Firmen, für die sie gearbeitet hatte. Der Vater hörte ihr zu und machte sich weiter an seinem Rasensprenger zu schaffen. Nach einer Weile erzählte sie auch, wieviel er verdient hatte: im gleichen Ton, wie man die Qualitäten eines anderen vor Dritten rühmt. »Giovanni«, sagte sie, »Don ist der größte General-Electrics-Vertreter in ganz Encino. Dies Jahr hat er mehr Umsatz gemacht als alle vier anderen Vertreter in San Fernando Valley zusammen!« Don pulte mit einem kleinen Schraubenzieher in den Düsenlöchern des Rasensprengers, rieb und kratzte auf dem Metall. Die Mutter sagte: »Zusammen haben wir beide 78 vierzigtausend Dollar mehr als 77 verdient. Wenn's auch dies Jahr gut geht, kaufen wir uns ein größeres Haus, um's zu vermieten. Vielleicht behalten wir's auch für euch.« Sie guckte uns an, um herauszufinden, was wir für Pläne hatten.

Gegen Abend fragte mich der Vater, ob ich ihm helfen wollte, einen Aperitif zu mixen. Ich zog mich an und folgte ihm in das Wohnzimmer, um zuzusehen, wie er Gin, Martini und Zitronensaft mixte. Als er die Gläser gefüllt hatte, stellte ich sie auf ein lackiertes Tablett, um sie wie ein Kellner hinauszutragen. Er stoppte mich, als ich gerade losgehen wollte, nahm sich eins der Gläser und trank es aus. Goß es gleich wieder aus dem Shaker voll, legte mir eine Hand auf die Schulter und sagte: »Als junger Mann war ich neun Monate für meine Firma in Mexiko, da hab ich ganz gut Spanisch gelernt.« Ich sah von unten her zu ihm auf, wie er meine Schulter drückte, massig und groß. *»Jo sabe muchos palabras«*, sagte er. Ich sagte: »Wie schön!« Er sagte: *»Si, si!«* Aber er hatte schon das Interesse verloren und sah durch die breite Fenstertür in den Garten.

Ich nahm das Tablett, um es rauszutragen. Er drehte sich um und sagte: »Wir haben gehört, daß du Marsha Mellows Italienisch-Unterricht gibst.« Sein Gesicht verzog sich zu einem übertriebenen Lächeln, um Staunen und Bewunderung auszudrücken. Er ging mir wahnsinnig auf die Nerven; ich stellte mir vor, wie er Marsha Mellows anglotzte aus einem Haufen Bewunderer. Ich nickte und hätte ihm gern einen Tritt in den Magen gegeben oder ihn mit dem Kopf an die Wand geschlagen, meine Armmuskeln waren gespannt. Er sagte: »Ich und meine Frau sind immer schon Fans von Marsha Mellows gewesen.« Ich sagte: »Na fein.«

Ich trug das Tablett in den Garten.

Als wir nach Hause fuhren, fragte mich Jill, wie ich ihre Eltern fand. Ich sagte, ich fände sie sehr sympathisch. Sie meinte: »Ist doch ein guter Typ, mein Vater, was? Und meine Mutter! Ich finde, sie sind die tollsten Eltern der Welt. Zwei ganz phantastische Leutchen!« Sie fuhr eine Weile schweigend. Dann sagte sie: »Ich bin froh, daß sie dir gefallen haben. Ich hab gesehen, daß du dich gleich mit Papa zusammengetan hast.« Sie hatte einen kindlichen Ton in der Stimme, die sie ein bißchen hob, um den Fahrtwind zu übertönen; auch einen entsprechenden Blick.

Abends sahen wir dann eine alte melodramatische Schnulze im Fernsehen. Jill fing an zu heulen, als die Schlußszenen kamen; ich wollte abschalten, und so ergab sich ein mittlerer Streit.

Am Montag kam ich pünktlich um zwölf in die Suprème Language School. Marsha Mellows war noch nicht da. Ich setzte mich in den Unterrichtsraum und las ein französisches Buch über Archäologie. Hörte dabei durch die offene Tür, wie die Sekretärin mit einem Kunden telefonierte. Sie hatte einen unerträglich beflissenen Ton. Aus der Wand oben kam das übliche schwer zu erklärende Fauchen. Aus dem Flur war das Zischen der Sauerstoffanlage im Aquarium zu hören, das leise Blubbern der Luftbläschen.

Es gefiel mir nicht, so wartend dazusitzen: mit übergeschlagenen Beinen, das Buch an der Tischkante. Ich wechselte zwei- oder dreimal die Sitzposition, probierte mich gerader zu setzen, das Buch flach vor mir; seitlich, den Ellbogen aufgestützt und die Beine langgestreckt neben dem Tisch; ohne Buch, mit einem Notizblock und einem roten Stift in der Hand. Ich trat ans Fenster und setzte mich auf einen Sessel. Schrieb ein paar Zeilen aufs Geratewohl, den

Block auf den Knien. Hielt einen Ellbogen auf die Lehne gestützt und ließ mir das Haar in die Stirn fallen. Knöpfte mir die drei obersten Hemdknöpfe auf, überlegte es mir und knöpfte sie wieder zu. Die kleinen glänzenden Knöpfe glitten mir durch die Finger; ich versuchte, sie mit den Nägeln am Rand festzuhalten.

Zwei- oder dreimal hörte ich aus dem Vorzimmer ein Geräusch und erstarrte, aber es mußte die Sekretärin gewesen sein. Schließlich ging ich wieder zum Tisch und setzte mich, um das Buch zu lesen. Es war illustriert mit schlechten Schwarzweißaufnahmen der Höhlenmalereien von Lascaux: retuschierte Photos, die an den Rändern zerliefen, damit man die Kratzer auf den Negativen nicht sah.

Nach einer Weile dachte ich plötzlich, es gäbe vielleicht gar keine Grenzen für Marsha Mellows' Verspätung; womöglich konnte ich hier noch Stunden um Stunden warten, bis die Sekretärin kam und mir sagte, daß der Unterricht verschoben worden sei. Gleich darauf überfiel mich siedendheiß der Gedanke, ich wäre vielleicht überhaupt nicht der Italienisch-Lehrer von Marsha Mellows, ich wartete hier vielleicht aus ganz anderen Gründen.

Etwa in diesem Augenblick kam sie: atemlos und mit einer kindlich-verlegenen Stimme. Erschien in der Tür und sagte: »Giovanni, entschuldige bitte, es tut mir leid.« Ich sprang auf und sagte: »Aber das macht doch gar nichts!« Ich fühlte mich wie ein Hündchen, das endlich von seiner Herrin am Supermarkteingang abgeholt wird. Sie legte ihre demonstrativ bedauernde Miene gleich wieder ab. In Wirklichkeit mußte sie, atemlos wie sie war, durch die Halle gerannt sein.

Ich ließ mir ihr Heftchen geben und sah die Wörter durch, die sie in der ersten Stunde geschrieben hatte. Die

Seiten fühlten sich anders an als gewöhnliche Heftseiten: dicker und weicher. Einige Wörter waren mit kleinen Fehlern geschrieben, mit falschen Endungen wie in *albera* oder *scuoli.* Ich wollte sie korrigieren, hielt schon den roten Stift über das Papier, um die Linien der Schrift zu verändern. Statt dessen betrachtete ich die gedrängten Zeichen, die vollendeten und autonomen, sorgfältig in sich abgeschlossenen Wörter auf dem weißen Papier und sagte, sie seien okay. Ich las sie ihr eins nach dem anderen vor, wie sie die Wörter geschrieben hatte.

Sie hörte mir aufmerksam zu, mit verschränkten Armen. Ihre Arme waren eine Spur zu mager; man konnte das feine Spiel ihrer Muskeln sehen, wenn sie sie bog. Sie trug eine ärmellose plissierte Bluse mit Blumenmuster.

Ich bat sie, die Wörter aus dem Heftchen zu wiederholen und mir die entsprechenden Gegenstände zu zeigen. Dabei entdeckte ich, daß sie nur ganz wenige in Erinnerung hatte. Jedesmal, wenn ich sie korrigierte, sagte sie rasch: »Ja klar!« Wenn ich etwas sagte, war sie bemüht, es mir von den Lippen abzulesen; manchmal gelang es ihr auch, mir zuvorzukommen. Sie riß mir die Sätze aus dem Mund und beendete sie; sah mich dann forschend an, ob sie es richtig gemacht hatte. Sich zu irren konnte sie nicht ertragen. Wenn ich sie darauf hinwies, daß sie etwas falsch aussprach, probierte sie es gleich wieder, drei- oder viermal hintereinander. Wenn es ihr dann immer noch nicht gelang, die richtigen Laute hervorzubringen, rettete sie sich in kleine Zungenspiele wie »la la la« und verdrehte dabei die Augen nach oben zur Lampe über dem Tisch.

In diesen Momenten glaubte ich, eine gewisse Vertrautheit mit ihr zu gewinnen; aber es war eine zugeknöpfte Vertrautheit, begrenzt auf die Rollen, die wir beide im Unterricht übernahmen. Die Kommunikation zwischen uns reduzierte sich auf den Austausch über die zu rezitierenden Sätze. Ich dachte die ganze Zeit daran, von etwas anderem zu sprechen, aber ich wußte nicht, wie ich es anstellen sollte. Ich versuchte, meine Qualitäten in die Stimme zu legen, um sie wenigstens spürbar zu machen. Ich versuchte, entspannt und geistreich zu sein. Aber ich hatte dauernd den Eindruck, daß ich bemüht und pathetisch erschien: wie ein Italienisch-Lehrer, der entspannt und geistreich erscheinen will. Ich tat, was ich konnte, um mich von diesem Bild zu entfernen, suchte nach Anhaltspunkten, um mir ein anderes Image zu schaffen.

Als die Unterrichtsstunde zu Ende war, blieb ich noch einen Augenblick sitzen, um Marsha Mellows' Rückverwandlung in eine Fremde zu beobachten. Das sonderbare Gefühl von Zugänglichkeit und Nähe, das sie mir gab, wenn sie dasaß und schrieb, verlor sich im Handumdrehen. In zwei, drei Sekunden wurde sie, wie durch einen eigentümlichen Automatismus, wieder ganz distanziert. Sie schien wie aus einer Trance zu erwachen, um mit einem Schlag ihren Gleichgewichts- und Orientierungssinn wiederzufinden. Ihre Bewegungen wurden irgendwie schneller, dichter, präziser. Es kam mir auf einmal vor, als könnte ich sie nicht einmal mehr mit Worten erreichen.

Ich machte ein paar Bemerkungen über die Stadt: mit belegter Stimme, ohne jede Natürlichkeit. Sie lächelte, ohne recht hinzuhören, während sie ihre Sachen in ihre Handtasche packte. Ich hielt ihr die Tür auf und folgte ihr in den Vorraum. Blieb bei der Sekretärin stehen, um zuzusehen, wie sie im Fahrstuhl verschwand.

Als ich die Karteikarte mit den üblichen Angaben ausfüllte, kam De Boulogne durch den Vorraum, begrüßte mich und fragte: »Na, läuft alles gut?« Er hatte einen anzüglichen Ton: wie Jills Vater. »Nicht wahr, Mrs. Mellows ist außerordentlich sprachbegabt?« meinte er. Ich sagte ja, den Eindruck hätte ich auch. Er versicherte, daß er froh sei, mit mir zu arbeiten: sagte tatsächlich »mit Ihnen zu arbeiten«, als wären das die richtigen Worte für unsere Beziehung.

Zu Hause fragte mich Jill nach Einzelheiten aus meiner zweiten Stunde mit Marsha Mellows. Ich gab ihr ein paar Dialoge wieder, ohne mich sehr mit Details aufzuhalten. Stellte mir vor, wie sie ihren Vater anrief, um ihm zu sagen, daß ich und Marsha Mellows jetzt gute Freunde seien.

In solchen Fällen machte es mich ganz traurig zu denken, wie langsam die Realität vorankam: in Rhythmen, die nach ganz anderen Maßstäben festgelegt waren. Jeden Morgen schien mir, daß ich vor einer Wende stand, und jeden Abend ging ich dann mit dem Gefühl ins Bett, am selben Punkt wie vorher zu sein.

Wenn ich an diese Zeit zurückdenke, glaube ich, daß ich nie eine dichtere Folge von gegensätzlichen Seelenzuständen durchgemacht habe: Knäuel und Kreise von Optimismus und Depression. Meine Stimmung wechselte vier- bis fünfmal am Tag, getrieben von marginalen Ereignissen oder kleinen Veränderungen im Hintergrund, die Resonanz und Verstärkung fanden in jener fast vakuumartigen Leere, in der sich meine Ideen bildeten. Diese Ideen bildeten sich und wuchsen wie Schilfhalme in einem Wassertümpel: neben- und miteinander in ständiger Konkurrenz. Versuchten sich gegenseitig niederzuhalten oder lächerlich zu machen, ohne daß eine von ihnen es schaffte, für sich allein genug Raum oder Glaubwürdigkeit zu erlangen.

Zum Beispiel dachte ich manchmal, daß ich gern Schauspieler werden würde. Diese Idee beherrschte eine Zeitlang das Gleichgewicht meiner Gedanken: ordnete meine

Gedanken rings um sich her mit einer so überzeugenden Eleganz, daß jede praktische Überlegung zum *Wie* der Sache usw. ganz nebensächlich erschien. Dennoch war es keine Idee, die sich aus unbestimmten Gefühlen zusammensetzte. Ihr Rohstoff waren gedachte Bilder, imaginierte Filme oder Photographien: ich in einer Luxuslimousine, leutselig meinen Fans am Straßenrand zuwinkend; ich am Rand eines Swimmingpools, im Gespräch mit mehreren sehr schönen Mädchen; ich Auskunft gebend vor zwei bis drei Fernsehkameras, geblendet von Scheinwerfern.

Fast immer waren diese Visionen reich an Details und präzise bis in die kleinsten Einzelheiten. Ich brauchte mich nur hineinzuversetzen, mit einer Lupe in ihr Gewebe einzudringen, um die Entwicklung der Nebenbilder zu beobachten. Manchmal betrachtete ich sie stundenlang aus der Nähe, hielt sie mir zigmal vor Augen, ohne das irreale Gefühl von wohliger Wärme, das sie hervorriefen, loszuwerden. Ich mußte warten, bis sie sich von selber erschöpften.

Wenn dann die Bilder bis zur Inkonsistenz zerfallen waren, traten konträre Gedanken an ihre Stelle. Die Überlegungen zum *Wie* der Sache wurden so dominant, daß ich sie anstarrte wie eine unüberwindliche Mauer. Mich selber sah ich noch kläglicher, als ich war: linkisch und prätentiös, gehemmt von allerlei nebensächlichen Kleinigkeiten. Ich brauchte bloß den Verriß eines Films zu lesen oder einen Artikel über die Mechanismen eines multinationalen Konzerns, um mir einzureden, daß ich nicht die allergeringste Chance hatte, jemals etwas zu werden.

Die Sphäre dessen, was ich gern sein und tun wollte, wurde dick und zäh, Lichtjahre entfernt von der meines wirklichen Lebens. Die Scheibe zwischen den beiden

Sphären wurde so dicht und milchig, daß kein Lichtstrahl mehr durchdrang.

Nach ein paar Wochen Arbeit mit Marsha Mellows fand ich einen weiteren Kunden in der Schule in Santa Monica. Ich mußte sofort nach dem Ende des Unterrichts in der Suprème hinfahren. Die Schule in Santa Monica kam mir unglaublich schäbig vor, verglichen mit der in Beverly Hills: die Räume winzig wie Schuhkartons. Ich hatte nicht die geringste Lust, dort Stunden zu geben, aber ich brauchte das Geld.

Jill wurde sauer, als ich ihr klarmachte, daß wir jetzt kaum noch Zeit haben würden, zusammen zu essen. »Herrgott«, fuhr sie hoch, »dann sehen wir uns ja überhaupt nicht mehr!« Sie stand in der offenen Badtür und zog sich die Hosen aus. Ich sagte, es täte mir leid. Sie warf die Hosen in eine Ecke und schnaubte: »Macht nichts!« Drehte die Hähne der Dusche auf und schrie: »Macht jetzt überhaupt ganz und gar nichts mehr!«

Ich stand zehn Minuten im Bad und stritt mich mit ihr herum: an den Waschbeckenrand gelehnt, die Hände in den Taschen vergraben. Wir schrien beide, um das Rauschen der Dusche zu übertönen. Ich sah sie als rosige Silhouette durch die geriffelte Plexiglasscheibe, sah sie einen Arm heben, um sich unter der Achsel einzuseifen.

Am nächsten Morgen ging Jill sehr früh aus dem Haus, kam gegen elf zurück und eröffnete mir, daß sie Arbeit gefunden hätte in einer Werbeagentur, die irgendwie mit ihrer Mutter zusammenhing. Sie hatte einen euphorischen, triumphierenden Ton. Sie sprach und ging in ihrer fremden Sprech- und Gehweise: selbstsicher, arrogant, abweisend.

Ich sah ihr verblüfft zu, wie sie umherlief. Sie griff sich das Telefon und rief ihre Mutter an, hackte die Nummer nervös in die Tasten, *zack zack zack* eine nach der anderen, ohne dabei ihr Gerenne durchs Zimmer zu unterbrechen. »Alles geregelt«, sagte sie zu ihrer Mutter. »Morgen fange ich an. Vierhundert die Woche.« Die Mutter fragte nach Einzelheiten, sie antwortete knapp und präzise. Lief dabei in Kreisen durchs Zimmer und zog die Telefonschnur mit einer Hand hinter sich her. Wenn sich die Schnur an einem Sessel verhakte, gab sie ihr einen heftigen Ruck oder machte kehrt und lief andersherum, bis das Knäuel sich aufgelöst hatte. Äußerte Zustimmung durch kleine Kopfbewegungen, die ihre Mutter wohl irgendwie mitbekam. Äußerte Zustimmung auch durch kurze halblaute Bemerkungen wie »Aha, aha!« in regelmäßigen Abständen.

Ich stand an der Wand, mit dem Rücken angelehnt, erstaunt über ihre Feindseligkeit. Sie hatte gar keinen Blick für mich, nicht einmal wenn sie auf einer ihrer Runden direkt an mir vorbeikam. Alle naselang streckte ich ihr eine Hand entgegen oder versuchte, sie festzuhalten, ihr vielleicht auch ein Bein zu stellen, aber sie wich immer rechtzeitig aus und wehrte mich mit der linken Hand ab, ohne dabei den Blick zu heben. Kaum hatte sie das Gespräch mit ihrer Mutter beendet, hackte sie gleich eine andere Nummer in die Tasten und redete weiter über andere Aspekte desselben Themas, vermutlich mit ihrem neuen Arbeitgeber.

Ich sah ihr zu, teils betrübt über die Mißstimmung zwischen uns, teils erstaunt über ihr Verhalten und ihren Ton. Schließlich verfiel ich in eine karikaturhafte Haltung, mit Gesten und Grimassen, die in keiner Weise der Situation entsprachen: Ich grinste und rief in albernem Ton ihren Namen, während sie mit ernstem Gesicht ins Telefon sprach. Ich legte den Daumen der weit geöffneten rechten

Hand an die Nasenspitze und wedelte mit den gespreizten Fingern dicht vor ihrem Gesicht. Ich verfolgte sie und grapschte nach ihr und rief »Jill, Jill« fast direkt in ihre Ohren oder versuchte, sie in die Arme zu kneifen.

Was ich mir dabei dachte, wußte ich selber nicht so genau. Es waren wohl eher verklumpte Gefühle, geronnene Stimmungslagen, die ich verflüssigen wollte, indem ich die ganze Situation ins Lächerliche zog. Aber Jill hatte nie besonders viel Sinn für Humor gehabt. Nach einer Weile fuhr sie herum, sah mich kühl an und sagte: »Versuch doch mal, dich wie ein erwachsener Mensch zu benehmen.«

Ich holte mir rasch meine Kamera und verzog mich, während sie noch am Telefon hing und ihr Gespräch mit allerlei »sicher«, »natürlich« und »völlig klar« interpunktierte.

Jedesmal, wenn ich mich an den ovalen Tisch zur Rechten von Marsha Mellows setzte, nachdem sie Platz genommen und ihre Sachen vor sich ausgebreitet hatte, fragte ich mich, ob etwas anders geworden war. Einige leichte Veränderungen zeigten sich, schien mir, oft erst im nachhinein, wenn ich im Auto oder zu Hause auf dem Sofa darüber nachdachte.

Während der Fahrt von zu Hause nach Beverly Hills überlegte ich immer schon, wie sie diesmal wohl aussehen und was sie anhaben würde. Ich überlegte mir Teile unseres Gesprächs und bestimmte Gesten, die ich zur Unterstützung oder Ausschmückung meiner Worte machen könnte. Ich stellte mir schon ihre Reaktionen vor, ihre möglichen Blicke.

Wenn sie dann aber leibhaftig vor mir stand, verflüchtigten sich die Konturen der Situation. Meine Wahrnehmungen kamen phasenverschoben, manche wurden mir erst viel später bewußt, wenn sie nur noch dazu dienten, mich wieder mit Unruhe zu erfüllen. Die Sachen, die wir einander sagten, waren an sich ganz uninteressant: Banalitäten, wie sie in jeder beliebigen Unterrichtsstunde zwischen Lehrer und Schüler üblich sind. Der wahre Austausch von Informationen vollzog sich an der Peripherie unserer Gesten, über averbale Kanäle. Und da diese Informationen so vieldeutig waren, so ungewiß, daß man nicht einmal sicher sein konnte, ob sie überhaupt existierten, blieb ihre Interpretation sich selbst überlassen und schwamm auf Seen von Zweifeln.

Das Seltsame war, daß ich immer, wenn ich vor Marsha Mellows saß, ein unglaublich klares Bild von mir selbst hatte: als sähe ich mich von außen, durch ein Loch in der Decke oder durch einen Spalt in der Wand. Ich konnte mich aus der Distanz beobachten, längs der Achse meines Oberkörpers im Verhältnis zum Tisch und zum Stuhl.

Ich bat Marsha Mellows, sich einen Kassettenrecorder zum Unterricht mitzubringen, um das Gelernte später im Auto oder zu Hause rekapitulieren zu können. Zur nächsten Stunde kam sie mit einem winzigen Apparat aus gebräuntem Metall, den ihr ein japanischer Produzent geschenkt hatte.

Wir machten eine Probeaufnahme: Sie drückte auf eine Taste, während ich ein paar Sätze sprach, nur um den Klang der Worte zu prüfen. Wir hörten das Bandstück ab. Meine Stimme klang elektronisch, seltsam verfremdet durch die Mikroimpulse. Ich sagte: »Gut, das genügt.« Marsha Mellows beugte sich vor, um das Gerät abzustellen, zögerte aber eine Sekunde, bevor sie die Taste drückte. Vom Band erklang ihre Stimme, die ein paar Takte von einem Schlager trällerte.

Es war ein bekannter Schlager, den ich schon oft im Radio gehört hatte, ein beharrlich um wenige Noten kreisender Ohrwurm: nicht sehr schön, und das minderte etwas die Wirkung, ihn plötzlich von Marsha Mellows geträllert zu hören. Trotzdem war ich beeindruckt. Ich starrte den Apparat an und lächelte blöde. Auch sie war erstarrt und ein bißchen verlegen über die unwillkürliche kleine Enthüllung: hielt die Hände auf das Gerät, wie um die Töne zuzudecken, die es hervorgebracht hatte.

An einem sehr heißen Tag kam ich pünktlich um zwölf in die Suprème Language School, setzte mich an den ovalen Tisch und wartete gut eine halbe Stunde. Marsha Mellows erschien, als ich gerade schon wieder gehen wollte; sie trat in den Raum und hatte den schuldbewußten Blick der Verspäteten. Ich war so ärgerlich über das lange Warten, daß ich sie ansah, ohne ein Wort zu sagen.

Sie nahm sich selbst einen Stuhl und bat um Entschuldigung. Sie hätte Proben gehabt und sei in einer entsetzlichen Zeitnot. Es sei ihr aber außerordentlich viel daran gelegen, den Italienisch-Unterricht fortzusetzen. Sie sagte »außerordentlich viel«. Sie war abgespannt und erhitzt, ihre Stimme hatte einen feinen Sprung.

Später lachten wir über etwas, und sie berührte mir einen Handrücken mit zwei Fingern: beugte sich lachend ein Stückchen zu mir und legte den Zeige- und Mittelfinger ihrer rechten Hand für einen Sekundenbruchteil auf meine linke.

Am Anfang der nächsten Stunde fragte sie mich, ob ich den Unterricht nicht bei ihr zu Hause fortsetzen könnte. »Denn ich habe jetzt wirklich keine Zeit mehr, hierher zu kommen«, erklärte sie mir. Sie sprach mit halblauter

Stimme; sie wollte nicht, daß ich Schwierigkeiten mit De Boulogne bekam.

Ich sagte halblaut, das sei schon möglich, wartete aber einen Moment, bevor ich es sagte, um den Strom der Gefühle zu klären. Ich fühlte mein Blut zirkulieren, spürte, wie es in kleinen Stößen von der Brustmitte bis hinauf zu den Schläfen pulsierte.

Marsha Mellows notierte sich meine Telefonnummer in ihr Heftchen und unterstrich sie mit einem schwungvollen Bogen. Es tat mir beinahe weh, sie meine Nummer schreiben zu sehen, ich spürte einen Druck zwischen Magen und Lunge.

Ich trat auf die Straße hinaus und konnte vor Hitze kaum atmen. Die Luft war so stickig und dick, daß man die oberen Teile der Hochhäuser nicht mehr sah. Die Leute liefen in Shorts und Hawaiihemden und Sandalen umher, als wäre die Hitze etwas Kostbares, das man genießen muß, als könnte man sich geradezu glücklich schätzen, in so großen Mengen über sie zu verfügen.

Ich nahm das Auto und fuhr ein Stück weit bis zu einer Eisdiele. Ich parkte genau vor dem Eingang, im Halteverbot auf dem Hydranten. Ich ging hinein, bestellte mir eine große Portion geeisten Orangenjoghurt und setzte mich, stand wieder auf, um den Becher zu holen, und setzte mich wieder. Die anderen Gäste klebten wie Fliegen auf Leimruten an den Wänden der Eisdiele: schwitzend und stumm.

Das Mädchen hinter dem Tresen hatte meinen Becher in falschen Proportionen gemischt: mit viel zuviel Zucker. So schlürfte ich süßlichen Joghurt und bekleckerte mir die Finger und inhalierte die höllische Hitze, die von der Straße hereinkam und von den Wänden abstrahlte.

Ich überlegte, wie wohl bei Marsha Mellows zu Hause

die Küche eingerichtet sein mochte, welche Art Kacheln sie an den Wänden im Bad hatte.

Nachmittags rief mich die Sekretärin von Marsha Mellows an und ließ mich mindestens zehn Minuten an der Strippe hängen. Als Marsha Mellows dann endlich ans Telefon kam, versuchte ich gerade, mit einer Hand Butter auf eine Scheibe Brot zu streichen, im Stehen am Küchentisch.

Ihre Stimme am Telefon machte mir Eindruck. Sie hatte einen spröden, etwas gehetzten Ton wie jemand, der zu viele Dinge auf einmal erledigen muß. Nach ein paar Einleitungsfloskeln fragte sie mich, wieviel ich pro Stunde bezahlt haben wollte. Ich sagte es ihr. Sie dachte ein paar Sekunden über die Summe nach, ich wurde verlegen und fügte hinzu: »Wenn Ihnen das recht ist.« Aber sie sagte, das sei ihr schon recht. Nannte mir dann die Adresse und erklärte mir, wie ich hinkam: beschrieb mir ausführlich die Kurven, die Parktore und die Kreuzungen, die ich passieren mußte.

Wie häufig in solchen Fällen achtete ich viel mehr auf den Ton ihrer Stimme als auf die Informationen, die sie mir gab. Notierte mir Namen und Zahlen in wirrem Gekrakel auf die Rückseite einer Keksschachtel.

Acht

Gegen vier am Montag fuhr ich nach Bel Air. Gleich hinter der Schranke am Sunset wurde die Luft ein paar Grade kühler und frischer, sicher wegen des vielen Grüns der Bäume und weiten Rasenflächen. Ich kannte die Straßen ganz gut von den vielen Malen, die ich zum Photographieren hergekommen war. Der Gedanke, daß ich sie diesmal mit anderen Intentionen entlangfuhr, machte mir Eindruck.

Auf dem Sitz neben mir lag die Keksschachtel mit der Wegbeschreibung, die mir Marsha Mellows gegeben hatte; ich hatte sie nicht abgeschrieben, weil ich die Reihenfolge nicht mehr zusammenbekam, ich konnte sie nur beim Fahren allmählich rekonstruieren. Die Straße stieg in Spiralen einen Hügel hinauf, der dicht mit Bäumen und großen blühenden Büschen bewachsen war. Alle naselang öffneten sich Durchblicke ins Tal hinter Gittertoren und breiten Zufahrtswegen. Fast alle Villen standen relativ nah an der Straße: die Fassaden breit hingelagert, dem Blick dargeboten wie kolossale Visitenkarten. Der ganze Hügel war privates Gelände, still und von Wachmannschaften gesichert. Einmal kam mir ein blauer Streifenwagen entgegen, der langsame Runden drehte wie ein Raubvogel auf der Suche nach Beute.

Hinter einer Kurve sah ich eine Gruppe Mimosen, die Marsha Mellows mir exakt beschrieben hatte, wie sie waren. Also begann die Zufahrt zu ihrer Villa nach etwa hundert Metern. Als mir klar wurde, daß ich praktisch schon da war, geriet ich beinahe in Panik. Kleine Schauer liefen mir an den Seiten hoch, den Rücken hinunter und bis in die Handgelenke; einen Moment lang war mir so schwindlig, daß ich am Straßenrand halten mußte. Dann betrachtete ich mein Gesicht im Rückspiegel, ordnete mir das Haar und fuhr weiter.

Am Tor stieg ich aus, um zu klingeln. Direkt über dem Klingelknopf warnte ein Schild mit roter Schrift *Vorsicht, bissige Hunde!* Ich klingelte, und fast im selben Augenblick kamen ein Dobermann und eine englische Dogge aus einer Hecke hervorgestürzt. Ohne zu bellen. Blieben dicht vor mir stehen und sahen mich an, die Schnauzen zwischen den Gitterstäben. Ich ging zurück, setzte mich wieder ins Auto und schloß die Tür. Die Hunde sahen mich an und schnupperten in der Luft herum.

Kurz darauf erschien eine junge Mexikanerin in zwanglos-moderner Hausmädchentracht: mit Jeans und T-Shirt. Rief die Hunde zurück und öffnete mir das Tor, winkte mich herein und führte mich über den Kiesweg. Ich sah die Villa: groß und weiß und mit einer Säulenveranda. Palmen und Eukalyptusbäume standen symmetrisch verteilt auf beiden Seiten im Park.

Kaum war ich ausgestiegen, kamen die beiden Hunde und beschnupperten meine Waden. Die Mexikanerin rief sie beim Namen, ohne Erfolg. »Die tun nichts, keine Angst«, sagte sie. Führte mich dann hinein und durch die Vorhalle, öffnete mir die Tür zur Küche und zog sich zurück.

Marsha Mellows saß in der Küche auf einem hohen Schemel, versunken in ein Kochbuch auf ihren Knien. Hob den Kopf und stand auf, gab mir die Hand und fragte mich, ob es schwierig gewesen wäre, den Weg zu finden. Sie trug eine Bluse ohne Ärmel und eine Segeltuchhose im

Militarylook, so eine mit vielen Taschen. Ich war überrascht, sie so vor mir zu sehen: auch das Haar nicht so straff nach hinten gebürstet und die Augen nicht so geschminkt wie sonst. Sie bewegte sich anders hier in der Küche, als ich es von ihr kannte: in einer anderen Gangart, mit einer anderen Art, dazustehen und sich auf den Fersen zu wiegen.

Ein kleines Hündchen lag auf einem Korbstuhl und schlief. Als es meine Stimme hörte, wachte es auf und kläffte mich wütend an. Ich betrachtete es und sagte: »Ein schönes Löwchen.« Genau besehen war es gar nicht so schön, zu kurzbeinig. Marsha Mellows sah mich mit großen Augen an und fragte: »Woher weißt du, daß es ein Löwchen ist?« Ich sagte ihr, daß ich einige Hundebücher gelesen hatte.

Sie führte mich in der Küche umher, die groß und hell war. Durch eine Glastür gelangte man in einen hinteren Garten, den eine niedrige Mauer umgab. Sie deutete auf eine Schüssel, die mit allerlei Töpfchen und Packungen auf einem Tisch stand, und sagte: »Ich muß unbedingt eine Torte machen, als Dessert für heute abend. Ist es dir recht, wenn wir den Unterricht hier abhalten, während ich sie mache?« Ich sagte ja. Sie deutete auf einen Stuhl.

Ich setzte mich, anderthalb Meter entfernt von dem Tisch, an dem sie die Torte machte; ich zog mir die Jacke aus und steckte die Hände in die Taschen. Trotzdem fühlte ich mich ein bißchen gehemmt, weil sie stand und ich zu ihr aufblicken mußte. Ich bat sie, den hohen Schemel nehmen zu dürfen, und zog ihn auf meine Seite des Tisches herüber. So saß ich besser, unsere Augen waren jetzt etwa auf gleicher Höhe, auch wenn sie fast nur auf die Töpfe und Packungen blickte.

Sie fragte mich, wie man Torte auf italienisch sagt, und

erklärte: *»Faccio torta con mano.«* Ich sagte: »Mrs. Mellows, Sie sprechen ja schon ganz vorzüglich!« Sie guckte mich an und lachte. »Wie kommst du darauf, mich Mrs. Mellows zu nennen? Du bist der einzige, der das tut. Also wirklich!« Ich erklärte ihr, daß es De Boulogne gewesen war, der sie das erste Mal so genannt hatte. Wir lachten beide und witzelten ein paar Minuten lang über De Boulogne.

Sie rührte Zucker in eine Schüssel mit zerlassener Butter; drehte dabei den Holzlöffel etwas zu schnell, was sie eine gewisse Anstrengung kostete. Ich sah ihr zu. Sie blickte auf und fragte mich: *»Italiani sempre fa torta?«* Ich verbesserte sie skandierend: *»Gli ita-lia-ni fa-n-no sempre la tor-ta.«* Es klang eher wie eine Bejahung ihrer Frage als wie eine Korrektur. Jedenfalls verstand sie es so und deutete eine Verbeugung an, als wollte sie »Kompliment« sagen. Ich überlegte, ob ich sie irgendwo in einem Film schon mal in einer Küchenszene gesehen hatte, konnte mich aber nicht erinnern.

Wir plauderten weiter. Ich bemühte mich, das Gespräch als Übung in italienischer Konversation zu führen, indem ich geduldig skandierend Wörter und Wendungen wiederholte, aber nach einer Weile wurde mir klar, daß sie völlig von ihrer Torte absorbiert war. Sie antwortete mir aufs Geratewohl irgendwas, nur um mich zufriedenzustellen. Je reichhaltiger der Teig wurde, desto karger und rudimentärer wurde ihr Wortschatz. Ab und zu warf sie mir ein paar italienische Brocken hin, wie man den Robben im Zoo kleine Fische hinwirft, blickte dann von ihrer Schüssel auf und sah mich an, als wollte sie fragen: »Richtig so?«

Schließlich gab ich es auf und verzichtete auf die Idee mit dem Unterricht. Sie beschrieb mir das Dinner, das sie für ihre Gäste am Abend geben wollte, was mich ein bißchen verlegen machte, aus Angst, es könnte ihr unhöflich vorkommen, mir das Dinner zu beschreiben, ohne mich dazu einzuladen. Mir ging durch den Kopf, daß meine Position vielleicht ziemlich blöde war: auf dem Schemel hokkend, um zuzusehen, wie sie eine Torte machte. Ich hatte mir diesen Unterricht bei ihr zu Hause ganz anders vorgestellt.

Um die Verlegenheit zu überspielen, beschrieb ich ihr ein paar Photos, die ich am letzten Sonntag gemacht hatte: Photos von älteren Leuten, vermutlich Touristen, auf Liegestühlen in der Sonne vor einem Hotel direkt an einer großen Straße. Sie waren mir aufgefallen, weil sie so genüßlich dalagen: wie am Strand, obwohl sie in Abgasen fast erstickten. Marsha Mellows schien meiner Beschreibung nicht sehr aufmerksam zuzuhören, sie war viel zu sehr mit ihrer Torte beschäftigt. Schließlich sagte sie aber: »Deine Photos würde ich gern mal sehen.« Ich sah ihr zu, wie sie Eischaum über den Teig strich, nachdem sie ihn in eine Backform gekippt hatte. Ich überlegte, ob sie das wohl im Ernst gesagt hatte, ob sich wohl eine Gelegenheit bieten würde, ihr die Photos zu zeigen, und ob sich daraus womöglich etwas ergeben könnte.

Sie schob die Backform in einen großen Infrarot-Ofen und hockte sich davor, um durch die Scheibe zu spähen. Nach vier Minuten sagte sie: »Guck mal, guck mal!« Ich ging hin und sah, wie der Teig langsam aufging; allerdings schien er mir zu kompakt, um wirklich sehr hoch zu steigen. »Er geht auf!« sagte sie und drehte den Kopf zu mir, um meine Reaktionen zu prüfen, und plötzlich waren wir nur noch wenige Zentimeter voneinander entfernt.

Eine Klingel läutete. Marsha Mellows erhob sich und sagte: »Das ist Arnold.« Wischte sich rasch die Hände an einem Tuch ab, das an der Wand hing, und schob mich zur Tür. »Gut, daß er kommt, so kannst du gleich meinen Mann kennenlernen.« Ich war nicht besonders beglückt von der Aussicht, murmelte aber »Na prima« und folgte ihr in den Salon, der eine breite Glasfront nach vorn zum Park hinaus hatte.

Mitten im Raum blieb ich stehen, die Hände auf dem Rücken verschränkt, und sah einen schwarzen Lincoln den breiten Kiesweg heraufkommen. Er hielt vor der linken Ecke der Glasfront. Eine Sekunde später erschien Arnold Bocks, ungefähr so, wie ich ihn von einem Photo in Erinnerung hatte: groß und breitschultrig, um die fünfzig und trotz der Hitze in einem nachtblauen Anzug. Er sah seine Frau und winkte ihr durch die Scheibe, mit geöffneter Hand. Mich sah er nicht, weil ich ein Stück weiter hinten zwischen den Sesseln stand. Ich sah ihn außen an der Glasfront entlanggehen, bis er rechts vor dem Eingang verschwand. Marsha Mellows begleitete ihn von innen, die ganze Glasfront entlang. Sie gingen nebeneinander her, getrennt durch die Scheibe, und tauschten in einem fort Winke und andere Grußgesten aus.

Als er ins Haus kam, begrüßten sie sich erneut, diesmal mit Umarmungen und Küßchen, wie mir schien. Ich sah sie nicht, weil sie in der Halle waren, aber ich konnte sie hören. Dann kamen sie beide in den Salon, Marsha Mellows voran, um mich vorzustellen. Arnold überholte sie auf den letzten Metern, baute sich vor mir auf und drückte mir kräftig die Hand, schüttelte sie eine Weile energisch und sagte: *»Buongiorno, Señor!«* Er hatte eine sonore Stimme, die sein mächtiger Brustkasten zu einem Dröhnen verstärkte. Marsha Mellows stand neben ihm, sah zu ihm auf, hielt seinen linken Arm und erklärte mir: »Arnold kann nämlich auch Italienisch.« Aber da schüttelte er den

Kopf und protestierte mit falscher Bescheidenheit: »Ach was, nein!«

Dann fragte er uns, was wir trinken wollten, und eilte zu einer Hausbar am anderen Ende des Raumes. Ich betrachtete ihn, während er mit dem Rücken zu mir vor der Bar stand und Flaschen herausnahm, immer gleich zwei auf einmal. Alles an ihm war ein bißchen überdimensional, nicht nur seine Statur, auch die unglaubliche Energie, die er in jede einzelne Geste legte, der Ton seiner Stimme und die maßlose Selbstsicherheit in seinen Haltungen.

Er drehte den Kopf zu mir und rief erneut: »Was willst du trinken, Giovanni?« Ich sagte: »Weiß nicht.« Er brüllte quer durch den Raum: »Was soll denn das heißen, Giovanni? Na komm schon!« Er ließ seine Stimme dröhnen wie durch ein Megaphon, selbstgefällig und mit fast grotesken Bewegungen. Er hatte dicke Hände und dicke Arme, sogar sein Hemd war aus dickem Stoff, ein festes Gewebe aus solider Baumwolle, strapazierfähig. Er schüttelte seinen großen Kopf und sah mich seitlich über die Schulter an, ohne sich umzudrehen. Von hinten wirkte er wie ein monolithischer Fels: kompakt, strotzend von Reichtum und Zufriedenheit, ohne Spuren von Zweifel am Leben.

»Mach ihm doch einen von deinen Spezial-Negronis«, riet ihm Marsha Mellows. Ihre Stimme klang dünn, wenn sie mit ihm sprach, aber vielleicht lag es auch nur am Gegensatz. Er nickte zustimmend wie ein Kellner, hob eine Flasche Campari hoch und besah sie prüfend gegen das Licht. »Wie man Negronis mixt, hab ich in Venedig gelernt«, brüllte er durch den Raum zu mir. »Der Barman von Harry's Bar hat's mir beigebracht. Als wir *Creamtrain* drehten, machte ich Experimente am ganzen Team, bis ich die richtige Mischung fand. Du hättest mal sehen sollen, wie die Kameraleute torkelten!« Er machte eine schlingernde Armbewegung, lachte dröhnend und brüllte, zu mir gewandt, aber wohl auch zu einem viel breiteren imaginären Publikum: »Ich muß dich warnen! Das Zeug ist viel stärker, als du es in einer Bar bekommst! Und ich tue bloß *einen* Tropfen Angostura rein! Das ist 'ne spezielle Zutat von mir!«

»Bloß einen Tropfen Angostura!« brüllte er gleich noch mal, diesmal zu Marsha Mellows gewandt. Grölte polternde Späße zu ihr hinüber, nannte sie »Mrs. Bocks« und setzte ihr heftig zu, überschwemmte sie mit einer Welle von rasender Energie und Selbstsicherheit. Sie lachte oder lächelte, spielte die Stichwortgeberin in seiner Szene.

Als er die Drinks gemixt hatte, goß er zwei große Kristallkelche voll und garnierte sie mit Orangenschalen, die das Hausmädchen auf einem Teller gebracht hatte. Dann goß er Sherry in ein zierliches Gläschen und stellte es zu den zwei Kelchen auf ein Tablett. Jede dieser Bewegungen machte er resolut und kraftvoll, als wollte er sich auch den Gegenständen aufzwingen. Er brachte das Tablett an den niedrigen Tisch, vor dem Marsha Mellows und ich uns niedergelassen hatten, gab ihr das Gläschen mit Sherry, reichte mir einen der Kelche und behielt den anderen für sich. Ließ sich in einen Sessel fallen, zwischen ihren und meinen, räkelte sich und war auch dabei noch exzessiv: lehnte sich weit zurück und preßte sich in die Polster, bis die Rückenlehne fast krachte, legte eine Hand flach mit ausgebreiteten Fingern auf die Armlehne, um sich des Sessels voll zu bemächtigen.

Kaum hatten wir einen Schluck getrunken, lehnte er sich noch weiter zurück und wartete auf Komplimente. Er sah mich nur an, aber es war, als wollte er sagen: »Na, wie ist er?« Ich sagte: »Das ist der beste Negroni, den ich je getrunken habe.« Es gelang mir nicht ganz, meine Stimme so klingen zu lassen, wie ich es eigentlich wollte; die Wörter rutschten mir irgendwie weg. Aber er war zufrieden, nickte und grunzte: »Aha!«

Dann brüllte er gleich wieder los: »Also, Giovanni, jetzt erzähl mir doch mal, was hat dich in diese Stadt voller Narren verschlagen?« Im selben Moment kam das Hausmädchen, um ihm zu sagen, er werde am Telefon verlangt. Ich blieb einen Augenblick vorgebeugt, die Antwort schon auf den Lippen. Er sagte: »Entschuldigt mich«, stellte sein Glas auf den Tisch und eilte mit langen Schritten durchs Zimmer. Es waren so sichere und arrogante Schritte, daß sie nicht mal mehr ein Geräusch machten, abgesehen vom leisen Knirschen der Ledersohlen.

An einem Telefon neben der Hausbar fing er gleich an zu reden, wobei er sich mit der Linken im Nacken kratzte. Er redete ohne zu warten, bis sich die Informationen, die ihn erreichten, richtig gesetzt hatten, schoß die Antworten wie in einer Art Zielscheibenschießen mit Wörtern hervor, schnaubte ungeduldig »Ja, ja, ja, ja!« und beantwortete Fragen mit Gegenfragen, die immer schon eine bestimmte Antwort vorgaben, oder zumindest den Geist und die Motive einer bestimmten Antwort.

Marsha Mellows beobachtete ihn durch den langgestreckten Salon und versuchte, aus dem halben Gespräch, das sie hören konnte, das ganze Gespräch zu erraten. Nach einer Weile sagte Arnold: »Okay, ich rede darüber mit Marsha, schließlich ist sie es, die das entscheiden muß.« Dann hob er noch einmal die Stimme und blökte: »Ich hab doch gesagt, wir werden dieser Tage darüber entscheiden!« Und wieder: »Ja, ja, ja, sicher, ich weiß!«

Ich schaute zur Decke hinauf oder durchs Fenster hinaus auf die Bäume im Park und versuchte, meinen Drink so langsam wie möglich zu schlürfen, um das Glas nicht gleich wieder leer zu haben und dann nicht zu wissen, wohin mit den Händen. Ein paarmal versuchte ich auch, das Löwchen zu streicheln, das auf dem Sofa mir gegenüber saß, aber jedesmal, wenn ich die Hand ausstreckte, knurrte es böse. Ich überlegte mir zwei, drei mögliche Sätze, um zu sagen, daß es spät geworden sei und ich gehen müsse.

Schließlich legte Arnold den Hörer auf und sagte zu Marsha Mellows: »Das war Harvey aus Chicago.« Sie sagte: »Soviel hab ich schon begriffen«, und sah ihn erwartungsvoll an, um etwas mehr zu erfahren. Aber er unterdrückte das Thema mit einer schroffen Bewegung, kam zu uns zurück, ließ sich wieder in seinen Sessel fallen und sagte zu mir: »Entschuldige, Giovanni.« Ich murmelte: »Keine Ursache.« Er sah mich mit einem Ausdruck an, der überrascht wirkte, aber wohl einfach nur abwesend war. Tatsächlich sagte er ein paar Sekunden später noch einmal: »Entschuldige vielmals.« Ich legte mir einen Satz zurecht, um mich zu verabschieden, rutschte schon langsam auf meinem Sessel nach vorn, aber da merkte er, daß mein Glas leer war, und erhob sich, um es wieder zu füllen. Goß sich auch selber noch einmal nach und ließ sich erneut in den Sessel fallen.

Wir schwiegen. Er betrachtete mich aus zwei Metern Abstand mit seinen arroganten Augen, den Kelch mit Negroni dicht vor den Lippen. Marsha Mellows setzte sich auf die Armlehne seines Sessels und legte ihm einen Arm um die Schultern. Zupfte ihm ein paar Fusseln vom Ärmel.

Er blökte mich an: »Wie ich höre, bist du Photograph, wenn du nicht gerade meiner Frau Italienisch-Unterricht gibst.« Ich kam mir allmählich saublöd vor in dieser idiotischen Situation: ich vor dem Ehepaar sitzend, während sie ihn umarmte und er mich ausfragte. Ich murmelte: »Och, na ja, nicht direkt Photograph.« Die Antwort klang dumm: hölzern und dilettantisch. Ich versuchte sofort, sie mit Gesten zu überdecken, die Worte durch andere Gesichtsausdrücke zu korrigieren. Aber Arnold hatte mir gar nicht zugehört. Er starrte mich an, in Gedanken weißgottwoanders, ohne den mächtigen Kopf zu bewegen. Marsha Mellows streichelte ihm den Nacken.

Auf einmal fragte er unvermittelt: »Interessiert es dich gar nicht, beim Film zu arbeiten?« Ich begriff nicht, ob er die Frage ironisch meinte oder ob er meine Motive herausfinden wollte. Ich begriff überhaupt nichts von seinem Verhalten, ich konnte sein Mienenspiel nicht entziffern. Jedenfalls antwortete ich auf die schlechteste Weise, ohne mich für eine der beiden Auffassungen zu entscheiden. Ich sagte: »Das würde mir schon gefallen.« Ich fügte zwar gleich ein Lächeln hinzu, das sowohl ironisch erscheinen konnte als auch dem Satz entsprechend naiv. Aber als ich die Lippen auseinanderzog, verrutschte mir das intendierte Gleichgewicht zwischen den beiden Komponenten, so daß die zweite ein peinliches Übergewicht über die erste bekam.

Arnold glotzte mich an und sagte nur knapp: »Aha!« Er war ein großes Raubtier, ein richtiger Freeway-Hai. Er war so kompakt und fugenlos, daß er unangreifbar erschien. Er trug eine goldene Armbanduhr, die einen ganzen Zentimeter dick war, und Krokodillederschuhe. Er trug an der linken Hand zwei breite Ringe, einen davon mit sechseckigem Rubin. Er roch nach Eau-de-Cologne.

Ich stand auf und sagte, ich müsse nach Hause; bedankte mich für den Drink und den netten Empfang. Marsha Mellows erwachte halb aus der Trance, die sie in Gegenwart ihres Mannes umfing, stand auf und sagte zu mir: »Also dann bis nächsten Montag um vier.« Auch Arnold stand auf, ergriff meine Hand und schüttelte sie, daß mir der ganze Arm vibrierte. Dann drehte er sich zu seiner Frau und fragte abrupt: »He, warum soll er nicht morgen abend dazukommen?« Sie sagte: »Na klar, warum nicht?« Er begeisterte sich für seine Idee und brüllte: »Na klar! Komm morgen abend um acht! Wir haben ein paar Freunde zum Dinner. Du brauchst keinen Abendanzug.« Er fragte mich gar nicht erst, ob es mir paßte, schob mich zur Tür mit Bekundungen großer Herzlichkeit. Marsha Mellows hielt sich im Hintergrund, unterstützte ihn und lächelte.

Ich ging den Kiesweg hinunter zum Wagen. Auf halber Strecke sah ich zurück, um zu winken. Sie standen beide noch in der offenen Haustür. Er hielt sie eng um die Hüfte gefaßt mit seinem dicken Arm.

Kurz nach sechs ging ich aus dem Haus; verlor im Hof noch ein bißchen Zeit, um die Wagenfenster mit einem Lederlappen zu putzen. Dann nahm ich den Wilshire Boulevard und fuhr ein Stückweit in Richtung Meer zu einem Blumenladen, den ich in Erinnerung hatte.

Es fing schon ein bißchen zu dämmern an, das Gelb verblaßte und wurde allmählich grau. Die kleinen, flachen und rechteckigen Gebäude kamen anders heraus: Sie benutzten die Leuchtreklamen, um sich zu rechtfertigen, wenigstens teilweise, oder um falsche Eindrücke zu erzeugen. Ich sah im Vorbeifahren auf die Supermärkte im Hintergrund, die Verkaufsstände für Gebrauchtwagen, die mexikanischen Restaurants vorn an der Straße. Es überraschte mich zu sehen, wie inkonsistent die Stadt war: flach und zerfasert und voller Löcher.

Ich fand den Blumenladen: so eine Art chinesisches Tempelchen mit einem roten Pagodendach und einer weißrosa Fahne auf dem Parkplatz. Innen war eine ältere Frau an der Kasse und ein schwarzer Verkäufer mit grüner Schürze. Ich fragte nach Rosen, aber es waren keine mehr da. Genaugenommen waren auch keine anderen Blumen mehr da, nur noch ein paar große Gebinde in Bastkörben. Die Frau an der Kasse sagte: »Nehmen Sie doch ein Gebinde.« Nicht daß sie mich zu drängen versuchte, sie sagte es in einem müden und gelangweilten Ton. Der schwarze Verkäufer wollte schon ein Gebinde vom Brett nehmen, aber da stoppte ich ihn; ich war mir sicher, daß ich es nicht bezahlen konnte. Ich sagte: »Danke, aber ich wollte Rosen.« Die Frau starrte mich über die Kasse an; sie trug eine hellblau getönte Brille und einen weißen Kragen mit spitzen Ecken. Sie gähnte und sah auf die Straße hinaus. Ich folgte ihrem Blick und sah durch die Scheibe, daß es dunkel zu werden begann.

Als ich in Bel Air ankam, war es schon acht. Ich fragte mich, ob sie vielleicht vergessen hatten, daß ich auch eingeladen war; ob sie womöglich schon mit ihren Freunden tafelten. Ein paarmal war ich schon drauf und dran, wieder umzukehren.

Am Eingang zu einer Auffahrt sah ich einen großen Gardenienstrauch. Das Weiß der Blüten schimmerte in den Resten von Abendlicht. Ich hielt an, stieg aus und ging um den Wagen. Die Motorhaube war so lang, daß ich fast eine Ewigkeit brauchte, bis ich auf der anderen Seite beim Strauch war. Ein leichter Wind blies mir in die Jacke und blähte sie etwas auf. Ich versuchte, einen Zweig mit vier Blüten abzureißen, aber er war viel biegsamer und resistenter, als ich erwartet hatte. Ich zerrte und drehte ihn, rüttelte heftig am ganzen Strauch. Ein Hund fing ganz in der Nähe zu bellen an, tief und rauh wie ein großes böses Untier. Ich zerrte weiter an dem verdammten Zweig, aber mir rutschten die Finger ab. Ich dachte daran, daß ich zu spät kommen würde, der Schweiß brach mir aus, ich geriet in Panik. Ich war versucht, den Zweig fahrenzulassen und ohne ihn einzusteigen, aber jetzt hatte ich mir meine Ankunft mit ein paar Blumen in der Hand vorgestellt. Ich griff in den Strauch, packte aufs Geratewohl einen Zweig und säbelte ihn mit dem Zündschlüssel ab. Ich zog ihn heraus und betrachtete ihn, er hatte nur eine Blüte. Ich nahm ihn trotzdem, stieg wieder ins Auto und fuhr die restlichen dreihundert Meter hinauf bis zur Villa von Marsha Mellows.

Das Tor stand offen, ich fuhr einfach rein, ohne erst zu klingeln. Die Hunde waren irgendwo angekettet, ich hörte sie in der Ferne bellen. Ich parkte den Ford zwischen den Cadillacs und Mercedes und Rolls Royce der anderen Gäste. Ich ging in weitem Bogen an der Glasfront vorbei, um nicht von innen gesehen zu werden.

Dann klingelte ich an der Tür, und die Mexikanerin öffnete mir, diesmal in traditioneller Hausmädchentracht mit Häubchen. Drinnen sah ich mir die Gardenie an, die ich erwischt hatte, und stellte fest, daß sie nicht sehr schön war. Sie war ein bißchen beschädigt durch mein wildes Gezerre am Zweig. Ich gab sie dem Mädchen und sagte: »Für die Dame des Hauses.« Das Mädchen betrachtete sie mit skeptischer Miene, legte sie aber nicht beiseite, sondern führte mich, ohne sehr überzeugt auszusehen, in den Salon.

Ich trat durch die Tür, und im selben Augenblick kam mir Marsha Mellows entgegen, um zu sehen, wer da gekommen war. Das Mädchen präsentierte ihr die Gardenie mit einer förmlichen Geste, als wäre sie eine kostbare Blume. Marsha Mellows tippte mir mit drei Fingern auf die rechte Schulter und sagte: »Danke, wie nett!« Ich war so verlegen, daß ich mich verpflichtet fühlte, zur Rechtfertigung der Präsentation zu sagen: »Ist eine Gardenie aus meinem Garten.« Aber sie war zu abgelenkt von ihrem Abend und drängte mich zwischen die anderen Gäste.

Arnold thronte mitten auf einem breiten Sofa, fast erdrückend dicht neben einer Blondine in langem Kleid. Ich war mir sicher, daß ich sie aus dem Fernsehen kannte, ich wußte nur nicht mehr, aus welchem Programm. Sonst gab es vier oder fünf getrennte Gruppen im Raum, die auf verschieden hohen Frequenzen und in verschiedener Lautstärke tönten. Mittelpunkt einer der Gruppen war eine ältere Dame in einem rosa Kleid, das an den Schultern Rüschen bildete. Sie unterhielt sich angeregt mit den Leuten in ihrem Umkreis, die sich offenbar großartig amüsierten. Ich glaubte, auch sie irgendwie zu kennen, sie irgendwo schon mal gesehen zu haben.

Marsha Mellows nahm meinen Arm und führte mich unter den Gästen herum. Sie stellte mich vor als »Mein Italienisch-Lehrer, ein hervorragender Photograph.« Alle hoben die Köpfe und sagten »Phantastisch« oder »Wie schön«, ohne sich weiter Gedanken zu machen: zogen hauptsächlich die Lippen breit und lächelten, zeigten das Weiß ihrer Zähne.

Marsha Mellows führte mich weiter umher, und plötzlich stand ich vor Leuten wie Steve Graham, Louise Alberts und Tony Fleets. Sie saßen da vor mir auf Sesseln mitten zwischen den anderen Gästen und fühlten sich völlig unbeschwert: lachten und scherzten, als wären sie bei sich zu Hause. Sie trugen leichte Sommerjacken, seidene Schals und weiche Schuhe; sie schienen selber ganz weich zu sein, bequem in den Sesseln versunken. Ich gab allen die Hand, ohne mir ganz im klaren zu sein, was ich tat. Sie erwiderten meinen Händedruck und beugten sich vor, als wäre ich einer von ihren Freunden.

Ich hatte bei ihnen den gleichen Eindruck wie damals bei meiner ersten Begegnung mit Marsha Mellows: Sie kamen mir vor wie eben erst dreidimensional geworden. Sie wirkten klarer im Raum als gewöhnliche Leute, konturenschärfer und besser beleuchtet. Ich hatte mich einigermaßen an den Gedanken gewöhnt, mit Marsha Mellows zu tun zu haben, aber dies hier stellte alles noch einmal in Frage, es ließ mich an den Raum-Zeit-Relationen zweifeln. Mir schien, als wäre ich mit einem plötzlichen Sturz ins Zentrum der Dinge gefallen, aber ich hatte keine Ahnung, wo dieser Sturz begonnen hatte und was ich hier sollte. Ich versuchte, Klarheit über die Situation zu gewinnen, ohne allzuviel Zeit damit zu verlieren, mein Ich mit der Wirklichkeit zu synchronisieren. Ich versuchte, die Trennscheibe zwischen den Sphären schnell zu zerschlagen, um mein Leben in Kontakt mit dem wirklichen Leben zu bringen.

Eine Dame, die auf einem Sofa saß, lud mich ein, neben ihr Platz zu nehmen. Ich setzte mich und entdeckte sofort, daß sie die einzige Person im Raum war, die mich nicht interessierte, aber nun saß ich erst mal. Links neben mir saß ein Typ mit fliehender Stirn, ich glaube ein unbedeutender Schauspieler. Eine Bedienung brachte mir einen Cocktail. Die uninteressante Dame fragte mich: »Sind Sie Italiener?« Ich sagte ja, und sie rief: »Wie schön!« Ihr Gesicht war ein bißchen zu sonnenverbrannt, die Haut war glatt und spannte sich an den Backenknochen, vielleicht hatte sie sich liften lassen. Mir schien, als könnte ich an den Ohren die kleinen Operationsnarben sehen. Sie hielt ein volles Glas in der Hand, aber es war klar, daß sie schon zwei oder drei geleert hatte.

»Mein Mann und ich sind oft in Italien gewesen«, sagte sie mit einem klagenden Ton in der Stimme, so daß ich dachte, ihr Mann wäre tot. Ich sagte: »Das tut mir leid.« Sie sah mich verwundert an: »Das tut Ihnen leid?« Ich drehte mich zu dem Typ mit der fliehenden Stirn und sah, daß er lachte, eine Hand vor dem Mund, um die Töne zurückzuhalten. Die uninteressante Dame sagte: »Mein Mann und ich sind Innenarchitekten.« Jedesmal, wenn sie lange Wörter aussprach, spannte sich ihre Gesichtshaut. »Interessant«, sagte ich.

Es klingelte an der Haustür. Das Mädchen lief durch den Salon, um zu öffnen. Ein Stimmengewirr platzte draußen los, dann erschien ein älterer Herr in weißem Anzug und mit einem Tulpenstrauß in der Hand. Er schwenkte die Tulpen grüßend zu Marsha Mellows und rief: »Die Herrliche! Marsha Mellows, die Herrliche!« Sie ging ihm mit ausgebreiteten Armen entgegen, umarmte ihn, küßte ihn auf die Wangen und dankte ihm für die Blumen. Das Mädchen nahm sie und tat sie in eine Vase.

Marsha Mellows führte den Weißgekleideten zwischen den Gästen herum, wie sie es mit mir getan hatte; nur daß ihn alle schon kannten und freudig begrüßten. »Hi, Freddie, wie geht's?« riefen sie, oder auch nur: »Freddie!« Mir schoß durch den Kopf, daß es Freddie Aaron sein mußte, der Regisseur. Andauernd tauchten jetzt neue Gesichter auf, die ich gut kannte, überlagerten sich oder verdeckten manchmal auch andere. Ich war jetzt nicht mehr so überrascht; ich saß auf dem Sofa, eingeklemmt zwischen der uninteressanten Dame und dem unbedeutenden Schauspieler. Alle schwatzten und lachten, kniffen einander in die Arme und tranken, soviel sie konnten.

Nach einer Weile klatschte Marsha Mellows laut in die Hände, und zwei bis drei Paladine in ihrer Umgebung begannen, wenigstens unter den Näherstehenden Ruhe zu schaffen. Als der Lärm sich ein bißchen gelegt hatte, bat sie zum Essen und deutete auf die Tür zum Speisesaal. Alle folgten ihr wie eine Herde, jeder mit seinem Glas in der Hand, um unterwegs irgendwie beschäftigt zu sein. Arnold drängte und trieb sie voran, erzeugte Strudel von kleinem Gelächter und großem Gejohle, machte Witze, die er sicher schon oft gemacht hatte, faßte die Frauen um die Hüfte und die Männer am Arm, grölte und johlte und trieb uns zur Eile. Als er in meine Nähe kam, fragte er mich, ob ich Hunger hätte. Ich sagte ja, sehr. »Bravo, Giovanni!« rief er dröhnend. »Du hast die Situation kapiert!« Er legte sein ganzes Gewicht in die Worte, beugte sich über die Schulter einer großen Blondine, die fast unter ihm zusammenbrach. Er rollte die Augen und verzog die Lippen zu einem selbstgefälligen Grinsen. Ich schaute auf seine dichten glänzenden Zähne.

Marsha Mellows führte die Gäste an einen sehr langen Tisch und wies ihnen die Plätze an, dirigierte die Nachdrängenden mit Gesten von weitem. Wir setzten uns und schauten, wer unsere Nachbarn waren. Wir stürzten uns auf ein kaltes Risotto mit Krabben und Erbsen, noch während der Kellner es uns auf die Teller tat. Die Teller waren weiß und blau, mit Tierkreiszeichen bemalt. Aber sie waren nicht so verteilt, daß jeder vor seinem Zeichen saß; ich zum Beispiel hatte Fische, obwohl ich ein Zwilling bin. Ich schaute umher, ob ich der einzige war, der nicht sein Tierkreiszeichen bekommen hatte, und hörte zwei bis drei Gäste sagen: »He, das ist aber nicht mein Zeichen!« Die Erbsen waren aus der Tiefkühltruhe: süß und matschig und von einem falschen Grün. Die anderen Gäste aßen sie, ohne es zu merken; schlangen sich voll, so schnell es ging.

Ich bemühte mich, den Gesprächen zu folgen, aß und horchte nach rechts und links. Fast alle waren beim Film oder in irgendwie filmnahen Branchen. Die Gespräche drehten sich um Regisseure, Produzenten und Stars, um Filme, die gerade herausgekommen waren oder erst noch gemacht werden sollten. Im Mittelpunkt jeder Bemerkung standen Teile von Episoden, oder auch ganze Episoden, die aber in sich so unverständlich waren, daß sie wie Teile größerer Geschichten wirkten. Jedesmal, wenn einer lachte, tat er es so, daß der Eindruck entstand, als lachte er aus ganz besonderen, nicht offensichtlichen Gründen. Ich bemühte mich in solchen Fällen immer gleich mitzulachen, um kein Mißtrauen unter meinen Nachbarn zu erregen. Von Mal zu Mal lachte ich lauter; trank kalifornischen Rotwein und gewann allmählich Vertrauen, lehnte mich auf dem Stuhl zurück und streckte die Beine lang.

Louise Alberts saß drei Plätze weiter links, ungefähr in der gleichen Haltung und Aufmachung wie in *Närrische Tage*. Sie stichelte ihre Nachbarn, machte spitze Bemerkungen über ihr Aussehen und Verhalten. Ich mischte mich ein, griff ein paar ihrer Wortspiele auf und entwikkelte sie ein Stück weiter. Ich fand mich ganz gut dabei, fühlte mich als ein guter Mitspieler. Aber der allgemeine Rhythmus war ziemlich schnell, es war nicht leicht, den richtigen Augenblick zu erwischen. Die Initiative wechselte rasch von einem zum anderen über den Tisch.

Tatsächlich folgte die Unterhaltung wechselnden, schwer vorauszusehenden Rhythmen. In manchen Augenblicken wurde das Stimmengewirr so dicht und verfilzt, daß es keinen Freiraum mehr ließ; die verschiedenen Frequenzen durchdrangen sich auf verschiedenen Stufen. Dann wieder kam es vor, daß alle Reden auf einmal versackten und liegenblieben wie Fische am Strand. Jemand sagte noch einmal »Tja« und schüttelte langsam den Kopf oder schwenkte sein Glas. Man hörte das Klappern der Gabeln, das Kauen der Kiefer. Und gleich darauf stürzte schon wieder jemand los, schnappte sich den Gesprächsfaden wie einen Rugbyball und verteidigte ihn, verfolgt von den anderen. Die Stimmen verfilzten sich in Sekundenschnelle erneut und bildeten ein geschlossenes Lärmdach über dem Tisch.

Arnold und Marsha Mellows, die an den beiden Enden der Tafel saßen, griffen oft ein, um die Rhythmen der Unterhaltung zu regulieren: bremsten oder beschleunigten sie auf verschiedene Weise, lenkten sie in die eine oder die andere Richtung. Das Interesse der Runde verdichtete sich um die beiden Gastgeber, um Freddie Aaron, Louise Alberts und Tony Fleets. Es gab eine deutliche Hierarchie in der Quantität von Geräuschen und Gesten, die jedes Mitglied der Runde hervor- und einzubringen vermochte, einige hatten viel weniger Macht als andere. Manche waren auf kleine Charakterrollen spezialisiert, etwa besonders geistreichen Formulierungen Resonanz zu verschaffen oder andere hervorzulocken, oder auch nur Fragen zu stellen oder nur zu beantworten. Arnold bediente sich dieser Nebenpersonen ständig: hetzte sie auf, wenn er ein bestimmtes Thema anfeuern wollte, lachte und ermunterte sie und versuchte auf jede Weise, ihr Selbstvertrauen zu stärken. Wagten sie sich dann zu weit vor, pfiff er sie beinahe immer zurück und entzog ihnen seine Gunst: schaute woandershin, wechselte unvermittelt das Thema und ließ sie ins Leere reden. Einige Gäste redeten überhaupt nicht; saßen nur da und hörten zu, um ihre Schwäche nicht allzu deutlich zu zeigen.

Ich betrachtete Arnold, wie er da am Kopfende thronte, und fragte mich, wie er wohl früher gewesen sein mochte, am Anfang seiner Karriere. Ich konnte ihn mir beim besten Willen nicht machtlos vorstellen, als einen Anfänger auf der Suche nach kleinen Rollen. Vielleicht war er schon als

Anfänger so gewesen wie jetzt. Oder vielleicht hatte er überhaupt nie angefangen, vielleicht war er schon so auf die Welt gekommen, schon als Kind so gewesen. Ich konnte ihn vor mir sehen, wie er als Kind war: dick und anmaßend, den Kopf voll zielstrebiger Ideen.

Auch Marsha Mellows war nicht leicht als Anfängerin vorzustellen: ohne die Aura, die jetzt so unverkennbar jede ihrer Gesten und Eigenheiten umgab. Dennoch konnte man sie, anders als ihren Mann, irgendwie näher an ihrem Ausgangspunkt rekonstruieren. Sie war ganz in Sicherheit eingehüllt, beziehungsweise in eine Vielzahl von Sicherheiten, die sich zu einem Gewebe verflochten; aber das Webmuster war nicht sehr fest, es ließ immer wieder kleine Stückchen verletzbarer Haut durchscheinen. Ich betrachtete sie immer wieder, wie sie da am anderen Ende der Tafel saß, versunken in ihre Rolle als Gastgeberin.

Ich selber hielt mich am Rande der Unterhaltung, meistens hörte ich zu. Einmal wechselte ich ein paar Worte mit einer kleinen Dicken in schwarzem Plastik-Overall, die mir gegenübersaß. Zwischen einem Wort und dem anderen spachtelte sie mit großer Gier: beugte sich tief über ihren Teller, um die Speisen genau zu mustern, bevor sie mit der Gabel hineinfuhr. Während sie kaute, beäugte sie mich, vermutlich um meine Position einzuschätzen; dann ließ sie mich eine schiefe Ebene von abnehmendem Interesse hinuntergleiten. Ich fragte sie etwas in scherzhaftem Ton, und sie antwortete, ohne genau in meine Richtung zu sehen: blickte auf einen vagen Punkt an meiner Seite des Tisches und horchte dabei zu Freddie Aaron hinüber, vielleicht auch zu Arnold am fernen Ende der Tafel.

Als wir zum Eis kamen, fing Marsha Mellows an, mich in das Gespräch hineinzuziehen. Stellte mir Fragen, schlug Schneisen und Lichtungen in das Stimmengewirr, damit ich sie mit Bemerkungen oder Anekdoten füllte. Die Gäste in meiner Umgebung drehten die Köpfe zu mir und erwarteten, etwas Amüsantes zu hören: sahen mich neugierig an, die Stimmbänder schon gespannt. Marsha Mellows insistierte, spornte mich an und blickte aufmunternd mit ihren eigenartigen Augen.

Ich begann zu erzählen, daß ich mal als Kellner in einem Restaurant gearbeitet hatte, um direktes Anschauungsmaterial zu sammeln. Beschrieb zwei, drei Typen von Kellnern, ihre Haltungen in den verschiedenen Phasen des Abends; versuchte, die Beobachtungen, die mir in den Sinn kamen, leicht karikaturhaft verzerrend wiederzugeben, und maß die Verzerrung am Lachen der Gäste. Sie lachten, die Gäste: sahen mich neugierig an und lachten. Einige lachten sogar schallend, beugten sich prustend über die Teller oder lehnten sich weit zurück, hielten sich wiehernd den Bauch und wurden rot im Gesicht.

Anfangs war ich noch unsicher. Ich redete und machte Gesten, aber ich wußte nicht recht, wie ich das Lachen interpretieren sollte, inwieweit ich es der Situation oder nervösen Automatismen zuschreiben sollte und inwieweit meiner Fähigkeit, amüsant zu wirken. Ich kontrollierte beim Reden die Gesichter meiner Tischnachbarn, um die Reaktionen auf meine Worte im Augenblick ihrer Ankunft zu erfassen. Allmählich sah ich dann, daß die Leute etwas von mir erwarteten: voller Neugier und bereit, darüber zu lachen.

Ich erging mich in geistreichen Bemerkungen über die Stadt, Bemerkungen aus der Sicht eines jungen zynisch-kritischen Europäers, der sich darin gefällt, im Kreise von Leuten, die er kaum richtig kennt, als Alleinunterhalter zu glänzen. Ich hatte Erfolg, alle Blicke waren auf mich gerichtet, auf mein Gesicht konzentriert. Arnold war zu weit weg, um mich hören zu können, aber Freddie Aaron und Louise Alberts hatten die Köpfe zu mir gedreht, um mich anzusehen und meine Stimme zu hören. Marsha Mellows war entzückt; mischte sich wiederholt mit ihrer hellen und fließenden Stimme ein, begleitend oder kontrapunktierend zu meiner, drehte sich zu ihren Gästen, um zu betonen, daß sie es gewesen war, die mich hergeholt und zum Reden gebracht hatte. Immer mehr Leute waren bereit, meine Worte zu hören und weiterzugeben, Fragen zu stellen oder Kommentare zu äußern, die an den Rändern gehört wurden.

Es war ein fast körperliches Gefühl, das ich hatte und das mit Worten zu definieren mir schwerfällt: eine Art abstrakte Gier oder Süchtigkeit, die mit jedem Häppchen Erfolg, das ich ergattern konnte, noch größer wurde. Etwas in meinem Blut, etwas Chemisches, glaube ich, schoß mir vom Herzen durch die Arterien und kleineren Adern bis in die feinsten Äderchen, bis in die Kapillaren der Fingerspitzen und der Gesichtshaut. Die Wahrnehmung meiner eigenen Gesten war völlig erloschen: Ich drehte den Kopf und bewegte die Hände ganz automatisch, ohne vorher darüber nachgedacht oder eine Wahl getroffen zu haben. Ich sah mich von außen, aber wie einen Fremden, ohne zu versuchen, irgendwie einzugreifen. Gleichzeitig war ich sehr klar im Kopf. Ich konnte ein interessantes Detail anvisieren, langsam heranfahren und wenige Millimeter vor einem Ausdruck haltmachen.

Auch mein Zeitgefühl war gestört. Ich konnte den Abstand zwischen zwei Sätzen nicht mehr gut kalkulieren, den Raum für das Lachen und die fließenden Stimmen dazwischen.

Wir standen auf und gingen hinüber in den Salon. Die Konversation zerfiel unterwegs, zerfaserte, blieb auf der

Strecke. Wir setzten uns irgendwohin, ohne uns auszusuchen, neben wen. Alle waren jetzt noch viel weicher: hingen schlaff in den Sofaecken, hingegossen in den Falten der Sessel. Alle gestikulierten ins Leere, tranken Wein oder Cognac und sahen ziellos umher. Ich versuchte weiterzureden, aber niemand hörte mehr zu, niemand hielt die Augen lange genug still. Ich begriff nicht ganz, wie eine Situation so plötzlich die andere überlagern konnte, ohne Raum dazwischen zu lassen. Eben erst hatte ich zu kapieren geglaubt, wie die Dinge liefen, und schon war alles ganz anders. Ich lag etwa zwanzig Minuten auf dem Sofa und schaute umher. Trank fast eine ganze Flasche Apfelsaft leer, Glas für Glas.

Kaum sah ich die ersten Gäste aufbrechen, stand ich ebenfalls auf. Ich wollte auf keinen Fall bleiben, bis die Situation völlig abgeschlafft war. Marsha Mellows sah mich aufstehen und sagte: »Bleib doch noch zehn Minuten.« Ich sagte, ich müßte am nächsten Morgen früh raus und würde sonst nicht rechtzeitig aufwachen. Sie sagte: »Wie schade!« Ich machte die Runde, um mich von den Gästen zu verabschieden. Einige grüßten aus ihren Sesseln, ohne den Kopf zu heben: hoben nur schlaff eine Hand und sagten, sie hofften, mich wiederzusehen; es wäre phantastisch gewesen, mich kennenzulernen.

Marsha Mellows und Arnold begleiteten mich in die Halle, zusammen mit der Innenarchitektin und ihrem Mann, die auch gerade gingen. Arnold stand zehn Minuten lang in der Haustür und schüttelte ihm die Hand und machte ihr Komplimente über ihr Kleid und betonte ununterbrochen, es sei ein Vergnügen gewesen, mit ihnen zu speisen. Sie standen in der offenen Tür, fast gewaltsam daran gehindert, sich in ihr nahes Auto zu flüchten, und bewahrten die gleichen Haltungen wie bei Tisch: lächelten, gaben sich locker und zwanglos, auch wenn sie sich unwohl und unterlegen fühlten. Arnold verlor seine Zeit nur mit ihnen, weil er betrunken war; vielleicht auch weil es ihm Spaß machte, sie zu quälen. Marsha Mellows versuchte, mir etwas auf italienisch zu sagen, ohne großen Erfolg. Sie hatte auch was getrunken, aber längst nicht soviel. Sie schwankte ein bißchen, lehnte sich an die Wand in der Halle.

Als die beiden Innenarchitekten gegangen waren, drückte mir Arnold die Hand und dröhnte ein paarmal hintereinander: »War uns ein echtes Vergnügen!« Beim zweiten Mal fragte er seine Frau: »Stimmt's, Marsha?« Sie sagte ja. Ich bedankte mich und schaffte es nach einer Weile, meine Hand freizubekommen. Drehte mich zu Marsha Mellows, ohne zu wissen, ob ich ihr die Hand geben sollte. Stand vor ihr mit hängenden Armen und sagte nur: »Gute Nacht.« Sie gab mir die Hand, ein bißchen linkisch. Ihr Händedruck war sehr zart: nicht schlaff, aber auch nicht sehr befriedigend. Ich hätte ihr lieber gar nicht die Hand gegeben. Aber sie lächelte noch einmal in der Tür: entspannter als sonst.

Ich trat in den Park und ging zum Wagen. Die Art, wie der Kies unter meinen Sohlen knirschte, befriedigte mich enorm. Das Gefühl war so stark, daß ich die Strecke zum Wagen um fünfzig Meter verlängerte. Ich ging, die Hände tief in den Taschen, durch den leisen und feuchten Nachtwind fast bis zum offenen Tor hinunter und wieder zurück. Ich sah das Innenarchitektenpaar in einem grauschwarzen Silver Shadow langsam über den Kies hinausfahren. Sie wirkten bedrückt und pathetisch in ihrem Wagen, arme Schlucker.

Ich fuhr eine halbe Stunde lang ziellos durch die Alleen von Bel Air. Stellte mir vor, wie Marsha Mellows sich jetzt die Zähne putzte: im Bad neben dem von der Präsenz ihres Mannes erfüllten Schlafzimmer.

Im Radio jaulte ein Schlager ununterbrochen: »Du mußt nur bohren und bohren und bohren«, bezogen auf eine ganz andere Situation. Es nervte mich eine Weile; schließlich geriet ich in Rage und schaltete ab.

Ich überlegte, wie Arnold und Freddie Aaron mich sehen mochten. Vielleicht sahen sie mich überhaupt nicht. Oder sie warfen mich mit einem raschen Blick zu den Tausenden gieriger junger Haie, die durch Los Angeles jagten, alle mehr oder weniger mit den gleichen maßlosen Ansprüchen und den gleichen falschen Vorstellungen von ihrer Einmaligkeit.

Als ich nach Hause kam, hörte ich schon von draußen Fernsehgeräusche und lautes Gegacker. Ich machte die Tür auf und sah Marcus langausgestreckt auf dem Boden liegen. Er drehte sofort den Kopf zu mir, mit einem Ausdruck gestörter oder gefrorener Heiterkeit. Jill hockte neben ihm vor dem Sofa, in der Hand ein Glas Honig und einen Teelöffel zwischen den Lippen. Sie sah mich mit geweiteten Augen an, verfolgte meine Bewegungen über die Schwelle.

Im selben Moment, als sich das Bild von Marcus, wie er da neben Jill am Boden lag, auf meiner Netzhaut festsetzte, schoß mir eine abstrakte Wut hoch. Ich lief in die Küche, um mir ein Glas Milch zu holen, und sagte kein Wort. Vielleicht knurrte ich einen Gruß, als ich am Sofa vorbeikam und über Marcus' langausgestreckte Beine stieg.

Dann sah ich die beiden aus der Küche, noch immer in mehr oder weniger unveränderter Position. Sie gackerten vor dem Fernseher, aber nicht mehr so laut wie vorhin, als ich sie von draußen hörte. Das Zweideutige, das ich die anderen Male zwischen ihnen bemerkt hatte, war verflogen: Sie hatten entspannte, zwanglose Gesten. Sie waren sich nahe auf eine ganz natürliche Weise, ohne Steifheiten oder Hemmungen. Als sie mich vorhin die Tür aufschließen hörten, lag er wahrscheinlich mit dem Kopf auf ihren gestreckten Beinen. Sie mußte die Beine rasch hochgezogen haben, bevor ich hereinkam. Aber auch dieses rasche Hochziehen der Beine, um seinen Kopf abzuschütteln, war ganz natürlich gewesen: eine fließende, kantenlose Bewegung.

Ich sah auf die beiden aus dem Winkel der Küche, ein Glas Milch in der Hand, und fühlte mich plötzlich erleichtert, frei von Verantwortung.

Ich ging zum Sofa und setzte mich nahe zu ihnen, lächelnd. Sie drehten die Köpfe herum und sahen mich unsicher an. Auf ihren Gesichtern flackerten Lichtreflexe vom Bildschirm: rote und grüne und weiße Schimmer. Sie sahen aus wie zwei Kinder, die spätabends von ihren nach Hause kommenden Eltern beim Fernsehen überrascht worden sind.

Ich war so froh, daß ich es ihnen gern mitgeteilt oder gezeigt hätte. Aber sie waren auf der Hut und versuchten, sich zu verstellen. Jill sagte ein paar Sätze von der Art »Was haben wir gelacht heute abend, Marcus und ich«, um die Situation harmlos erscheinen zu lassen. Marcus versuchte, die kindliche Herzlichkeit, die ich beim Eintreten zwischen ihm und Jill überrascht hatte, auf mich auszudehnen. Er kicherte über meinen Anzug, kniff die geröteten Augen zusammen und zeigte mit dem Finger auf mich. Er reichte mir Crackers, und als ich sagte, daß ich keine wollte, fing er an zu drängeln und krabbelte mich an den Beinen. Jill sah starr in die Glotze, ohne noch etwas zu sagen. Ich hätte die beiden gern ermutigt, aber sie versanken in peinliches Schweigen. Ich wußte nicht, was ich tun sollte.

Schließlich ging ich ins Bad, um mir die Zähne zu putzen, und kaum war ich drin, kam Marcus, um sich zu verabschieden. Er klopfte nur an die Tür und rief: »Mach's gut, auf bald!« Ich stellte mir vor, wie er die Treppe hinunterhastete mit seinen kurzen eckigen Schritten: wie er das Gewicht seines kleinen stämmigen Körpers erst auf das eine Bein und dann auf das andere verlagerte, um die Stufen hinunterzutänzeln wie in einem Ballett.

Jill kam ins Bad und machte die Tür zu. Griff mich am Arm und sagte: »Ich muß mit dir reden.« Ich mochte die Art nicht, wie sie mich ansah und festhielt; ich mochte die Art nicht, wie sie sagte: »Ich muß mit dir reden« oder »Jetzt reden wir mal miteinander«. Ich sagte: »Es gibt doch gar nichts zu reden« und schwenkte den freien Arm zu einer entsprechenden Geste. Sie sagte: »Doch, gibt es schon!« und ich: »Nein, gar nichts!« und sie: »Doch, doch!« Wir sahen uns an, im Bad vor dem Waschbecken.

Dann meinte Jill: »Du denkst bestimmt komische Sachen über Marcus und mich!« Ihre Stimme kam dunkel und tief aus der Brust. »Wieso denn?« sagte ich. »Ist doch alles in Ordnung!« Sie sah mich an. Ich sagte mit Nachdruck: »Bestimmt!« Sie guckte zweifelnd und sagte: »Ich dachte, du wolltest ihm den Schädel einschlagen, als du ihn sahst.« Jetzt war ich verlegen und wünschte, woanders zu sein. Ich knurrte: »Du machst wohl Witze.«

Dann nahm ich die Zahnbürste, drückte mindestens drei Zentimeter Zahnpasta mit Mentholgeschmack auf die Borsten und fing an, mir noch mal die Zähne zu putzen. Jill griff mich erneut am Arm und drückte ihn heftig; sah mir fest in die Augen, zog tief und hörbar die Luft durch die Nase und sagte: »Wir müssen über unsere Beziehung reden.«

Es muß dieser Satz gewesen sein oder der Ton, in dem sie das Wort »Beziehung« aussprach, der die Sache ins Rollen brachte. Von diesem Moment an hatte ich nur noch ein Bild von mir selbst vor Augen, wie ich davonlief: einen Abhang hinunter, stolpernd und wieder hochkommend, immer weiter, Hals über Kopf von ihr weg. Sie dagegen stand da und versuchte, meinen Arm zu umklammern mit ihren tennnisgestählten Händen.

Es gab einen kurzen Wortwechsel, den ich jetzt nicht mehr genau in Erinnerung habe, aber ganz die Sorte Affirmation/Negation irgendwelcher Prinzipien. Jill schrie, während ich versuchte, mich wieder zum Spiegel zu drehen, um mir die Zähne fertig zu putzen. Die Zahnpasta schmeckte süßlich und schäumte am Gaumen, ich hatte den Mund voller Bläschen, die Worte kamen mir gurgelnd und blubbernd heraus. Nach ein paar Minuten geriet sie furchtbar in Rage, ließ meinen Arm los, riß die Tür auf, rannte hinaus und knallte sie zu, so heftig sie konnte.

Ich putzte mir die Zähne zu Ende, während Jill im Schlafzimmer Schubladen aufriß und Sachen durch die Gegend feuerte. Ich ging hinüber und sah auf dem Bett einen fast schon fertig gepackten Koffer, in den sie rasend wie eine Furie Strümpfe und Höschen hineinwarf. Als er voll war, donnerte sie ihn zu und rannte mit ihm an die Wohnungstür. Ich fragte, was sie da mache, sie schrie mit einer Lautstärke, die ich ihr niemals zugetraut hätte: »ICH GEHE!« Riß die Tür auf, stürzte mit dem Koffer hinaus und knallte sie donnernd zu. Ich stand eine halbe Minute reglos, betäubt vom Krachen des Donners.

Dann lief ich die Treppe hinunter auf den Parkplatz im Hof, wo es kühl und feucht war. Jill bemühte sich gerade, ihren VW zu starten, aber sie hatte anscheinend vor lauter Aufregung den Motor absaufen lassen. Ich sah sie im Licht der Hoflaternen, wie sie gebeugt am Steuer saß und beharrlich den Zündschlüssel drehte. Die Kerzen mußten verdreckt sein oder die Unterbrecherkontakte im Eimer. Ich machte die Wagentür auf und fragte, ob sie unbedingt so eine Szene machen müßte, jetzt mitten in der Nacht. Sie tat, als wäre ich Luft, und drehte weiter den Zündschlüssel. Die Batterie mußte schon fast leer sein. Ich sagte, sie könnte doch auch am nächsten Morgen noch gehen. Sie ließ den Zündschlüssel los, drehte den Kopf zu mir und schrie mich an: »Morgen früh gehst *du*!«

Vielleicht lag es daran, daß der Motor noch immer nicht ansprang, vielleicht auch an der späten Nachtstunde, oder es waren allgemeinere Gründe, jedenfalls kam sie schließlich heraus, nahm den Koffer vom Rücksitz, stieß mich zur Seite, als ich ihr in den Weg trat, stürmte die Treppe hinauf in die Wohnung und knallte die Tür zu. Ich stand draußen, im Bademantel nachts um eins auf dem Treppenabsatz, und dachte: »O Scheiße!«

Ich hämmerte gegen die Tür, erst mit den Fäusten, dann mit den Handflächen, ohne Ergebnis. Ich trat mit den Füßen dagegen, es machte einen Höllenlärm, der von den Mauern ringsum widerhallte. Nach ein paar Minuten öffnete Jill die Tür einen Spaltbreit, mit angelegter Sicherheitskette; streckte die Nase heraus und sagte: »Wenn du so weitermachst, ruf ich die Polizei.« Ihr Ton und ihr Blick ließen kaum einen Zweifel, sie hätte es wirklich getan.

Kurz bevor sie die Tür wieder schloß rief ich schnell: »Du kannst mich doch nicht die ganze Nacht im Bademantel hier draußen lassen!« Sie schloß die Tür und drehte zweimal den Schlüssel. Ich wartete fünf Minuten, ohne mich von der Stelle zu rühren. Sie drehte erneut den Schlüssel, machte die Tür gerade weit genug auf, um mein weißes Jackett durch den Spalt zu werfen, und schloß sie wieder, diesmal mit vier Umdrehungen. Ich zog mir den Bademantel aus und hängte ihn an die Türklinke, zog mir das Jackett über den Pyjama und überlegte, ob Jill mich tatsächlich die ganze Nacht lang aussperren würde. Ich ging die Treppe hinunter, überquerte den Parkplatz und trat auf die Straße. Meine weißen Pantoffeln glänzten im Licht der Straßenlaternen und gaben mir einen langsamen wiegenden Gang.

Die Nacht war mondlos, aber trotzdem nicht vollkommen finster: Ein feiner Leuchtstaub lag in der Luft, der aussah wie Milch unter dem Mikroskop: dichter in Straßennähe bis etwa zur Höhe der flachen Dächer, nach oben hin dünner werdend zur Schwärze des Himmels. Ich ging auf dem Grasstreifen neben dem Gehsteig, meine Pantoffeln versanken im weichen Boden. Auf den Dächern der Autos glänzten Millionen winziger Tröpfchen. In der Ferne war ein dumpfes Brausen vom Freeway zu hören, ab und zu übertönt vom Lärm eines vorüberdonnernden Lasters. Nach einer Weile kam ein Polizeiwagen, glitt von hinten heran und tauchte plötzlich neben mir auf: breit und weiß und schwarz. Er bremste und hielt. Ein Polizist beugte sich aus dem Fenster und leuchtete mir mit einer Stablampe ins Gesicht. Ich sah den Wagen nicht mehr, ich sagte blind in den Lichtstrahl: »Guten Abend.« Der Polizist hielt weiter die Lampe auf mich gerichtet, wortlos. Vermutlich kam ich ihm sonderbar vor: zu Fuß unterwegs, im weißen Jackett mit blauen Pyjamahosen und weißen Pantoffeln. Nach ein paar Sekunden ging das Licht aus, und der Wagen glitt weiter.

Ich ging noch etwa zehn Minuten den Gehsteig entlang. Dann kehrte ich um, ging zurück und probierte noch einmal die Tür. Sie war offen. Jill hatte ein Kissen und eine

Decke auf den Wohnzimmerboden geworfen. Ich legte mich auf den Teppich und schlief ein.

Die Sonne weckte mich, die durchs Fenster hereinschien. Auch der Lärm, den Jill machte, indem sie rücksichtslos Türen knallte und Sachen umherwarf.

Wir begegneten uns vor der Tür zum Bad und sagten kein Wort. Drückten uns an den Wänden entlang, um Berührungen zu vermeiden. Als wir fünf Meter auseinander waren, sagte ich: »Keine Sorge, ich verschwinde aus dieser Scheißwohnung.« Sie drehte sich um, sah mich ruhig an und sagte: »Hoffentlich bald.« Keiner von uns beiden schrie, wir hatten kühle und spröde Stimmen.

Kaum war Jill aus dem Haus, ging ich ins Schlafzimmer, um mich anzuziehen. Sie hatte alles, was ich an Kleidern besaß, aus dem Schrank gerissen und in eine Ecke geworfen. Ich sammelte meine zerknitterten Hemden auf, hängte sie auf Bügel und trug sie ins Bad, um sie unter die Dusche zu hängen. Dann überlegte ich mir, daß Jill sie auch da nicht lassen würde, und packte sie in die Koffer. Ich packte rasch alles übrige ein, schloß die Koffer und trug sie hinaus, stellte sie neben die Tür und ging los, um mir eine andere Wohnung zu suchen.

In Westwood kaufte ich mir eine Zeitung, die private Wohnungs- und Zimmeranzeigen brachte, setzte mich in ein makrobiotisches Café, bestellte mir einen Orangensaft und schaute sie durch. Die interessanten Telefonnummern notierte ich mir auf einen Zettel, mit einem rosa Filzstift, der kaum noch schrieb.

Fünf oder sechs Nummern rief ich gleich vom Café aus an; einige Zimmer waren bereits vergeben. Ich ging mir eins ansehen, das nicht weit von der Uni war, in einem grünverputzten vierstöckigen Gebäude. Eine Frau mit ausdruckslosem Gesicht fragte mich, ob ich Student sei; ich sagte nein, und sie musterte mich voller Argwohn. Zeigte mir dann ein kleines Szenario aus grünen Polstermöbeln und Troddellampen, zusammengedrängt auf engem Raum. Ich sagte nein danke, das wär's nicht, und lief rasch wieder hinaus. Sie folgte mir durch den Flur und verströmte Mißbilligung hinter mir.

Ich probierte zwei oder drei Adressen in Santa Monica, zwei in Venice. Einer der Vermieter hatte einen Zwergschnauzer, der mich ankläffte, als ich sagte, ich wäre nicht interessiert. Ich fuhr weiter umher durch die gelbe Smogluft, die immer heißer und stickiger wurde. Die Zimmer waren noch trister und schäbiger, als ich erwartet hatte: trübe Räume mit grünlichen Teppichböden, weißen oder gelben Vorhängen an den Fenstern und defekten Ventilatoren, die Wände bedeckt mit feinem Staub und dünn wie aus Pappe.

Gegen zwei fuhr ich nach Hause zurück, um etwas zu essen. Die Vorstellung, daß ich bis abends nichts finden könnte, brachte mich langsam in Panik. Ich überlegte schon, ob ich Marsha Mellows bitten sollte, mich ein paar Tage in ihrer Villa unterzubringen, aber das war lächerlich. Jills Wohnung kam mir jetzt vor wie ein Ofen. Mir schien, daß die Wände schon knisterten und zu bersten anfingen unter dem Druck der Hitze. Ich nahm eine Dusche, ließ volle zehn Minuten lang das Wasser über mich laufen: lauwarm, weil ich keinen Mut hatte, es kalt zu stellen. Danach fühlte ich mich ein wenig besser.

Ich kaute ein Sandwich mit Käse und sah noch einmal die Anzeigen durch, die Zeitung ausgebreitet vor mir auf dem Küchentisch. Jetzt blieben nur noch die Angebote, in denen ein Mitbewohner gesucht wurde, um ein Haus oder eine Wohnung mit ihm zu teilen. Sie waren meist sehr genau formuliert, mit präzisen Wünschen, die nicht viel Spielraum ließen, so nach dem Muster »suche männl. Mitbew. Vegetar. Nichtrauch. m. Interesse f. kosmische Musik«. Ich notierte mir die nicht ganz unmöglichen Angebote mit einem neuen Filzstift, den ich aus einem Glas voller Stifte auf dem Küchenbord nahm, und machte mich erneut auf den Weg.

Der Ford soff Gallonen von Sprit in der glühenden Hitze, die Nadel des Tankanzeigers rückte mit jedem Kilometer weiter nach links. Ich fuhr zu einer Tankstelle am Wilshire Boulevard, und da war eine Schlange von wartenden Autos, die ganze zwei Blocks weit reichte. Ich saß und wartete zwanzig Minuten, eingekeilt zwischen den anderen, die vor und hinter mir warteten, in der prallen Sonne. Die Tankwarte kamen gar nicht mehr an die Zapfsäulen, sie kontrollierten nur noch von drinnen auf einem Bildschirm, wieviel Gallonen jeder tankte. Die Fahrer mußten aussteigen und alles selber machen: den Tankverschluß aufschrauben, den Füllstutzen nehmen und in die Öffnung einführen und dort festhalten, bis es klickte. Fast allen zitterten die Hände, fast alle verhedderten sich mit dem Schlauch oder hatten Mühe, ihn weit genug herüberzuziehen. Wenn einer nicht zurande kam und die falschen Handgriffe machte, guckten die hinter ihm Wartenden böse und hupten. Es war nicht lustig; die Sonne brannte aufs Dach.

Ich fuhr zu einer Adresse in Santa Monica, wo ein Musiker jemanden suchte, um »die Kosten« mit ihm zu teilen. Es war ein winziges gelbgestrichenes Einfamilienhäuschen in einem Komplex von fünf ähnlichen Häuschen, die zusammen eine Art Dörfchen bildeten. Ich trat näher und spähte über ein schmales Rasenstück durch ein Fenster.

An einem Tisch voller Zeitungen saß ein hagerer junger Mann. Er tat nichts Besonderes: starrte nur auf den Tisch, beziehungsweise den Teil des Tisches, der frei von Zeitungen war. Hinter ihm an der Wand sah ich einen alten Verstärker für E-Gitarren mit stellenweise zerfetzter Lautsprecherbespannung. Mehr konnte ich nicht erkennen, das gleißende Sonnenlicht auf der Fassade zwang mich, die Augen zusammenzukneifen. Ich ging zum Wagen zurück und fuhr weiter: fast mit Ekel.

Gegen sechs dachte ich schon, es würde mir nie gelingen, auf diesem Wege etwas zu finden. Ich hielt vor den Kreuzungen und durchforschte weiter die Spalten der Zeitung mit ihren winzigen Buchstaben ohne Zwischenraum zwischen den Wörtern. Manche der Kleinanzeigen mußte ich bis zu zehnmal hintereinander lesen, um sie zu entziffern; ich suchte hinter den Wörtern nach ihrem Sinn. Vor einer Ampel las ich eine, die lautete: »Bildhauerin sucht junge nichtrauch. Malerin als Mitbew. reizender Villa m. Garten u. außergew. Blick aufs Meer.« Ich las sie zwei- oder dreimal, und plötzlich kam mir die Wut: seit neun Uhr morgens war ich jetzt unterwegs, es wurde schon dunkel, und ich war kaputt und niedergeschlagen und müde und immer noch meilenweit davon entfernt, eine junge nichtrauchende Malerin zu sein!

Ich fuhr schon wieder in Richtung Brentwood, und plötzlich wurde mir der Gedanke an die Villa mit Blick aufs Meer so unerträglich, daß ich auf dem Parkplatz eines Supermarkts wendete und zurückfuhr in Richtung Pacific Palisades.

Die Straße der angegebenen Adresse zog sich lang und kurvenreich hinauf, direkt am Rand eines Steilhangs über der Küste. Nach einer Weile hielt ich an und stieg aus, um hinunterzuschauen. Tief unten sah man die Autos auf der breiten Küstenstraße fahren. Man sah die Strände und das Meer von Santa Monica bis nach Malibu. Die Sonne stand groß und orangerot über dem Horizont: viel kühler jetzt als noch vor einer Stunde.

Ich drehte mich um und sah auf die Villen, die zum Meer hinausblickten: Sie lagen am Bergrücken über der Straße, denn unter ihr war der Steilhang. Sie waren groß und ruhig und opulent, die Rasen gepflegt. Es kam mir sonderbar vor, daß Leute, die hier wohnten, Kleinanzeigen in Zeitungen setzten, um Mitbewohner zu finden.

Ich stieg wieder ein und fuhr weiter, auf der Suche nach der Nummer. Nach einer Weile kam eine scharfe Kurve um einen Felsvorsprung, und plötzlich war das Meer nicht mehr da. Die Straße stieg weiter an. Unten sah man jetzt einen riesigen Dauerstellplatz für Caravans und Wohnmobile, die in langen Reihen auf schmalen Terrassen am Hang standen. Von weitem sahen sie aus wie säuberlich neben- und übereinandergestellte Kühlschränke auf Regalen: sinnlos in ihrem schimmernden Weiß.

Die angegebene Nummer entsprach dem Haus, das sich am höchsten über diesen Anblick erhob: ein großes hellblau gestrichenes Holzhaus. Es ragte so hoch und frei über das Tal, daß man hätte meinen können, es sei als Beobachtungsposten gebaut, um das Hin und Her auf dem Campingplatz in allen Details kontrollieren zu können.

Ich schaute ein paar Minuten durchs Seitenfenster hinunter. Dann stieg ich aus und ging über den Rasen hinauf zu dem Haus. Es war an sich kein häßliches Haus: ein zweigeschossiger Altbau, ziemlich bejahrt, mit einer holzgeschnitzten Veranda. In der Einfahrt stand ein VW. Die junge nichtrauchende Malerin mußte wohl schon gekommen sein, um sich ihr Zimmer zu nehmen. Von unter der Veranda war das Caravandorf nicht zu sehen, nur der Rasen und ein Stück Straße und darüber der Himmel. Ich stand vor dem Haus und dachte, es würde mir schon gefallen, so hoch oben zu wohnen.

Ich hörte Stimmen hinter der Tür. Ein junges Mädchen kam heraus, gefolgt von einer Frau um die fünfzig. Die Frau sagte: »Okay, ich rufe Sie morgen an.« Das Mädchen hing an ihrem Gesicht mit flehenden Blicken.

Die Frau war stämmig und schwer, wirkte aber bei aller Schwere nicht unbedingt fett: eine imposante Erscheinung mit einem mächtigen Lockenkopf. Die Haare mußten gefärbt oder jedenfalls künstlich in Locken gelegt worden sein, aber ich war mir nicht sicher. Das Mädchen dagegen hatte ein schmales, fast nur zweidimensionales Gesicht; es hing mit kleinen Knopfaugen an der Frau und sagte: »Also dann empfehle ich mich. Ich warte auf Ihren Anruf.« Stand da und suchte mit flehenden Blicken nach einer Bestätigung, gekleidet in ein Paar weite Hosen, die sich hinten beutelten. Ging dann hinunter zu dem VW und schaute alle paar Schritte zurück. Ließ endlich den Motor an und fuhr weg.

Die Frau drehte sich um und bemerkte mich. Ich stand fast unter der Veranda, die Hände in den Taschen. Sie sah mich verwundert an. »Was suchen Sie hier?«

Ich deutete vage über den Rasen und über die Straße auf die Leere, die sich hinter dem Steilhang auftat, und sagte: »Da ist kein außergewöhnlicher Blick aufs Meer, wie es in der Anzeige hieß.« Sie betrachtete mich ein paar Sekunden lang irritiert, machte dann eine nervöse Handbewegung und sagte: »Und Sie sind keine junge Malerin, wie mir scheint.« Ich mußte lachen, aber sie lachte nicht. Sie ging ein paar Schritte über den Rasen und zeigte nach links. Ich folgte ihr hinunter zur Straße: auf gleicher Höhe in drei bis vier Metern Abstand. Als wir unten waren, sagte sie: »Na, ist das kein Blick aufs Meer?« Tatsächlich, vom Straßenrand aus war das Meer gut zu sehen am Horizont, auch wenn der Hang die Küstenlinie verdeckte.

Die Frau ging wieder hinauf zur Veranda, und ich folgte ihr, immer auf gleicher Höhe und im gleichen Abstand. Sie schaute mich von der Seite an und fragte: »Sind Sie Engländer?« Ich sagte nein, ich sei Italiener. Sie hob die Stimme, um den Abstand zu überbrücken, und sagte, einen Fuß schon auf der Holztreppe zur Veranda: »Italiener haben doch keine blauen Augen!« Diesmal lachte sie und schüttelte langsam den mächtigen Lockenkopf.

Ich war erhitzt und müde; ich setzte mich auf den Rasen und sagte: »Ich weiß nicht mehr, wohin ich noch gehen soll. Das Mädchen, mit dem ich zusammengelebt habe, hat mich rausgeschmissen.« Ich wollte nicht so pathetisch klingen und machte eine wegwerfende Handbewegung, um mein Desinteresse für das Mädchen auszudrücken. Die Frau sah mich an: blinzelnd gegen die Sonne, die niedrig hinter mir stand. Setzte sich auf die Treppe, sammelte ihren massigen Körper zu einer Figur zusammen, die noch breiter und homogener wirkte, und fragte mich: »Was machen Sie beruflich?« Ich sagte, ich sei Photograph. Sie nickte, ohne die Auskunft zu kommentieren.

Nach ein paar Minuten stand ich auf und machte Anstalten, mich zu verabschieden. Sie stoppte mich mit einer Geste. Ich blieb stehen und sah sie an. »Das Mädchen eben«, sagte sie. »Fanden sie nicht, es hatte sehr kleine Augen?« Ich sagte ja, das Gesicht sei mir sogar zweidimensional vorgekommen. Sie erhob sich, stemmte die Hände in die Hüften und sagte: »Stimmt. Außerdem war es unerträglich beflissen.« Sie imitierte einen Moment lang die Haltung des Mädchens und sagte mit flehender Stimme: »Ich warte auf Ihren Anruf.« Schüttelte langsam den Kopf und sah mich an.

Ich trat ein paar Schritte näher und sagte: »Ich rauche nur fünf bis sechs Zigaretten am Tag.« Sie fragte mich: »Könnten Sie das nicht lassen?« Ich ging auf sie zu, gab ihr die Hand und sagte: »Ich heiße Giovanni Maimeri.« Sie sagte »Okay, okay« und stand auf, um mir das Haus zu zeigen.

Das freie Zimmer war groß und weiß. Ein Fenster ging auf den Garten neben dem Haus, auf die Zweige eines Aprikosenbaums voller Früchte. Das Zimmer war völlig leer, es roch nach Fichtenholz. Die Frau sagte, wenn ich wollte, könnte sie mir ein Bett reinstellen, das sie nicht brauche. Dann führte sie mich durch die übrigen Räume: eilig, ohne sich lange bei Einzelheiten aufzuhalten; zeigte nur rasch in ein Zimmer und ging sofort weiter. Es gab einen großen unaufgeräumten Salon mit einem Aquarium voll tropischer Fische und einem Flügel. Es gab eine sehr helle und alte Küche mit einer Glastür zum hinteren Garten. Im hinteren Garten wuchsen zwei Pflaumenbäume, drei Palmen, ein Spalier Sonnenblumen und ein paar Rosenstöcke. Die Frau wohnte oben in einem Atelier und einem Schlafzimmer, aber sie zeigte mir diese Räume erst gar nicht.

Als wir den Rundgang beendet hatten, fragte sie mich, ob ich wüßte, daß sie Bildhauerin sei. Ich sagte, das hätte doch in der Anzeige gestanden. »Dann hoffe ich nur«, sagte sie, »daß du dich nicht beklagst, wenn ich spätabends mal hämmere.« Ich sagte, das mache mir nicht viel aus, ich hätte schon mal sozusagen direkt unter einem Freeway gewohnt. Sie zeigte mir ein paar Skulpturen, die sie im Eingang aufgestellt hatte: zwei große steinerne Katzen, die eine sitzend, die andere zusammengekauert. Ich hatte sie schon beim Kommen gesehen, aber ohne sie gleich mit ihr in Verbindung zu bringen. Sie waren aus Granit, solide und massig, nicht unangenehm.

Ich fuhr zurück in die Wohnung von Jill und holte mir rasch meine Sachen. Ich wollte ihr nicht noch einmal begegnen, horchte die ganze Zeit auf Motorengeräusche im Hof. Packte die Zahnbürste und den Rasierer in die Kameratasche, zusammen mit ein paar Zeitschriften, die ich nicht zurücklassen wollte. Stand vor dem Kühlschrank und überlegte ein paar Sekunden, ob ich die Lebensmittel herausnehmen sollte, die ich von meinem Geld gekauft hatte; ließ es dann aber bleiben und eilte hinaus.

Den Morgen des nächsten Tages verbrachte ich damit, mein Zimmer einzurichten, das heißt mit einem Handfeger, den mir die Bildhauerin geliehen hatte, den Staub aus den Ecken zu kehren. Da ich noch keinen Schrank hatte, ließ ich die Kleider fürs erste in den zwei Koffern. Über mir war die Bildhauerin an der Arbeit: mit kurzen, rasch aufeinander folgenden Hammerschlägen.

Gegen zwölf traf ich sie vor der Küche, ein Glas Wasser in der Hand. Sie trug ein Band um die Stirn, damit ihr die Locken nicht in die Augen fielen, und einen blauen Arbeitskittel aus sehr festem Baumwollgewebe. Wir standen ein paar Minuten im Flur und schwatzten. Aber sie stellte gleich klar, daß sie Wert darauf lege, still und für sich zu leben, ohne sich verpflichtet zu fühlen, gesellschaftliche Kontakte zu anderen im Haus zu pflegen. Ich sagte, das sei mir ganz recht, da gäbe es überhaupt kein Problem.

Später meinte sie wohl, sie wäre ein bißchen zu schroff gewesen, denn sie kam an die Tür und klopfte, um mich zu fragen, ob ich gern eine der beiden steinernen Katzen in meinem Zimmer hätte. Aus Nettigkeit sagte ich ja. Wir gingen hinaus, um die Katzen erneut zu betrachten, und schließlich entschied ich mich für die sitzende. Wir schoben ein Tuch darunter und schleiften sie über den Boden. Es war auch so nicht leicht, denn sie wog mindestens einen Zentner. Wir zerrten und drückten sie über die Schwelle bis an die Wand gegenüber dem Bett. Sie sah nicht übel aus, wie sie da stand, wenn auch ein bißchen sonderbar in dem fast leeren weißen Zimmer.

Um vier erschien ich bei Marsha Mellows zum Unterricht. Das mexikanische Hausmädchen öffnete mir die Glastür, die vom Salon in den hinteren Garten führte, zeigte hinaus und sagte: »Bitte sehr.« Marsha Mellows stand fünf bis sechs Meter entfernt: gebückt über eine Rose.

Sie trug einen Strohhut, der ihr zu groß war und vermutlich Arnold gehörte. Damit er ihr nicht über die Augen rutschte, hatte sie sich ein Tuch um die Stirn gebunden. Sie trug einen hellgrünen Overall mit Taschen vorn und an den Seiten. Sie hielt ein Fläschchen mit brauner Tinktur in der einen Hand und einen Pinsel mit weißen Borsten in der anderen. Sie blickte erfreut, als sie mich kommen sah.

Ich sagte »Ciao« und trat näher, fast lässig und mit dem Gefühl, sie jetzt schon ganz gut zu kennen. Sie begrüßte mich, lächelte unter dem Strohhut hervor. Wir standen dicht beieinander und sahen auf die Blätter der Rose.

»Ich glaube, sie leiden unter der Hitze«, sagte sie und markierte das Flimmern der Hitze, indem sie die Finger der rechten Hand einen Augenblick flattern ließ. Ich kniff die Augen zusammen wegen der Nachmittagssonne, die mir ins Gesicht schien und Lichtreflexe auf dem Wasser im Swimmingpool tanzen ließ. Marsha Mellows pinselte braune Tinktur auf die Rosenblätter: mit kurzen geübten

Bewegungen, die in sich vollendet wirkten wie kleine gemalte Bilder.

Ich versuchte, eine Konversation auf italienisch in Gang zu bringen, aus reinem Pflichtgefühl und um meine Anwesenheit zu rechtfertigen. Sie antwortete auf ein paar Fragen, ohne ihr Pinseln zu unterbrechen. Irgendwie hatte sich die Idee mit dem Italienisch-Unterricht totgelaufen, erschöpft. Sie antwortete achtlos, nur um mich zu befriedigen. Nach einer Weile befanden wir uns in einem entlegenen Winkel des Gartens, und plötzlich hatte ich panische Angst, ohne Vorwände dazustehen.

Ich schnipste verlegen an die Blätter einer Hortensie, nur um das leise Geräusch zu hören, und sagte: »Weißt du, ich bin gar kein Italienisch-Lehrer.« Sie hob den Kopf, schob sich den Hut aus der Stirn und fragte: »Und was bist du dann?« Ich sagte: »Jedenfalls kein Italienisch-Lehrer.« Sie klopfte sich mit zwei Fingern einige Stäubchen vom Ärmel und sagte: »Ist doch klar, daß du keiner bist.« Ich kombinierte den Satz mit dem Ton ihrer Stimme und dem Blick, den sie ihm vorausgeschickt hatte, und da erschien er mir sehr viel ausgreifender, verzweigter.

Wir blieben anderthalb Stunden im Garten und sahen uns selten an. Redeten irgendwas, ohne groß auf den Inhalt zu achten, nur auf den Klang der Worte, die uns über die Lippen kamen. Ich versuchte, die Eindrücke voll in mich aufzunehmen, die sie durch ihre Bewegungen und ihre Blicke hervorrief.

Gegen fünf fiel mir ein, daß Arnold gleich auftauchen würde, um das Haus und den Garten mit seiner überschäumenden Arroganz zu erfüllen. Die Vorstellung war mir unerträglich, ihn draußen kommen zu sehen in dem schwarzen, leise über den Kiesweg knirschenden Lincoln.

Ich sagte zu Marsha Mellows, ich müsse gehen. Sie

fragte erstaunt: »Du mußt gehen?« Ich sagte ja, es sei spät. Sie insistierte, ich solle noch bleiben, aber sie wußte genau, warum ich nicht wollte. Ich trat einen Schritt auf sie zu. Wir waren beinahe in Tuchfühlung, aber wir sahen uns immer noch nicht in die Augen. Ich wollte sie fragen, ob sie nicht Lust hätte, eines Abends bei mir zu essen. Ich stellte mir vor, wie es klingen würde, wenn ich sie fragte, und wie ich dastehen würde, wenn ich es sagte. Wir standen im Schatten eines dichten dunkelgrünen Avocadobaumes. Ich folgte ihren Bewegungen mit dem fertigen Satz auf den Lippen: bereit, ihn im passenden Augenblick auszusprechen. Wir beugten uns zueinander, trennten uns ein paar Meter und kamen wieder zusammen, hin- und hergerissen von widersprüchlichen Schwerkräften, die uns abwechselnd anzogen und über schiefe Ebenen abstießen. Wir folgten einander im Garten ohne präzise Richtung oder bestimmtes Ziel: fast in Panik, die Blicke bestenfalls parallel zu dem, was wir dachten.

Nach einer Weile schien mir, als wäre ich schon ins Taumeln geraten, schon auf der Kippe am Rand eines Abgrunds. Sie hob die Hand, um mir etwas zu zeigen, und ich sagte fast blind: »Warum essen wir nicht mal abends zusammen?«

Die Worte verklangen, kaum daß sie draußen waren: verflogen in der Abendluft. Sie schaute mich an, und ich wußte nicht mehr, wie der Satz geklungen hatte. Ich hatte nicht die geringste Ahnung. Ich wußte nur noch, wie ich mir den Klang der Worte vorgestellt hatte, bevor ich sie aussprach. Ich versuchte, ihren Blick mit dem vorgestellten Klang meiner Worte zu assoziieren, aber da paßte nicht viel zusammen. Sie schien vor allem verblüfft zu sein.

Mir fuhr durch den Kopf, daß meine Einladung unklar gewesen sein könnte. Ich war verwirrt, es gelang mir nicht, einen passenden Ton zu finden. Ich sagte: »Ich meine, bei mir zu Hause.« Sie schaute mich immer noch an und machte keine Bewegung. Ich konnte ihre Augen nicht richtig sehen im Schatten des Hutes. Schließlich sagte sie: »Na ja, danke.« Ich verstand nicht, wie sie das meinte. Sie lachte und fragte: »Wo wohnst du denn?« Ich erklärte es ihr. Die Gedanken wirbelten mir durch den Kopf: sehr unklar.

Sie begleitete mich quer durch den Salon bis zur Haustür. Ich fühlte mich wie ein Bankräuber vor dem Tresor: mit feuchten Fingerspitzen und pochenden Schläfen. Auf der Schwelle drehte ich mich zu ihr und fragte sie: »Wann willst du kommen?« Sie schaute mich an, genauso verblüfft wie eben, und sagte: »Weiß nicht, mal sehen.« Auf einmal kam mir alles unendlich schwierig und kompliziert vor. Ich fragte mich, ob es ihr überhaupt möglich sein würde, die Kontrolle von Arnold zu unterlaufen, ob es hinreichend glaubhafte Ausreden gab, um ihn zu täuschen. Eine passende Ausrede zu erfinden, dachte ich, mußte so schwierig sein wie ein Uhrwerk zusammenzusetzen: aus Dutzenden kleiner Federn und Zahnrädchen in Gestalt von Gründen und ineinandergreifenden Vorwänden.

Sie warf einen raschen, kaum wahrnehmbaren Blick auf ihre Armbanduhr: drehte nur kurz das Handgelenk und senkte die Augen. Ich sah ihre kleine goldene Rolex aufblitzen und sagte: »Ich gehe jetzt.« Sie sagte: »Wir sehen uns übermorgen zum Unterricht.« Sie kam mir nervös vor, unsicher in ihrem hellgrünen Overall. Wir verabschiedeten uns ohne Händedruck.

Ich ging zum Wagen, startete, wendete auf dem Kies und rollte langsam bis vor das Tor; sie war schon im Haus verschwunden. Die Mexikanerin kam gelaufen, um mir das Tor zu öffnen, gefolgt von den Hunden. Ich konnte das Lenkrad kaum halten, so zitterten mir die Hände.

Ich fuhr rasch den Hügel hinunter, durchquerte Bel Air und glitt in den dichten Feierabendverkehr auf Sunset. Ich fragte mich, ob Marsha Mellows das Grundstück verlassen und ganz privat irgendwohin fahren konnte, ohne bemerkt zu werden, angehalten, photographiert. Es mußten doch Scharen von Photoreportern versteckt überall in den Büschen von Bel Air hocken, das Teleobjektiv schußbereit, um sie jederzeit abzufangen. Ich fragte mich, ob es nicht lächerlich war, sie zum Essen zu mir nach Hause eingeladen zu haben.

Als ich nach Hause kam, lief ich sofort in den hinteren Garten. Er war nicht übel, wenn auch ein bißchen verwildert. Das Gras war zu hoch, aber dicht und grün. Die Bildhauerin fand es sträflich, den Rasen zu mähen, geradezu ein Verbrechen. Die Bäume sahen gesund aus, besonders die Pflaumenbäume. Ich dachte, ich könnte vielleicht ein paar Glühbirnen anbringen mit einem langen Kabel, um sie zu illuminieren. Ich lief durch das Haus zurück auf die Straße, um es von dort zu betrachten. Es war auch von außen reizvoll, eigenwillig.

Am nächsten Morgen fuhr ich zu der Schule in Santa Monica. Mrs. Schleiber hatte mir eine Schülerin aufgetrieben: eine Stoffzeichnerin, die einen Schnellkurs machen wollte, zur Vorbereitung auf einen Italienurlaub Mitte September. Mir war diese Arbeit inzwischen verhaßt, ich machte sie nur noch, um etwas Geld zu verdienen. Die Stoffzeichnerin war fett und träge und schwer von Begriff. Um keine Energie zu verschwenden, verfuhr ich bei ihr nach der Paukmethode, die mir die Sekretärin von De Boulogne beigebracht hatte: Jeden Morgen verbrachte ich zwei Stunden damit, ihr in der unerträglichen Hitze fünf bis sechs neue Wörter einzutrichtern.

Um elf fuhr ich wieder nach Hause. Die Bildhauerin hatte mir eine Nachricht hinterlassen, auf einem Zettel am Küchenschrank: Marsha Mellows hätte angerufen, vor einer Stunde. Ich rief sofort zurück, aber sie war nicht da. Ich ging ins Bad und nahm eine Dusche: ständig nervös auf das Telefon horchend.

Als ich dann gegen Mittag noch mal anrief, war sie gerade zurückgekommen. Sie sagte, am nächsten Tag müsse der Unterricht leider ausfallen, weil Claude Lelouch mit Arbeitsvorschlägen zu ihr käme. Ich stellte mir Claude Lelouch im Salon sitzend vor, gegenüber von Marsha Mellows: im weißen Lacoste-Hemd, ein Ohr zum Dolmetscher hingestreckt. Ich dachte, ich müßte sofort etwas unternehmen, ich könnte nicht einfach so weitermachen und Stoffzeichnerinnen kurz vor dem Urlaub italienische Wörter einpauken. Ich war erbittert über den langsamen Gang der Dinge; die Hitze draußen machte mich rasend.

Ich fragte Marsha Mellows, wann sie zum Essen herkommen wolle. Sie antwortete mit normaler Stimme, vielleicht ein bißchen nervöser als sonst: »Wenn ich's schaffe, am Freitagabend. Wenn dir das paßt.« Ich sagte, das passe mir gut.

Ich lief durch die Küche, rannte hinaus in den Garten und machte vier bis fünf wilde Luftsprünge: mit heftig rudernden Armen.

Am Freitagmorgen fuhr ich zu einem nahen Supermarkt: in einem langen weiten Baumwollhemd, das mir locker über die Hose hing. Ich schlenderte durch die Abteilung Fleisch-und-Fische, sah mich um und schob mir zwei Scheiben frischen Lachs unter den Gürtel. Dann nahm ich mir eine Packung Cornflakes und stellte mich an die Kasse. Die Frau vor mir in der Schlange hatte mindestens vierzig

Flaschen Coca Cola in ihrem Einkaufswagen. Der Lachs war geeist und lag mir kalt auf dem Magen.

In einem anderen Supermarkt, diesmal in Santa Monica, nahm ich zwei Flaschen echten Champagner aus Frankreich, legte sie in den Einkaufswagen und schob ihn eine Weile umher. Dann ging ich zurück in die Weinabteilung, sah mir verschiedene Flaschen an, als ob ich nicht recht wüßte, welche ich nehmen sollte, löste die Preisschilder von zwei Plastikflaschen mit kalifornischem Weißwein und klebte sie auf die Champagnerflaschen. Im Getümmel der Kassen suchte ich mir eine junge und möglichst zerstreute Kassiererin aus, bezahlte drei Dollar und nahm die Tüte mit den Champagnerflaschen. Nicht mal Ron hätte das besser hingekriegt.

Zu Hause packte ich alles in den Kühlschrank. Ich war nicht nervös, aber es war ja auch erst halb elf.

Ich stieg hinauf zu der Bildhauerin, klopfte an und fragte sie, ob ich den großen Marmortisch, der unten im Flur stand, in den Garten hinaustragen dürfte. Sie hatte ihr übliches Band um die Stirn und die Haare voll weißem Staub. Auf der Nase hatte sie eine große Sonnenbrille, die sie abnahm, als sie die Tür aufmachte. Sie trat ein paar Schritte heraus, damit ich nicht zu nahe kommen und in ihr Atelier sehen konnte. Ich schaute demonstrativ auf die Wand und die Treppe, um ihr zu zeigen, daß ich nicht gekommen war, um zu spionieren. Sie fragte, wozu ich den Tisch haben wollte. Ich sagte, es käme jemand zum Essen. Ich hoffte, ihr nicht zuviel erklären zu müssen. Sie sagte: »Na schön, aber zerstör mir den Garten nicht mit deinen Freundinnen.«

Kurz vor sieben kam sie dann runter und half mir, den Tisch rauszutragen. Als wir ihn aufgestellt hatten, trat sie ein paar Schritte zurück und betrachtete ihn mit zusammengekniffenen Augen, die Hände in die Hüften gestemmt. »Macht sich gut«, sagte sie. »Aber es fehlt noch was.« Ich schaute ebenfalls hin, und tatsächlich wirkte der Garten irgendwie leer, besonders in der Umgebung des Tisches. Die Bildhauerin trat noch weiter zurück, lehnte sich mit dem Rücken an die hölzerne Hauswand und betrachtete das Ambiente aus einem anderen Blickwinkel. »Wenn du willst«, sagte sie schließlich, »leihe ich dir die andere Katze, um sie dahin zu stellen.« Sie zeigte auf einen bestimmten Punkt im Gras. Ich sagte vielen Dank. Sie nickte und meinte: »Wenn du schon mal ein Essen organisierst, dann mach es auch gut.«

Wir holten die steinerne Katze: schleiften sie auf dieselbe Weise, wie wir die andere in mein Zimmer gebracht hatten, ungefähr an den Punkt im Garten, auf den die Bildhauerin gezeigt hatte. Die Sache war ihr jetzt wichtig geworden, sie machte daraus eine Frage ihres beruflichen Eigensinns: bat mich, die Katze ein Stück zu verschieben, trat ein paar Schritte zurück, um sie zu betrachten, und sagte, ich solle sie noch etwas drehen; fragte »Wo soll deine Freundin sitzen?«, setzte sich auf den Stuhl, den ich für Marsha Mellows vorgesehen hatte, und prüfte die Wirkung aus dem neuen Blickwinkel. Es war inzwischen halb acht, ich wurde langsam nervös. Nach einer Weile ging sie ins Haus, kam mit einer Klemmlampe wieder und klemmte sie so an ein Tischbein, daß der Lichtstrahl genau auf die steinerne Katze fiel. Sagte schließlich »Okay«, sagte »Viel Vergnügen« und ging; blieb noch einen Augenblick in der Küchentür stehen und beobachtete mich ironisch.

Ich rückte die Stühle zurecht, holte ein weißes Tischtuch, holte die Teller und das Besteck. Ich machte jetzt alles sehr eilig, mir schien, es war höchste Zeit. Ich harkte ein

Häufchen Abfälle, tote Blätter und Zweige, die sich im Gras angesammelt hatten, an die Ränder des Gartens. Ich holte eine Tischlampe, stellte sie auf und schloß sie mit einer Verlängerungsschnur in der Küche an.

Als ich fertig war, lief ich erneut in die Küche, trat in die Tür und warf einen prüfenden Blick auf das Arrangement. Es kam mir nicht übel vor, auch wenn ich nicht wußte, wie es später aussehen würde: im Dunkeln und nur noch beleuchtet von den zwei Lampen.

Ich setzte mich zwei- oder dreimal auf den Stuhl, den ich für Marsha Mellows vorgesehen hatte, jedesmal mit einer anderen Haltung des Kopfes. Ich hielt die Augen geradeaus auf den Tisch gerichtet, hob sie plötzlich zu einem der Pflaumenbäume und senkte sie in einem langsamen Schwenk durch den Garten wieder hinunter. Ich hielt eine Hand hoch und verdeckte mit ihr die Sicht auf ein Nachbarhaus, das im Dunkeln nicht mehr zu sehen sein würde. Ich überlegte mir auch, daß meine Anwesenheit den Raum hinter mir in den Augen von Marsha Mellows verändern, ihn anders arrangieren würde.

Dann lief ich ins Haus, nahm rasch noch mal eine Dusche, zog mir ein weißes Hemd an, das ich am Vortag gekauft hatte, und trat vor die Tür auf den Rasen. Die Sonne war schon hinter dem Meer versunken, aber es war noch ein bißchen hell. Ich ging bis zu der Stelle, von wo man das Meer sehen konnte, trat an den Rand des Steilhangs und sah hinunter. Ein dichter Nebel stieg von der Küste herauf. Ich blieb eine Weile stehen und sah die Landschaft allmählich versinken, bis nichts mehr zu sehen war.

Ich schlenderte noch ein paar Minuten die Straße entlang, die Hände im Rücken verschränkt. Dann ging ich zurück ins Haus, holte die Lachsscheiben aus dem Kühlschrank, legte sie in eine flache Schüssel, bestrich sie mit Öl und streute Oregano darüber; schob sie aber noch nicht in den Herd, aus Angst, sie könnten zu früh fertig werden. Ich ging in den Garten und knipste die beiden Lampen an; sie machten schon einen gewissen, wenn auch noch diffusen Effekt.

Ich ging ins Bad und kämmte mich. Zog mir einen Pullover über, weil es schon etwas kühl zu werden begann. Trat erneut vors Haus auf den Rasen. Der Nebel war knapp unterhalb der Straße zum Stehen gekommen, er wirkte wie ein großer milchiger See. Es wurde jetzt richtig kalt nach der sengenden Hitze des Tages. Mir kamen Zweifel, ob das Essen im Garten sehr angenehm würde. Ich sah uns schon fröstelnd auf unseren Stühlen sitzen, zusammengekauert vor dem Marmortisch.

Ich kehrte um, ging durch den Flur bis zur Küche und fast augenblicklich wieder zurück. Durch ein Fenster im Wohnzimmer sah ich, daß es draußen inzwischen dunkel geworden war.

Unten hupte ein Auto, zwei- oder dreimal ganz kurz. Ich lief hinaus und sah ein weißes Mercedes-Coupé hinter meinem Ford einparken. Ich rannte hinunter, um den Schlag aufzureißen. Marsha Mellows stieg aus und gab mir die Hand. Sie trug ein enganliegendes schwarzes Abendkleid und einen malvenfarbenen Kaschmirschal, den sie vor dem Aussteigen rasch vom Beifahrersitz genommen und sich um die Schultern gelegt hatte. Das Haar trug sie glatt nach hinten gebürstet und mit zwei Spangen befestigt.

Ich führte sie an den Rand des Steilhangs, zeigte auf den milchigen See und sagte: »Normalerweise sieht man da unten ein Caravandorf.« Sie spähte über den Rand und sagte: »Jetzt sieht man gar nichts.« Es tat mir leid, daß man wirklich gar nichts mehr sah, denn ich hatte mir ein paar sarkastische Sätze über Caravans zurechtgelegt. Ich sagte: »Dann stell dir die Aussicht vor, die du möchtest.« Sie lachte ein bißchen, ich spürte ihr vages Unbehagen.

Wir gingen hinauf. Ich führte sie ins Haus und den Flur entlang; drehte mich alle paar Schritte um und sagte etwas oder zeigte nur stumm auf die Wände. Sie folgte mir nach, mit kurzen Schritten wegen des engen Kleides, die Hände verschränkt vor der Brust, um den Schal zu halten. In der Küche tat es mir leid, daß wir nicht weitergehen konnten: daß wir schon angelangt waren. Ich zeigte durchs Fenster hinaus in den Garten, aber sie beugte sich über die Schüssel mit den Lachsscheiben und sagte: »Phantastisch! Ich wußte gar nicht, daß du so tüchtig bist!« Es war mir ein bißchen unangenehm, daß sie es sagte, bevor sie den Lachs gekostet hatte oder bevor sie ihn wenigstens tafelfertig gebacken sah.

Ich ging in den Garten und winkte ihr in der Tür, mir zu folgen. Sie kam heraus, sah die Lichter und den gedeckten Tisch, sah die steinerne Katze und rief: »Wie schön!« Aber mir schien, daß sie das Ganze eher befremdlich fand, vielleicht sogar unangenehm. Mir schien, daß die ganze Gartenszenerie schlampig wirkte, schlecht arrangiert.

Ich ging in die Küche zurück, nach ihr. Machte den Herd an, schob den Lachs in die Röhre und überlegte, daß es eine halbe Stunde dauern würde, bis er fertig war, und daß ich nicht wissen würde, was ich inzwischen tun oder sagen sollte. Ich ging an den Kühlschrank und holte eine der beiden Champagnerflaschen heraus, und im selben Augenblick fand ich es keine gute Idee. Ich ließ den Korken knallen, er flog gegen eine Wand und fiel ins Spülbekken. »Bravo!« rief Marsha Mellows, wie man ein Kind lobt. Mir schien, daß die Situation sich immer mehr zuspitzte, ich bekam Angst. Ich gab ihr ein Glas Champagner, nippte an meinem und mußte aufpassen, daß es mir nicht durch die Finger glitt.

Dann hockte sie sich vor den Herd, um durch die Scheibe zu spähen, wie weit der Lachs inzwischen gediehen war. Der Lachs gab uns Gelegenheit zu ein paar zwanglosen, fließenden Sätzen. Wir ergriffen sie dankbar und verwickelten uns in Fragen und Erklärungen über Küchenprobleme: mit interessierten Gesichtern, beide bemüht, so oft wie möglich durch die Scheibe zu spähen. Ich trank weiter Champagner und drängte sie, auch zu trinken. Wir sprachen im Stehen: ich an den Kühlschrank gelehnt, sie mitten im Raum.

Allmählich wurden wir etwas lockerer, wenn wir auch immer noch nicht recht wußten, wie wir uns verhalten sollten. Wir wechselten vier- oder fünfmal die Position in zehn Minuten, traten nervös von einem Bein auf das andere. Marsha Mellows wirkte unsicherer als gewöhnlich: mit ihrem weißen Hals, den schmalen Handgelenken, den zarten Fingern, die den Kaschmirschal an den Fransenenden zusammendrückten. Nach einer Weile fragte ich: »Hast du dir eigentlich auf dem Weg bis hierher einen Leibwächter folgen lassen?« Sie hob verwundert den Kopf. »Einen Leibwächter?« Sie mußte lachen, schwenkte eine Hand durch die Luft und fragte: »Machst du Witze?« Ich lachte ebenfalls, die linke Hand in der hinteren Hosentasche, die rechte mit dem Champagnerglas an den Lippen; ich sagte: »War bloß aus Neugier.«

Wir holten den Lachs aus der Röhre, er war schon beinahe schwarz. Ich verbrannte mir zwei Finger an der knisternden Schüssel. Wir gingen hinaus, setzten uns an den Marmortisch und begannen zu essen, ohne dabei zu verstummen.

Ich goß uns Champagner nach. Stand auf und holte die

zweite Flasche. Der Korken flog irgendwo in den Garten. Ich fühlte mich schon viel besser, weniger exponiert: geborgen in Euphorie, in einer leichten Beschwipstheit. Marsha Mellows trank weniger, aber sie wirkte ganz munter und hörte mir angeregt zu. Nur einmal sagte sie, daß ihr kalt sei. Es war noch viel kälter und feuchter, als ich befürchtet hatte.

Ich lief ins Haus und holte aus meinem Zimmer einen dicken Shetlandpullover. Lief zurück in den Garten, hielt den Pullover ausgebreitet in beiden Händen und drückte ihn Marsha Mellows an die Brust. Sie sträubte sich, wahrscheinlich weil sie dachte, ein so großer Pullover würde sie plump machen. Ich drückte ihn fester an, hielt ihn ausgebreitet von Ärmel zu Ärmel, weit und blau wie er war, und sagte: »Du darfst dich auf keinen Fall erkälten!« Sagte beinahe skandierend: »Auf keinen Fall!« Sie fing an zu lachen. Schließlich gab sie nach und schlüpfte in den Pullover. Ihr Ausdruck veränderte sich auf seltsame Weise: Sie wirkte auf einmal bieder und kindlich, ihr Haar war ein bißchen zerzaust. Ich schaute ihr auf die Schminke an den Rändern der Augen, auf die Färbung der Wangen.

Ich lief erneut ins Haus, um eine Mandoline zu holen, die im Flur an der Wand hing. Es fehlten einige Saiten, aber das machte nicht viel, ich konnte sowieso nie richtig spielen. Ich eilte zurück, trat wie ein Restaurantmusikant in den Garten und klimperte ein paar Töne. Marsha Mellows war entzückt: lehnte sich auf ihrem weißen Holzstuhl zurück und sah mich erwartungsvoll an. Ich improvisierte eine Art Ständchen zur Mandoline: zupfte die Saiten, als könnte ich spielen, und sang ein paar Stegreifverse in komischen Reimen mit einem grotesken italienischen Akzent. Sie summte ein bißchen mit, ohne wirklich in den Gesang einzustimmen. Meist lachte sie nur und klatschte mit den Händen im Takt. Ich beobachtete sie beim Singen, aus Angst, sie könnte sich irgendwie gehenlassen, aus dem Häuschen geraten. Nach einer Weile lachte sie so überdreht, mit so aufgerissenem Mund und geröteten Wangen, daß ich die Vorstellung abbrach. Sie stützte das Kinn in die Fäuste, zog eine kindliche Schnute und bettelte: »Los, mach weiter!« Ich sagte: »Nein, das genügt« und legte die Mandoline ins feuchte Gras.

Ich war mir sicher, daß sie jetzt weiterbetteln und drängeln würde, aber sie ließ gleich davon ab: wechselte den Gesichtsausdruck, wurde mit einem Schlag wieder ernst und schaute zur Seite ins Dunkel des Gartens, als hätte sie schon genug von der Situation. Ich wußte nicht, was ich sagen sollte; ich schaute gleichfalls zur Seite.

Nach drei Minuten sagte sie: »Da ist ein Fest bei einer Freundin von mir, oben in Hollywood. Wenn du willst, kannst du mitkommen.« Ich dachte »Scheiße«. Sie stand fast ruckartig auf, blickte über den abgegessenen Tisch und machte Anstalten, das Geschirr abzuräumen. Ich sagte: »Laß stehen, das wasche ich morgen ab.« Ich dachte an die Bildhauerin, die am Morgen den unabgeräumten Tisch vorfinden würde.

In der Küche kamen wir uns einen Augenblick näher, im Flur gingen wir dann wieder drei Schritte voneinander entfernt. Sie ging voraus, ich folgte ihr in einer Wolke von zartem Jasminparfum. An der Tür zog sie den Pullover aus und reichte ihn mir. Ich nahm ihn; mir war, als hätte die Wolle schon eine andere Konsistenz.

Einmal auf der Straße angelangt, schien es dann kaum noch möglich, uns erneut näherzukommen. Wir wechselten ein paar Worte aus einer gewissen Distanz, sie schon am Wagen und ich noch am Rand des Rasens. Es machte mir Eindruck, wie sie da vor mir stand: allein und weit genug weg, um keine erkennbaren Ausdrücke mehr zu haben. Sie schien mir zu exponiert im Raum, zu instabil und zerbrechlich im Leeren.

Sie blieb etwa eine Minute so stehen, die Hand an der Wagentür. Ich trat auf sie zu, die Hände in den Taschen vergraben. Sie sagte: »Vielleicht ist es besser, du folgst mir in deinem Wagen.« Ich wollte ihr sagen, ich käme nicht mit; ich sagte: »Okay.« Ich stieg in den Ford und startete zwei Sekunden nach ihr.

Sie brauste davon, die dunkle Straße hinunter. Mir fiel die Szene in *Creamtrain* ein, wo sie vor ihrem Geliebten flieht in einem roten MG: von oben gefilmt, die Haare im Wind, rasant eine Serpentinenstraße hinunter. Im Leben fuhr sie genauso: stoppte hart an den Kreuzungen, sprintete los und schnitt die Kurven. Ich folgte ihr in meinem schweren weichgefederten Ford, der wie ein Schiff schwankte. Jedesmal, wenn ich eine scharfe Kurve nahm, stampfte und rollte er, senkte sich auf die Räder mit seiner gewaltigen Masse. Ich achtete nur darauf, die Schlußlichter des Mercedes nicht aus den Augen zu verlieren, so dicht wie möglich hinter ihnen zu bleiben. Ich preschte über den Sunset und sah nur die roten Lichter.

An den Ampeln fuhr ich so dicht auf, daß unsere Stoßstangen sich fast berührten. Marsha Mellows wartete, ohne sich umzudrehen. Immer wieder erkannte sie jemand in den Wagen, die neben uns hielten, reckte den Hals und beäugte sie durch die Scheiben. Sie preschte davon, ließ alle hinter sich, fegte eng durch die Kurven.

In Hollywod nahmen wir eine ziemlich steil ansteigende Straße in Richtung Hills. Wir fuhren sie zügig hinauf, Kurve um Kurve. Durch die Bäume am Straßenrand waren erleuchtete Villen zu sehen, Fassaden mit immer mehr Fenstern, aus denen immer mehr Licht kam. Marsha Mellows fuhr an allen vorbei, immer weiter hinauf. Ich war ein bißchen benebelt, wahrscheinlich von dem Champagner. Ich hörte im Radio Schlager dudeln und sah im Vorbeifahren auf die erleuchteten Villen.

Schließlich blinkte sie mitten in einer Steigung nach links und bog in eine Auffahrt. Ich folgte ihr einen Kiesweg hinauf. Wir parkten am Ende einer Schlange anderer parkender, leerer Wagen.

Wir stiegen mit parallelen Bewegungen aus, wir schlugen die Türen im gleichen Augenblick zu. Sie kam mir zwei Schritte entgegen und zeigte nach oben. Schräg über uns lag eine Villa, etwas dreißig Meter entfernt: überquellend von Licht und Musik. Wir stiegen ein Treppchen hinauf, Steinplatten zwischen niedrigem Oleander und Hortensiensträuchern. Oben war ein Säulenportal mit offenen Flügeltüren. Musik kam heraus, noch lauter, vermischt mit Stimmengewirr. Zwei Männer standen davor, breitbeinig, die Hände im Rücken verschränkt. Kaum sahen sie Marsha Mellows, brummten sie »Guten Abend« und traten zur Seite, um den Weg freizugeben.

Drinnen wimmelte es von lärmenden Menschen, die sich in einem riesigen Raum verteilten: auf drei terrassenförmig gestaffelten Ebenen, jede in voller Breite mit weißem Teppichboden belegt, dazwischen weiße kaskadenförmige Stufen. Die Leute standen in Gruppen beisammen: in Kreisen, in Reihen oder in Pulks. Am linken Rand der obersten Ebene saß eine Band und spielte jamaikanischen Reggae, modisch verwässert.

Wir drängten uns durch eine erste Gruppe, die Blicke nach oben gerichtet, und schon kam ein Typ mit Glas in der Hand aus der Menge geschossen, stürzte sich auf Marsha Mellows und begrüßte sie mit einer stürmischen Geste. »Roy!« sagte sie. »Hallo, wie geht's?« rief er strahlend: ein sonnengebräunter Typ mit offenem Hemd und Schillerkragen über der Jacke. Er nahm das Glas in die Linke und faßte sie um die Hüfte, lachte und warf den Kopf in den Nacken. Sie schien sich zu freuen, jedenfalls lachte sie auch.

Ich stand daneben, die Hände in den Taschen vergraben, die Augen ziellos. Nach einer Weile deutete sie auf mich und sagte: »Roy, das ist Giovanni.« Roy sagte: »Hi!« Er drehte sich nicht einmal richtig zu mir, warf nur einen flüchtigen Blick halb über die Schulter.

Ich ging allein weiter, während die beiden angeregt schwatzten und sich die Arme drückten. Es war nicht leicht, in dem Gedränge voranzukommen, ich stieß beim Gehen an Rücken und Brüste und Beine. Ich nahm mir ein Glas Martini von einem Tablett und trank es. Ein zweites trank ich ein Stück weiter vorn, kurz vor den Stufen zur zweiten Ebene. Ich spähte zurück und sah Marsha Mellows umringt von Leuten, mindestens hundert Meter entfernt.

Ich drängte mich in eine Gruppe von Leuten, die schwatzend und lachend warteten, daß ein Kellner in grüner Jacke ihnen Cocktails servierte. Ich wollte herausfinden, wer sie waren und was sie beruflich machten, aber schließlich erschien mir die Frage ganz irrelevant. Sie waren alle so unverkennbar erfolgreich: brillant und nervig, strotzend von ganz auf sich selbst gerichteter Energie. Sie hatten Cartier-Uhren, braungebrannte Gesichter, markige Züge, seidene Hemden und Schuhe aus weichem Leder. Sie waren nicht einfach nur reich, sie waren berühmt und mit sich zufrieden; wenn sie auf die Straße gingen, wurden sie von den Leuten erkannt. Jetzt waren sie auf einem Fest wie Rassehunde auf einer Ausstellung: zeigten sich von ihrer besten Seite und reihten sich nebeneinander, um gut vergleichbar zu sein.

Ich sah mich um. Das Gewimmel auf den drei Ebenen war jetzt noch dichter geworden. Die Stimmen wurden von der Musik übertönt, vom Lärm zerhackt und durcheinandergewirbelt und neu zusammengefügt in rhythmischer Folge. Die Töne kamen in raschen Wellen, unabhängig von ihrer ursprünglichen Artikulierung: dumpf vibrierend wie ein großer Dieselmotor im Leerlauf. Ich überquerte die zweite Ebene, halb angeschoben von diesen tönenden Wellen, halb aufgesogen von den Hohlräumen zwischen ihnen: bemüht, mich aus dem Gewimmel zu lösen.

Rechts an der Wand auf der dritten Ebene war ein kaltes Buffett mit Bergen von Salzgebäck und belegten Brötchen, daneben Reihen von Flaschen hinter Reihen von Gläsern. Ich drängte mich durch die Menge und goß mir ein Glas Weißwein ein. Ich schwankte ein bißchen, meine Bewegungen waren nicht sehr präzise.

Seitlich am Tisch saß ein junges Mädchen: sehr jung, eine dralle Kleine mit Ringellocken, in lila Seidenbluse und Hosen aus Lederimitation. Ich betrachtete sie, während sie ein paar Sätze mit einem Albino wechselte, der auf der anderen Seite des Tisches saß, halb verdeckt von den Brötchenbergen. Nach einer Weile sagte ich zu der Kleinen: »Man sieht nicht viel auf der anderen Seite des Tisches.« Sie fragte: »Was?« Meine Stimme kam verzerrt bei ihr an, zerhackt von den Lärmwellen. Ich wiederholte den Satz fast schreiend. Der Albino stand auf und verschwand im Gedränge. Die Kleine sah auf die Stelle, wo er gesessen hatte, und sagte: »Stimmt, ich sehe ihn nicht mehr.« Ich nahm mein Glas und setzte mich neben sie. Mir war nach Reden zumute, ich suchte Anschluß und wurde gesprächig, nicht auf unangenehme Weise, glaube ich.

Die Kleine seufzte: »Schrecklich langweilig hier!« Sie

hatte sich so viel Rouge aufgelegt, daß ihr Gesicht wie ein Apfel aussah: prall und glänzend. Ich fragte sie: »Der Albino?« Wir redeten beide sehr laut; wir beugten uns vor, um zu hören. »Gott ja«, sagte sie, »der ist auch schon amüsanter gewesen. So ein beschissenes Fest! Bloß alte Knakker!« Ich sah auf die Leute im Saal; sie wogten in Gruppen mit Gläsern in den Händen, verteilt über die drei weißen Ebenen.

»Die meisten sind doch gar nicht so alt«, sagte ich. »Im Durchschnitt fünfunddreißig bis vierzig.« Die Kleine tunkte Salzstangen in ein Glas Coca Cola. Sie wirkte fast ausdruckslos, so prall und rundlich war ihr Gesicht; sie hatte große hellblaue Augen. Ich beugte mich zu ihr und sagte: »Ich bin unter dem Durchschnitt, wie mir scheint.« Sie trank einen Schluck aus ihrem Glas, ohne mich richtig anzusehen. Ich drehte mich einen Augenblick weg, um nicht zu großes Interesse für sie zu zeigen, und sah in der Menge den Typ mit Schillerkragen, der Marsha Mellows vorhin so stürmisch begrüßt hatte. Es zuckte mir in der Hand, ihm mein Glas an den Kopf zu schmeißen; ich fürchtete nur, ich würde nicht treffen. Er schwänzelte um eine große Blondine herum, genau wie vorhin um Marsha Mellows.

Die dralle Kleine machte Anstalten, sich zu erheben. »Kommst du mit?« fragte sie. Ich sagte: »Warte mal. Kennst du den Typ da?« Ich zeigte auf die Stelle, wo ich den Typ mit dem Schillerkragen gesehen hatte, aber er war nicht mehr da. Die Kleine stand auf und fragte erneut: »Also kommst du jetzt mit?« Ich sagte okay und stand ebenfalls auf.

Wir schoben uns durch das Gedränge vor dem kalten Buffett. Die Kleine bahnte sich rücksichtslos einen Weg: stieß die Leute mit Schultern und Ellbogen. Einige fuhren wütend herum und starrten mich böse an, während ich vorbeiging.

Die Kleine öffnete eine Tür am hinteren Ende der rechten Wand; wir traten in eine geräumige Küche. Die Küche war wie der Rest des Hauses möbliert, so daß sie kaum noch wie eine Küche aussah. Die Kleine kramte in ein paar Schubladen, bloß aus Neugier, machte einen riesigen Eisschrank auf und machte ihn wieder zu. Eine Stereoanlage stand auf einem Regal, verbunden mit einer Reihe von Kugellautsprechern an der Wand. Die Kleine drückte auf ein paar Tasten und wartete mit der Hand am Lautstärkerregler, bis die Küche voller Hawaii-Musik war. Die Töne fluteten durch den Raum und füllten ihn rasch bis zum letzten Winkel.

Die Kleine öffnete eine zweite Tür. Ich folgte ihr ziemlich schwankend. Hinter der Tür war ein riesiges Bad mit blau gekachelten Wänden und schneeweißem flauschigem Teppichboden. Wir gingen hinein, und sofort wurden unsere Schritte verschluckt. Hinter uns drang die Hawaii-Musik aus der Küche herein, umflutete uns und drängte uns vorwärts. Die Kleine ging zurück und machte die Tür zu: drückte sie fest und drehte den Schlüssel um. Aber das Jaulen drang durch die Ritzen im Holz, durch die Poren der Wand. Ich betrachtete die ovale Badewanne, die mitten im Raum stand: blau und schimmernd, eingelassen in den grashohen Teppich. In einem Bambuskäfig auf einem weißen Tischchen hockte ein Papagei. Ich merkte erst, daß er lebendig war, als er den blaugelben Kopf zur Wand drehte.

Die Kleine setzte sich auf den Boden und zündete sich einen langen dünnen Joint an. Legte den Kopf in den Nakken, so daß ihr die Ringellocken nach hinten fielen, lehnte sich an die Wand und nahm einen tiefen Zug. Ich sagte: »Auch drüben rauchen sie alle immer soviel.« Sie sah mich ungerührt an, als wollte sie sagen »Na wenn schon«, und reichte mir mit einer müden Bewegung den Joint. Ich setzte mich neben sie auf den Boden, im Schneidersitz. »Meine Mutter will nicht, daß ich rauche«, sagte sie. »Ich hol's mir immer direkt aus dem Garten.« Ich stellte mir vor, wie sie in den Garten schlich, um sich Gras zu holen: angezogen wie jetzt, in der Hand eine lange Schere, vorgebeugt zwischen zwei Azaleen.

Wir saßen nebeneinander auf dem flauschigen Teppich, und nach ein paar Minuten hatte die Hawaii-Musik das Bad überflutet. Ich fürchtete, langsam in ihr zu versinken, so wie ich da saß, sie stieg mir schon über die Knie. Ich stand auf und sah mich in einem großen Spiegel an der Wand gegenüber, eingerahmt von kleinen mattgelben Lampen. Ich zupfte mir mit den Fingern die Haare zurecht und sah die Kleine im Spiegel: mit angezogenen Beinen, die Hände auf den Knien. Sie betrachtete mich von hinten, aber ich wußte nicht, ob sie sehen konnte, daß ich sie im Spiegel betrachtete. »Wie heißt du eigentlich?« fragte ich, ohne mich umzudrehen. Sie dachte gar nicht daran, mir zu antworten. Sie betrachtete mich mit versteinertem Blick. Nach einer Weile drückte sie ihren Joint an einer Schuhsohle aus.

Ich machte ein Wandschränkchen über einem der Waschbecken auf. Es enthielt Schachteln und Tuben: Zahnpasta mit Fenchelgeschmack, Zahnbürsten in der Packung, Dosen mit Hand- und Hautcreme. Es enthielt ganze Stapel von Seifenschachteln und Flaschen mit Nähr- und Anti-Schuppen-Shampoo. Ich ließ die Finger über die Packungen gleiten, um ihre unterschiedliche Konsistenz zu spüren.

Dann ging ich zurück und setzte mich wieder: diesmal vor die Kleine. Sie saß jetzt in der gleichen Haltung vor mir, in der ich gesessen hatte, bevor ich aufgestanden war. Wir sahen uns in die Augen, ohne viel zu kommunizieren. Ich hätte sie gern nach Einzelheiten über die Villa gefragt, aber es gelang mir nicht, eine Frage zu formulieren. Die Gedanken formten sich schneller in meinem Kopf als die Worte und verzweigten sich in einer Weise, daß es unmöglich war, ihnen Ausdruck zu geben. Ich wollte erfahren, wer in der Villa wohnte, wer dieses Bad benutzte und wie, ich wollte es wirklich wissen.

Ich fragte die Kleine: »Also, verdammt, wie heißt du jetzt?« Sie drehte die Augen zur Decke, gereizt. Ich fragte sie weiter: »Ist deine Mutter die Hausherrin hier?« Sie nickte und fauchte ärgerlich über mein Fragen und Drängen: »Wieso, verdammt, interessiert dich das?« Ich sagte: »Es interessiert mich gar nicht.« Unsere Sätze schienen, kaum ausgesprochen, im Raum zu verklingen: so schnell, daß mir Zweifel kamen, ob ich überhaupt irgendwas gesagt hatte. »Kennst du Marsha Mellows?« fragte ich sie. »Na klar«, sagte sie. Aber das war es nicht, was ich fragen wollte, nicht so.

Ich streckte eine Hand zu ihr aus und berührte ihr leicht den Hals. Die Geste war mir schon vorher im Kopf gewesen, bevor ich die Hand bewegte; mir war, als ob ich diese Szene zweimal sah, das zweite Mal mit einem leicht veränderten Eindruck. Der Hals der Kleinen war glatt und geschmeidig auf eine Weise, die geradezu unwirklich schien: vollkommen homogen. Ich hatte ihn kaum berührt, da rollte sie mir schon entgegen: rollte sich über den Teppich, bis ihr Kopf über meinen Knien war, und glitt dann langsam an mir hinauf, den Mund fast in Tuchfühlung mit meiner Hose. Ihr warmer Atem drang mir durch den Stoff auf die Haut.

Ich ging in die Küche zurück, stellte die Hawaii-Musik ab, fand eine Cassette mit Jazz aus dem Supermarkt-Angebot und legte sie ein. Aus den Kugellautsprechern ertönten neutrale Vibraphonklänge. Die Kleine kam aus dem Bad und schlenderte durch die Küche, ohne ein Wort zu sagen. Nahm sich einen Apfel aus einem Korb, biß achtlos hinein und fragte: »Was machst du am Dienstagabend?« Ich sagte: »Weiß ich noch nicht.« Sie schlenderte weiter bis zur Saaltür und machte sie auf. Ein Schwall von Stimmen und Lärm brach herein, wie Wasserfluten bei einem Dammbruch. Ich sah die Kleine hinausgehen, und sie schien mir viel ferner zu sein, als sie war: verkleinert in einer falschen, täuschenden Perspektive. Kaum war die Tür zu, hörte ich wieder das Vibraphon.

Ich ging ein paarmal kreuz und quer durch die Küche, ohne bestimmten Grund. Auch die Perspektive der Möbel war falsch: verschoben in Neigungswinkeln, die mich stellenweise beeindruckten. Ich ging so langsam, daß es mir vorkam, als betrachtete ich den Raum aus dem Blickwinkel eines Reptils: im Kriechgang, mit schleppenden Impressionen.

Ich machte den großen Eisschrank auf und hockte mich hin, um zu sehen, was er enthielt. Er enthielt alle möglichen Arten Fruchtsaft, in kleinen, trübe schimmernden Plastikfläschchen und dickglasigen Gallonenbehältern. Er enthielt Milch in Kartons, Joghurt und Kefir in Pappbechern, säuberlich nach dem Geschmack geordnet. Ich kauerte vor dem offenen Eisschrank, den Kopf fast hineingesteckt und die Hände auf den Gitterstäben der Ablagefächer. Ich spürte das leise Vibrieren, die Kälte der Luft, ich hörte das knisternde Summen des Kühlaggregats. Ich sah auf die Farben der Fruchtsäfte, die durch den trüben Kunststoff der Fläschchen schimmerten, auf die Würfel und Quader und Pyramiden aus blauem und rotem und lila Karton.

Ich nahm einen Kefir mit Heidelbeeren, machte ihn auf und trank ihn in langen Zügen, süß und kalt und dickflüssig, wie er war. Ein Tropfen kam mir auf die Nasenspitze, ich wischte ihn mit dem Daumen ab, und der Daumen wurde mir klebrig. Ich machte drei oder vier Flaschen Fruchtsaft auf und trank von jeder ein bißchen. Ich hätte gern alles gekostet, was da war, und den Rest in den Ausguß geschüttet.

Zwischen zwei Fächern eines Regals an der Wand links neben dem Eisschrank war eine lange horizontale Scheibe: dunkel. Ich trat näher, stützte den Ellbogen auf das untere Fach und sah fünf bis sechs nackte Leute, die sich auf einem großen Bett wälzten. Ich begriff nicht, ob ich mich auf der Rückseite eines durchsichtigen Spiegels befand oder vor einem Fenster. Es war, als ob ich in ein Aquarium schaute oder in ein Terrarium, bei dem nicht ganz klar ist, ob der Beobachter nicht womöglich selber beobachtet wird. Ich holte mir noch einen Kefir und trank ihn vor der Scheibe, auf das Regal gestützt.

Ich sah durch die Scheibe, und plötzlich fuhr mir durchs Hirn, daß Marsha Mellows vielleicht schon gegangen sein könnte. Ich stellte mir vor, wie sie den Weg hinunterging, den wir gekommen waren, wie sie in ihrem weißen Mercedes davonfuhr. Ich hatte keine Ahnung, wie lange ich eben im Bad gewesen war, wieviel Zeit vergangen war, seit ich den Saal verlassen hatte oder gar seit meiner Ankunft auf diesem Fest. Es kam mir unglaublich vor, daß ich Marsha Mellows aus den Augen verloren hatte und mit dieser Kleinen gegangen war, die jetzt bestimmt wieder draußen nach einem anderen suchte oder vielleicht auch schlafen ging.

Ich wollte rauslaufen, nichts wie raus, aber meine Gedanken waren viel schneller als meine Bewegungen. Ich lief durch die Küche, mindestens drei- oder viermal im Kreis, bis ich den Mülleimer fand, um die leeren Kefirbecher hineinzuwerfen. Ich stand eine Weile vor dem Mülleimer und sah zu, wie der Deckel auf- und zuklappte, wenn ich den Fußhebel drückte. Ich drückte den Hebel im Rhythmus des Supermarkt-Jazz, der aus den Lautsprechern tönte. Dann lief ich endlich hinaus, aber noch während ich die Tür zumachte, kam ich mir viel zu langsam vor.

Die Leute im Saal hatten sich inzwischen zu dichteren Gruppen zusammengeklumpt, an den Wänden entlang und vor den Stufen zwischen den Ebenen. Die Stimmen und Töne folgten jetzt eigenen Bahnen und getrennten Frequenzen. Die Band spielte weiter in ihrer Ecke und machte eine Musik, die in Spiralen um sich selber kreiste: hoch und fließend.

Ich ging eine Weile umher, ohne Marsha Mellows irgendwo finden zu können. Die Gäste neigten dazu, sich in Pulks zusammenzurotten, in kleinen Rudeln von zwei und zwei oder drei und drei. Niemand stand mehr richtig auf seinen Füßen, alle lehnten sich irgendwo an oder stützten sich auf. Alle saßen oder lagen auf Sofas und Sesseln und Stühlen oder am Boden. Ich kam an dem kalten Buffett vorbei, und es war ein Schlachtfeld von Krümeln und klebrigen Resten, halbleeren Gläsern und schmutzigen Papptellern.

Am hinteren Ende der obersten Etage war eine Glasfront, die sich zu einem Garten öffnete. Ich zwängte mich durch eine dichte Traube von Menschen und trat ins Freie. Draußen war viel mehr Betrieb als drinnen im Haus, viel mehr Bewegung und Lärm. Ein paar große Boxen auf Ständern übertrugen die Musik der Band in den Garten:

mit einem winzigen Vorsprung vor den Tönen, die direkt aus dem Saal kamen. Die beiden Tonspuren überlagerten sich und erzeugten ein Echo.

Auf einer runden pinkfarbenen Betonfläche tanzten Leute im Schein von bunten Lampions. Ich stand eine Weile am Rand und sah ihnen zu, ohne mich entschließen zu können, die Tanzfläche zu überqueren. Mir schien, als könnte ich nur noch geradlinig vorwärtsgehen, als hätte es gar keinen Zweck mehr, irgendwelche Umwege zu probieren. Ich sah ein Schwimmbecken, ungefähr fünfzig Meter weiter, hellbeleuchtet im Zentrum eines gepflegten Rasens. Geschrei und Gelächter drangen herüber, Geräusche von Sprüngen und spritzendem Wasser.

Ich machte zwei bis drei Schritte auf der Tanzfläche, und im gleichen Augenblick kam es mir lächerlich vor, so mitten durch die tanzenden Leute zu gehen. Ich begann zu tänzeln und mich im allgemeinen Rhythmus zu drehen, folgte den Bewegungen zweier großer, recht hübscher Mädchen mit nassen Haaren und hochgeknoteten Blusen, aber sie waren ganz abgekapselt nach außen, unempfänglich für meine Blicke und Gesten. Ich tanzte ein paar Minuten, bis mir das Hemd am Rücken klebte und die Beine schwer wurden, drehte mich weiter, nur um zu sehen, wer mich noch interessieren könnte. Aber die Tanzspiele waren vorbei, es gab nirgends mehr Fäden von Interesse, an denen sich freischwebende Einzelpersonen noch hätten festmachen können. Ich sah eine dicke Frau, die sich von einem großen schlaksigen Typ umkreisen ließ, ohne sich die Mühe zu machen, ihre Füße wenigstens ungefähr im Rhythmus der Musik zu bewegen.

Ich verließ die Tanzfläche, trat auf den Rasen und zog mir die Schuhe aus; ich machte ein paar Schritte, nur um die Feuchtigkeit unter den Füßen zu spüren, und schlenderte langsam zum Schwimmbecken: ohne viel Energie. Das Geräusch von schäumendem Wasser übertönte jetzt die Musik, auch das Geschrei und Gelächter und die Betriebsamkeit rings um das Becken. Ich blieb stehen, als mich die ersten Spritzer erreichten, und setzte mich mit gekreuzten Beinen ins Gras. Den Gedanken, wieder aufzustehen, sah ich in weiter Ferne.

Neben mir saß ein Pärchen im Gras: sie blond und schmal, das Kinn auf die Knie gestützt, er groß und lockig, ein bißchen zur Seite gelehnt. Er sagte etwas über den Abend. Mit einem Mal ging mir auf, daß ich seine Stimme jeden Tag im Radio hörte. Merkwürdig, ihn jetzt hier auf dem Rasen zu sehen, zur Seite gelehnt und so wenig zu seiner Sprechweise passend. Er versuchte angestrengt, eine Unterhaltung mit mir anzufangen, hauptsächlich um Witze oder kleine Geschichten mit komischen Gags erzählen zu können. Seine Begleiterin hörte ihm zu, ohne etwas zu sagen, auch ohne ihn viel anzusehen. Ab und zu lachte sie, wenn er einen Witz zu Ende erzählt hatte. Ich lachte auch, in derselben Weise: ohne jeden Bezug zu dem, was er sagte. Nach einer Weile legte er mir eine Hand auf die Schulter und sagte: »Jetzt sind wir dicke Freunde, was?«

Ich gab mir einen Ruck und stand auf, ging zum Rand des Beckens und sah eine Weile den Schwimmern zu, bis mein Hemd vollgespritzt war. Ich zog mir die Kleider aus und legte sie ein paar Meter entfernt auf den trockenen Rasen; lief ein paarmal zurück, weil ich meinte, sie vom Rand des Schwimmbeckens nicht mehr sehen zu können.

Neben dem Schwimmbecken war ein wannenförmiges Becken mit warmem Wasser und Jetstream, dampfend wie ein großer eingegrabener Waschzuber. Ich ging hinüber und sah Marsha Mellows ausgestreckt darin liegen, zwischen zwei bis drei anderen Frauen und ein paar Männern: den Kopf zurückgelehnt, die Haare im Nacken zusammengesteckt. Ich trat von hinten heran und gab ihr einen Klaps mit der flachen Hand. Sie drehte sich langsam um. Auf dem Handballen spürte ich noch ganz deutlich den Eindruck ihres feuchten Nackens: die Konsistenz der zusammengesteckten und mit einem Elfenbeinkamm befestigten Haare, die Rundung des Kopfes. Während sie sich umdrehte, verschmolz dieser Eindruck auf vollkommene Weise mit ihrem Blick.

Ich stieg in das warme Wasser und legte mich neben sie, auf der anderen Seite beengt von einer TV-Schauspielerin, die bei jeder kleinen Bewegung den Wasserspiegel in Unruhe brachte. Marsha Mellows sagte nicht viel, ich erinnere mich nicht mehr, was sie sagte. Ich erinnere mich nur noch an ihren Blick und an die Temperatur des Wassers. Aus der Entfernung beobachtete ich die Leute, die noch auf der Tanzfläche waren; sie tanzten hektisch und fahrig im Schein der Lampions.

Schließlich stiegen wir aus dem Wasser und liefen über den Rasen, auf der Suche nach unseren Kleidern. Marsha Mellows fand ihre sofort, schlüpfte achtlos hinein und lachte über die Art, wie ich dastand. Ich suchte länger nach meinen, bis ich sie neben einem dicken älteren Herrn fand, der auf dem Rasen eingeschlafen war. Ich schlüpfte ins Hemd und stieg in die Hosen, erst auf dem einen und dann auf dem anderen Fuß balancierend. Die Kleider waren feucht, aber nicht auf unangenehme Weise. Ich zog mir die Schuhe an. Winkte Marsha Mellows herbei und hob einen Fuß, als wollte ich auf den Kopf des schlafenden Dicken treten. Sie stand zwei Schritte entfernt und sah mich an. Lachte leise, kam näher und flüsterte mir ins Ohr: »Tu's nicht. Das ist Tim Howards.«

So kam ich mir schließlich vor wie im Zentrum der Welt: Als Zwölfjähriger hatte ich in meinem Zimmer ein Poster von Tim Howards über dem Bett gehabt, und jetzt hätte ich ihm mit dem Fuß auf den Kopf treten können, um Marsha Mellows zum Lachen zu bringen! Und die Nacht war erst halb vorbei!

Ich ging den Rasen hinunter bis zum äußersten Rand. Marsha Mellows saß an der Schwimmbeckenkante und trocknete sich die Haare mit einem kleinen orangefarbenen Handtuch.

Ich schaute hinunter, und auf einmal lag vor mir die Stadt wie ein riesiger schwarzer See voller leuchtendem Plankton, weit bis zum Horizont. Ich sah auf die Lichter, die in der Ferne vibrierten: leuchtende Punkte, die ein feines Raster von Landschaft bildeten, zart und zitternd; andere, die sich auf welligen Bahnen bewegten, auf gebogenen oder geraden, sich kreuzenden Linien. Manche zogen diffuse Lichtspuren hinter sich her, gleißende Schwärme; andere ballten sich hell zusammen, verdichteten sich zu Umrissen von Fragmenten der Stadt und verdünnten sich wieder, um auseinanderzulaufen und in der Dunkelheit zu verlöschen. Ich sah sie Furchen ziehen durch die tiefschwarzen Räume, die träge das Nichts erfüllten, in Erwartung eines Widerscheins aus der feuchten Nacht.